中等职业教育课程改革国家规划新教材配套教学用书

土木工程识图教学参考

Tumu Gongcheng Shitu Jiaoxue Cankao

（房屋建筑类）

主编　吴舒琛

高等教育出版社·北京

HIGHER EDUCATION PRESS　BEIJING

内容简介

本书与吴舒琛、王献文主编的中等职业教育课程改革国家规划新教材《土木工程识图》（房屋建筑类）和吴舒琛、楼江明主编的《土木工程识图习题集》（房屋建筑类）配套使用。

本书按主教材的体系分单元编写，包括制图标准、制图工具和用品、几何作图、投影的基本知识、形体的投影、轴测投影、剖面图和断面图、建筑工程图概述、建筑施工图识读9个单元。每单元包括五部分内容：大纲解析及教材编写说明；教学内容、教学要求、教学重点、教学难点、教学活动与教学时数；教学建议；教案选编；习题集参考答案。

本书配套学习卡资源，按照本书最后一页"郑重声明"下方的学习卡使用说明，登录"http://sv.hep.com.cn"或"http://sve.hep.com.cn"，可上网学习并下载资源。

本书可作为中等职业学校房屋建筑类相关专业的教学参考用书。

图书在版编目（CIP）数据

土木工程识图教学参考/吴舒琛主编.—北京：高等教育出版社，2011.9

房屋建筑类

ISBN 978-7-04-032277-4

Ⅰ.①土… Ⅱ.①吴… Ⅲ.①土木工程-建筑制图-识别-中等专业学校-教学参考资料 Ⅳ.①TU204

中国版本图书馆CIP数据核字（2011）第140988号

| 策划编辑 | 梁建超 | 责任编辑 | 贺 玲 | 封面设计 | 于 涛 | 版式设计 | 马敬茹 |
| 插图绘制 | 尹 莉 | 责任校对 | 陈旭颖 | 责任印制 | 田 甜 | | |

出版发行	高等教育出版社		咨询电话	400-810-0598
社 址	北京市西城区德外大街4号		网 址	http://www.hep.edu.cn
邮政编码	100120			http://www.hep.com.cn
印 刷	北京嘉实印刷有限公司		网上订购	http://www.landraco.com
开 本	787mm×1092mm 1/16			http://www.landraco.com.cn
印 张	19.25		版 次	2011年9月第1版
字 数	470千字		印 次	2011年9月第1次印刷
购书热线	010-58581118		定 价	42.80元

前　言

　　《土木工程识图教学参考》是根据教育部 2009 年颁布的《中等职业学校土木工程识图教学大纲》的要求编写的，是全国中等职业教育教材审定委员会审定通过的中等职业教育课程改革国家规划新教材《土木工程识图》（房屋建筑类）的配套教学用书，供中等职业学校房屋建筑类专业教师教学时参考。

　　《土木工程识图》（房屋建筑类）自 2010 年 7 月出版以来，得到社会的认可，仅半年时间就已 3 次印刷，并被多个省市确定为对口升学考试的参考教材。2010 年 11 月，由中国职业技术教育学会在浙江绍兴举办的 2010 年全国中等职业学校土建类专业基础课程"创新杯"说课比赛中，该书被确定为指定教材。

　　《土木工程识图教学参考》按《土木工程识图》（房屋建筑类）教材分单元编写。根据教学大纲的要求，结合实际教学工作，对各单元的内容按以下五部分进行编写。

　　一、大纲解析及教材编写说明

　　这一部分介绍了 2009 年教学大纲（以下简称新大纲）和 2000 年教学大纲（以下简称老大纲）的异同、新教学大纲的修订内容以及教材编写的思路和说明。

　　二、教学内容、教学要求、教学重点、教学难点、教学活动与教学时数

　　这一部分用表格的形式体现了教学大纲中"教学内容"、"教学要求"等内容，供教师备课时参考。

　　三、教学建议

　　这一部分是编者根据多年的教学经验，对教学方法、对教学过程的实施、对教学中应注意的问题提出的一些看法和建议，仅供教师教学时参考。

　　四、教案选编

　　这一部分选用了全国十多个省、市的二十多所中职学校的近 30 位专业教师精心撰写的教案，大多数是参加 2010 年全国中等职业学校土建类专业基础课程"创新杯"说课比赛中所使用的教案。由于这些教师都是各省、市从初赛中选出的佼佼者，所以这些教案都有一定的质量。读者可以从这些教案中看到近年来各地职业教育教学改革的丰硕成果，这些形式多样、风格不同的教案也展示出全国各地、各学校的教育教学指导思想、教学模式和教学方法。读者可以从中吸取有益的知识，开拓自己的思路，对自己有所启发，有所帮助。如果是这样，将是编者十分欣慰的。这一部分也是这本教参的亮点所在。

　　这些不同教案的共同特点是：

1. 体现了"以素质教育为基础,以就业为导向,以能力为本位,以学生为主体"的职业教育教学思想。

2. 体现了新大纲的主要特点,以学生发展为本,引导学生通过任务的完成、工作过程的体验等掌握相应的知识和技能,提高学生的学习兴趣,激发学生的学习积极性。

3. 适应中职教育培养目标的需要,理论教学环节与实践教学环节相结合,加强实践环节,贴近工程应用。

4. 改变了"黑板+粉笔"的传统教学方法,努力推进现代教育技术在职业教育教学中的应用。合理选择、充分利用现代教育技术,设计教学活动,创设学习情境,使教学内容具体化、直观化、形象化。

这里,对提供这些教案的教师表示衷心的感谢!他(她)们是:南京高等职业技术学校周海燕、陈炜,湖南省汨罗市职业中专黄伟林,河北省定州市职业技术教育中心朱叶,陕西省宝鸡市陈仓区职教中心孙涛,四川省攀枝花市建筑工程学校何亮,河北省唐山市建筑工程中等专业学校王久军,广州市建筑工程职业学校费腾,陕西省榆林市职教中心余萱,河南省漯河水利技工学校李永定,浙江宁波第二高级技工学校张玉乔、曹霞,辽宁省锦州市财经学校郭振中,山东泰安岱岳区职业中专白春华,河北省徐水职教中心徐淑贤,河南省建筑工程学校闫小春,浙江省象山职业高级中学李卓能、郑科薇,石家庄城乡建设学校孟华,重庆市工商学校韩贞瑜,浙江省宁波行知中等职业学校叶丽,广州市土地房产管理学校卢崇望,河北省邯郸建筑工程中专学校李艳,长沙建筑工程学校李宁宁,浙江省绍兴市中等专业学校祁黎、单唯一,重庆市工商学校刘庆,吉林省城市建设学校刘艳,江苏省宜兴中等专业学校王素艳。

五、习题集参考答案

这一部分是教材《土木工程识图》(房屋建筑类)的配套教学用书《土木工程识图习题集》(房屋建筑类)的习题参考答案,以方便各位教师教学,仅供参考。

本书配套学习卡/防伪标资源,按照书末"郑重声明"下方的使用说明进行操作,登录"http://sve.hep.com.cn"或"http://sv.hep.com.cn",可上网学习并下载教学资源。

本书由南京高等职业技术学校吴舒琛主编,单元1~7的习题参考答案由南京高等职业技术学校陈炜编写。本书由傅刚斌老师主审,他对书稿提出了许多宝贵意见。本书在编写过程中得到南京高等职业技术学校的领导、土木工程系的领导和同事给予的大力支持,在此一并表示衷心的感谢!

编者编写教学辅助参考书缺乏经验,肯定存在很多不足和问题,欢迎使用本书的教师和广大读者提出宝贵意见(读者意见反馈信箱:zz_dzyj@ pub. hep. cn),以便不断提高,十分感谢!

编　者

2011 年 6 月

目　录

制 图 标 准

一、大纲解析及教材编写说明

为了强调制图国家标准的重要性,为了使学生刚接触到这门课时就知道制图国家标准,这里将教学大纲里的单元2放到了最前面作为单元1,而将制图工具与用品放在后面作为单元2。当然,这样调整也带来一定的问题,学生在第一次课后就要用铅笔做练习,而制图工具和用品还没有讲到。

新大纲还有一些变动,即将老大纲的作业都改成了活动,这样面扩大了,作业仅是活动的一种,识图等也是活动,这也充分体现了新大纲的应用性和实践性。

在教材编写上与常规教材有一些不一样,有点突破,在国家标准的每一部分都增加了应用实例,这样使学生在刚开始学习理论知识的时候就知道以后用在什么地方,贴近了工程应用,加强了与实际应用的联系,也使学生的学习兴趣有所提高。

二、教学内容、教学要求、教学重点、教学难点、教学活动与教学时数

教学内容	知识点	教学要求			教学重点	教学难点	教学活动	教学时数
		了解	理解	掌握				
建筑制图国家标准简介		✓						6
图幅	图幅的规格和图框			✓	✓			
	标题栏与会签栏	✓						
	图样的编排顺序	✓						
图线	图线的宽度	✓					练习画各种线型	
	图线的类型和用途			✓	✓			
	图线的画法		✓			✓		

教学内容	知识点	教学要求			教学重点	教学难点	教学活动	教学时数
		了解	理解	掌握				
字体		✓					书写长仿宋体汉字、数字、字母	
比例			✓					
尺寸标注				✓	✓	✓	标注工程图样的尺寸	

三、教学建议

在本单元的教学中,应随时强调国家制图标准的重要性。要教育学生:作为一个工程技术人员,要严格遵守国家标准的各项规定,充分认识国家标准的严肃性、权威性和法制性,只有这样才能自觉地执行和贯彻国家标准,才能画出符合国家标准的图样,才能看懂符合国家标准的图样,从而胜任今后要从事的岗位工作。

在教学中,对于国家标准在工程中的应用要给予充分的重视。在课前准备工作中,要准备各种图纸,如手绘的、计算机绘制的、各种幅面的工程图纸,随着教学的进程,不断地、反复地展示给学生,给学生以直观的认识,在认识的过程中加深对国家标准的理解。

对于国家标准,要通过作业反复练习,不能要求学生一步到位,要逐步掌握图线、字体、比例、尺寸标注等内容。学好本单元,是学习和掌握后面各单元的前提,为后面各单元打下良好的基础。

国家制图标准是学生接触到的第一个国家标准,随着学习的进程,更多的其他国家标准、规范、标准图集等将逐步进入学生的视野,从这一点来说,学好国家制图标准的重要性是不言而喻的。

四、教案选编

土木工程识图教案——制图标准

授课时间：__年__月__日 第__周 星期__		
授课教师	课 时	课 程
	2	土木工程识图
班 级 授课地点		课 题
		制图标准 1.1简介；1.2图幅；1.3图线
课堂特殊要求（指教师、学生的课前准备活动等）		

教学目标

1．了解制图标准的作用、意义及主要内容；

2．了解图纸幅面、图框规格、标题栏、会签栏的有关规定；

3．掌握图线的型式、主要用途和画法。

重点

图线。

难点

教学准备	
教案	☑
多媒体课件	☑
教学讲义	☐
学生工作页	☐
习题集	☑
教具	☑
图纸	

授课形式
讲授

教学环节	时间分配/分钟	教师活动	学生活动	教学方法	媒体手段
导入	5+3+5=13	播放视频并提问、引导	思考并回答问题	讲授、讨论	视频
新课	10+25+25=60	PPT，讲授	听课		PPT
小结	2+5=7	讲授	听课		PPT
学生练习	10	讲解，提出要求	做练习		

板书设计

单元1 制图标准

1.1 建筑制图国家标准简介

1.2 图幅

 1.2.1 图幅的规格和图框

 1.2.2 标题栏与会签栏*

 *1.2.3 图样编排顺序

1.3 图线

 1.3.1 图线的宽度

 1.3.2 图线的类型和用途

 1.3.3 图线的画法

工作任务/教学情境设置

课后作业

习题集：线型练习（一）、（二）和综合练习的相关题目。

课后反思

教学环节及时间分配、备注	师生活动	教学内容
导入 (5分钟)	视频	1. 建筑工人盖房子在看图纸; 2. 车工在车床旁看图纸、切削工件。
	老师提问, 学生回答	不论是建筑工人盖房子还是车工生产零件,都有什么共同之处?
	教师小结	工人都是根据图纸去生产各自的产品。
	视频	1. 设计院里的工程师在设计,画建筑工程图; 2. 建筑工地上的建筑工人在看图纸,盖房子。
	老师提问, 学生讨论	为什么设计人员在办公室内设计出的图纸,工地上的建筑工人都能看懂?
	教师小结, 学生发言 并总结	制图和读图都必须遵循一个统一的规定——制图标准。
新课1讲述		单元1 制图标准
	板书	1.1 建筑制图国家标准简介
新课1 (10分钟)	PPT 教师讲述	• 什么是国家标准 • 我国现行的6个建筑制图国家标准 • 国家标准的主要内容
新课2导入 (3分钟)	教师提问, 学生讨论 并回答	1. 设计师在设计房屋等建筑物时,是不是可以用任意大小的图纸绘制建筑工程图样?是不是每一张图纸的任何地方都可以用来画图?为什么? 2. 国家标准对图纸有什么规定和要求呢?
新课2讲述 (25分钟)	板书	1.2 图幅 1.2.1 图幅的规格和图框
	教师讲授 PPT 教师讲授	通过本节讲述,就能解决上述两个问题。 • 国家标准规定图幅的5种规格 • 横式图纸、立式图纸 • 图框及尺寸
	教师展示各种不同规格的图纸	1号图纸、2号图纸、3号图纸、4号图纸

教学环节及时间分配、备注	师生活动	教学内容
	板书 PPT 教师讲授	1.2.2 标题栏与会签栏[*] • 标题栏 • 会签栏 • 学生作业标题栏
	学生活动	老师下发图纸,学生传看。
新课2 小结 (2分钟)	板书 教师讲授	[*]1.2.3 图样编排顺序 1. 国家标准对图纸幅面有严格的规定。 　图纸共分为 A0、A1、A2、A3、A4 五种规格。 　图纸一定要画图框。 2. 标题栏与会签栏
新课3 导入 (5分钟)	PPT	展示普通窗与高窗两个图例。
	教师提问, 教师小结, 学生发言 并总结	这两个图例有什么相同之处和不同之处? 1. 图例是图纸的组成部分,它们都是由不同的线条画出的。 2. 同样都是窗户,由于某些线条的不同,表示不同的窗户。
新课3 讲述 (25分钟)	教师讲授	在工程图样中,线型不同和粗细不同的图线分别表达不同的设计内容,识图时要求分清各类图线,这也是识读图样的最基本的技能。
	板书 PPT 教师讲授	1.3 图线 1.3.1 图线的宽度 • 建筑工程图样采用三种线宽 • 线宽组
	板书 PPT 教师讲授	1.3.2 图线的类型和用途 •《房屋建筑制图统一标准》(GB/T 50001—2001)中对图线的名称、线型、线宽、用途作出了明确的规定 • 建筑平面图线型实例
	板书 PPT 教师讲授	1.3.3 图线的画法 • 图线的画法要求

教学环节及时间分配、备注	师生活动	教学内容
新课3 小结（5分钟）	PPT 教师讲授	梁的断面图 　　现在我们可以认识到建筑工程图样中图线的重要性。在同一张图样中，不同的图线表示不同的内容；在不同专业的图样中，同样的图形却表示不同的内容。
课堂练习（10分钟）	习题集	线型练习（一）、（二）和综合练习的相关题目

注："时间分配"为预设时间，实施过程中根据情况适当微调。

（江苏省南京高等职业技术学校　吴舒琛）

课　　程 土木工程识图　　　　专　　业 工民建　　　　年　　级 一

授课时间　　　　　　　　授课班级　　　　　　班级人数

课题	图幅

教学目标

1. 知识目标
   (1) 了解图纸幅面、图框格式和尺寸;
   (2) 掌握标题栏和会签栏的位置、格式与规定。
2. 能力目标
   (1) 培养学生观察、比较、分析的应用能力;
   (2) 提高学生自主学习和团结协作的能力;
   (3) 提高学生动手绘图的技能。
3. 素质目标
   (1) 培养学生团结协助的意识;
   (2) 培养学生严谨、敬业的工作作风。

教学重点、难点及关键点

　　重　　点:图幅的规格和图框,标题栏、会签栏的规定及绘制。

　　难　　点:图框线、标题栏、会签栏的绘制。

　　关键点:图幅内容的规定及格式。

授课类型

　　理实一体化

教学方式

　　自主、开放、协助;"教、学、做"合一

教学方法

　　任务驱动、讨论启发式教学

教　　具

　　多媒体、实物投影仪、建筑图纸

课时安排

　　1 课时

教学过程及内容

任务　图幅的认识和绘制

一、创设情境,提出任务(3分钟)

1. 创设情境

(导入,多媒体播放一些有代表性的建筑物图片。)

2. 提出问题(多媒体出示)

万丈高楼平地起,房屋是由设计师设计、建筑工人依据设计的图样一层层盖出来的。假如你是一个设计师,在设计房屋等建筑物时,是不是可以用任意大小的图纸绘制建筑工程图样?是不是一张图纸的任何地方都可以用来画图?国家标准对图纸有什么规定和要求?我们又该如何去做呢?

3. 学生思考并试着回答问题

4. 教师小结,提出任务

二、任务分析,明确目标(5分钟)

1. 学生观察图纸

(全班学生按6人一小组分组围坐,各组下发2张建筑图纸,学生观察、比较、分析讨论。)

2. 提出问题

1)通过观察建筑图纸,我们可以获得有关该图纸的哪些信息?

2)图纸都包括哪些内容?

3)我们应该如何去绘制图纸?

3. 学生思考并回答,教师总结

图幅的绘制,首先是应知道图纸上包括的内容:幅面线、图框线、标题栏和会签栏;其次是掌握图幅、图框、标题栏和会签栏的相关规定。

4. 任务目标

应知:图幅的定义、规格和尺寸;

　　　图纸的格式、图框的规定及尺寸;

　　　标题栏的位置、格式及作用;

　　　会签栏的位置、格式和作用。

应会:会按要求绘出幅面线、图框线、标题栏和会签栏。

三、任务实施,获得技能(30分钟)

(一)知识准备

1. 自学讨论

(学生对照目标自主探究、小组协助、交流讨论,组内帮扶,教师参与。)

2. 课堂展示

(小组推荐学生代表展示学习成果,全班交流,学生质疑,教师答疑,教师点评。)

3. 知识梳理

(教师对知识进行梳理,对重点、难点进行讲解。)

(1)图幅的规格和图框

图纸幅面简称图幅。

b:表示图纸的短边;

l:表示图纸的长边。

基本幅面:

国家标准(GB/T 50001—2001)规定,图幅有 A0、A1、A2、A3、A4 共 5 种规格。

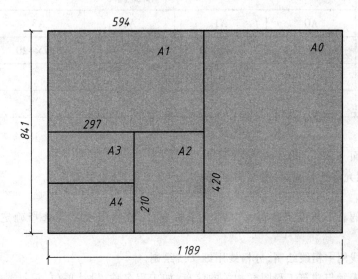

(2)图纸的格式

横式:以短边作为垂直边;

立式:以长边作为垂直边。

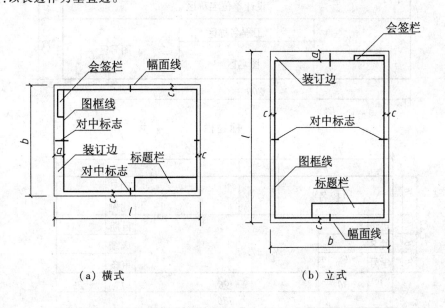

(a)横式　　　　　　　　(b)立式

（3）图框

图框是图纸中限定绘图区域的边界线,画图时必须在图纸上画上图框,图框用粗实线绘制。

图幅与图框尺寸

尺寸代号	幅面代号				
	A0	A1	A2	A3	A4
$b×l$	841×1 189	594×841	420×594	297×420	210×297
c	10			5	
a	25				

（4）加长幅面

必要时,图纸允许加长幅面,图纸的短边一般不应加长,长边可加长。

（5）标题栏

在每张图样的右下角或下部都必须有一个标题栏,根据工程需要选择确定其尺寸、格式及分区。

标题栏外框线用中粗线绘制,分格线用细实线绘制。

标题栏主要表示与建筑工程图样相关的信息,如工程名称、设计单位、设计号、设计人、日期及图名、比例、图别、图号等。

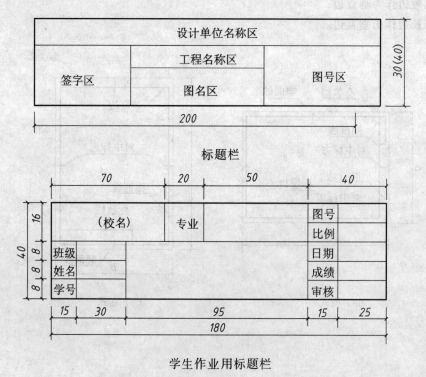

标题栏

学生作业用标题栏

（6）会签栏

会签栏是各工种（土木、水、电）负责人签字用的表格，以便明确其技术职责。

（专业）	（实名）	（签名）	（日期）

（二）实训操练

1. 学生绘制幅面线、图框线、标题栏和会签栏等

学生绘制 A2 横式和立式幅面图纸各一张，依次画出幅面线、图框线、标题栏和会签栏（采用学生作业用标题栏）。

2. 教师指导

（教师下到各小组巡回指导。）

四、作品展示 检测评价(5 分钟)

1. 自评互评

（学生对作品进行检查和自评；组长组织互评，总结分析本组学生任务完成情况。）

2. 作品展示

（小组进行作品展示，用实物投影仪将本组推荐的优秀作品投放在屏幕上，小组介绍，其他同学点评。）

3. 教师点评

（对学生任务完成情况进行评价，点评表现突出的小组、个人、优秀作品、团队，并提出存在的问题和改进的办法及措施。）

五、教学小结(2 分钟)

通过本节课的学习，希望大家弄清国家标准所规定的几种图幅和图框格式以及图框线、标题栏和会签栏的画法。

六、布置作业

绘图操作：A4 立式幅面。

教学反思

（1）本节课的教学思路是通过建筑物的图片、工程图纸创设情境引导学生完成学习任务。通过自主探索、合作交流、动手实践的方式，激发了学生学习专业的兴趣，培养了学生自主学习、团结合作、动手操作的能力，顺利地完成了教学目标。

（2）教学过程中根据学生的心理和生理特征，采用"教、学、做"相结合的方法，做中学、做中教，同时积极鼓励学生进行自主探索、交流讨论、小组协助，成果与作品展示，让学生在教师的指导下通过感知、体验、实践、参与和合作等方式完成任务、感受成功。

（3）教学过程中注重环节与环节之间的有机联系，按照创设情境提出任务、分析完成任务需解决的问题、引导学生找到解决问题的办法，完成任务、评价总结的程序精心设计，做到环环相扣，使学生真正做到学以致用。

（湖南省汨罗市职业中专　黄伟林）

授课时间:__年__月__日 第__周 星期__		
授课教师	课 时	课 程
	2	土木工程识图
班 级	授课地点	课 题
	教室	1.4 字体;1.5 比例;1.6 尺寸标注

课堂特殊要求(指教师、学生的课前准备活动等)

教学目标

1．按规范要求书写长仿宋体汉字、数字和常用字母;

2．了解比例的概念和规定;

3．掌握尺寸标注的组成、规则和方法。

重点

尺寸标注的组成、规则和方法。

难点

尺寸标注的组成、规则和方法。

教学准备	
教案	☑
多媒体课件	☑
教学讲义	□
学生工作页	□
教具	☑

授课形式
讲授

教学环节	时间分配/分钟	教师活动	学生活动	教学方法	媒体手段
导入	5	提问	讨论	引导	PPT
新课	15	讲授	理解	指导学习	PPT
练习	20	巡回指导,了解学生掌握的情况	动手练习	理实结合	PPT
新课	20	讲授	掌握做题步骤	指导学习	PPT
练习	20	巡回指导,了解学生掌握的情况	动手练习	理实结合	PPT
总结	10	引导	回顾	引导	

板书设计

1.4 字体

1.5 比例

1.6 尺寸标注

1．尺寸标注的基本规定

2．尺寸的组成

3．尺寸标注示例

工作任务/教学情境设置

课后作业

完成习题集相应题目。

课后反思

教学环节及时间分配、备注	师生活动	教学内容
导入 （5分钟）	提问 引导	问题： 1. 展示图纸，回顾图幅、标题栏及图线。 2. 提出汉字、数字及字母的形体要求。 新课： 1.4 字体 图样中书写的汉字、数字、字母必须做到：字体端正、笔画清楚、排列整齐、间隔均匀。汉字字体书写成长仿宋体，并采用国家正式公布的简化字。 1. 字体的基本规定 字号、字高、字宽。
15分钟	PPT演示指导	例如 2.5 mm、3.5 mm、5 mm、7 mm、10 mm、14 mm、20 mm。 2. 书写要求 横平竖直，起落分明，结构均匀，填满方格。 3. 书写示例，字体练习
15分钟 5分钟	动手练习 指导学习	4. 总结、评比 1.5 比例 1. 什么是比例 比例是图形与实物相对应的线性尺寸之比。例如：1∶50、1∶100。
5分钟 5分钟	引导 PPT演示指导	2. 应用实例 3. 练习 1.6 尺寸标注 1. 尺寸标注的基本规定 （1）图形的真实大小应以图样上所标注的尺寸数值为依据，与图形的大小及绘图的准确度无关。
15分钟	PPT演示指导 教师讲授 板书	（2）图样中的尺寸以 mm 为单位时，不需标注计量单位的代号或名称；若采取其他单位，则必须标注。 （3）图样中所注的尺寸，为该图样的最后完工尺寸。 2. 尺寸的组成 标注完整的尺寸应具有尺寸界线、尺寸线、尺寸数字及表示尺寸终端的箭头或斜线（即尺寸起止符号）。 （1）尺寸界线 尺寸界线用细实线绘制，并应由图形的轮廓线、轴线或对称中心线处引出，也可利用轮廓线、轴线或对称中心线作尺寸界线。

教学环节及时间分配、备注	师生活动	教学内容
10 分钟	PPT 演示指导 讲授 板书	（2）尺寸线 1）尺寸线不能用其他图线代替，一般也不得与其他图线重合或画在其延长线上。 2）标注线性尺寸时，尺寸线必须与所标注的线段平行。 （3）尺寸数字 数字要采用标准字体，且书写工整，不得潦草。在同一张图上，数字及箭头的大小应保持一致。 （4）尺寸起止符号 一般应用中实线绘制，其倾斜方向与尺寸界线成顺时针 45°角，长度宜为 2~3 mm。 3. 尺寸标注示例 （1）线性尺寸 （2）角度尺寸
15 分钟	PPT 演示指导 动手练习	（3）圆的直径 （4）圆弧半径 （5）斜度和锥度 （6）大圆弧 （7）球面 （8）狭小部位的注法 （9）小半径注法 （10）小直径注法 标注练习 小结

（江苏省南京高等职业技术学校　周海燕）

· 14 ·

授课时间:＿＿年＿＿月＿＿日　第＿＿周　星期＿＿			教学目标	教学准备	
授课教师	课　时	课　程	1. 练习长仿宋体字、数字和常用字母;	教案　　　☑	
	2	土木工程识图	2. 练习尺寸标注。	多媒体课件　☑	
班　级	授课地点	课　题	**重点**	教学讲义　　☐	
	教室	习题课	尺寸标注。	学生工作页　☐ 教具　　　☑	
课堂特殊要求(指教师、学生的课前准备活动等)			**难点** 尺寸标注。	**授课形式** 讲授	

教学环节	时间分配/分钟	教师活动	学生活动	教学方法	媒体手段
导入	5	回顾	讨论	引导	PPT
					PPT
练习	30	巡回指导、了解学生掌握的情况	动手练习	理实结合	PPT
讲评	20	讲授	掌握做题步骤	指导学习	PPT
练习	25	巡回指导、了解学生掌握的情况	动手练习	理实结合	PPT
总结	10	引导	回顾	引导	

板书设计

工作任务/教学情境设置

课后作业
完成习题集。

课后反思

教学环节及时间分配、备注	师生活动	教学内容
导入 （5分钟）	提问引导	问题： 1．尺寸标注的要点。 2．提出汉字、数字及字母的形体要求。
25分钟		练习： 1．书写要求 横平竖直，起落分明，结构均匀，填满方格
5分钟		2．书写示例，字体练习
20分钟	PPT演示指导	3．总结 4．尺寸标注练习 （1）线性尺寸 （2）角度尺寸 （3）圆的直径 （4）圆弧半径 （5）斜度和锥度
25分钟	动手练习 指导学习 引导	（6）大圆弧 （7）球面 （8）狭小部位的注法 （9）小半径注法 （10）小直径注法
10分钟		小结

（江苏省南京高等职业技术学校　周海燕）

五、习题集参考答案

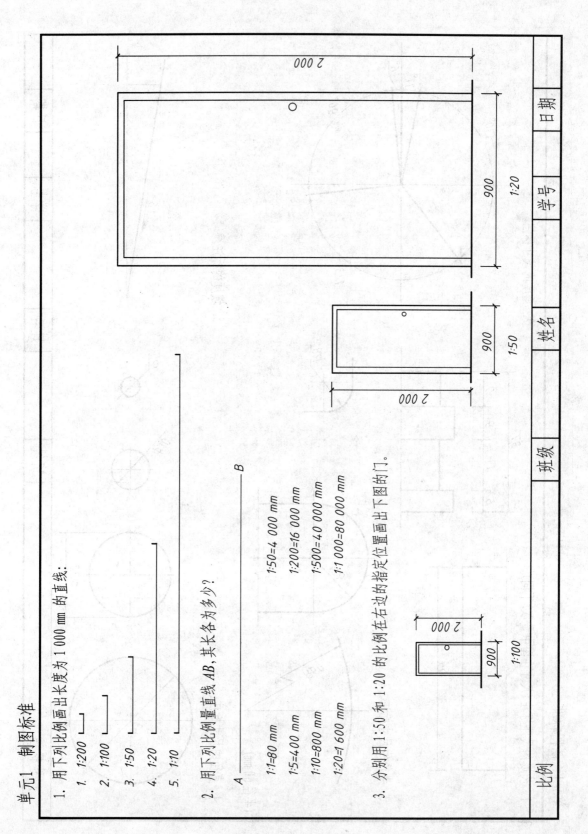

单元1　制图标准

1. 用下列比例画出长度为 1 000 mm 的直线：

　1. 1:200　⌐＿＿⌐

　2. 1:100　⌐＿＿＿⌐

　3. 1:50　⌐＿＿＿＿⌐

　4. 1:20　⌐＿＿＿＿＿⌐

　5. 1:10　⌐＿＿＿＿＿＿⌐

2. 用下列比例量直线 AB，其长各为多少？

A ————————————————— B

　1:1=80 mm　　　　　　1:50=4 000 mm

　1:5=400 mm　　　　　 1:200=16 000 mm

　1:10=800 mm　　　　　1:500=40 000 mm

　1:20=1 600 mm　　　　1:1 000=80 000 mm

3. 分别用 1:50 和 1:20 的比例在右边的指定位置画出下图的门。

| 比例 | 班级 | | 姓名 | | 学号 | 日期 |

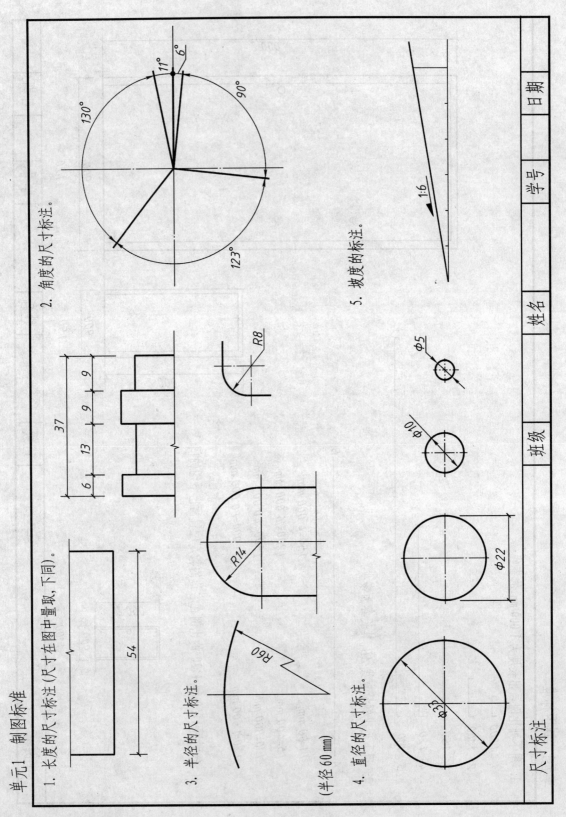

单元1 制图标准

1. 长度的尺寸标注（尺寸在图中量取，下同）。

2. 角度的尺寸标注。

3. 半径的尺寸标注。
（半径60 mm）

4. 直径的尺寸标注。

5. 坡度的标注。

尺寸标注

| 班级 | 姓名 | 学号 | 日期 |

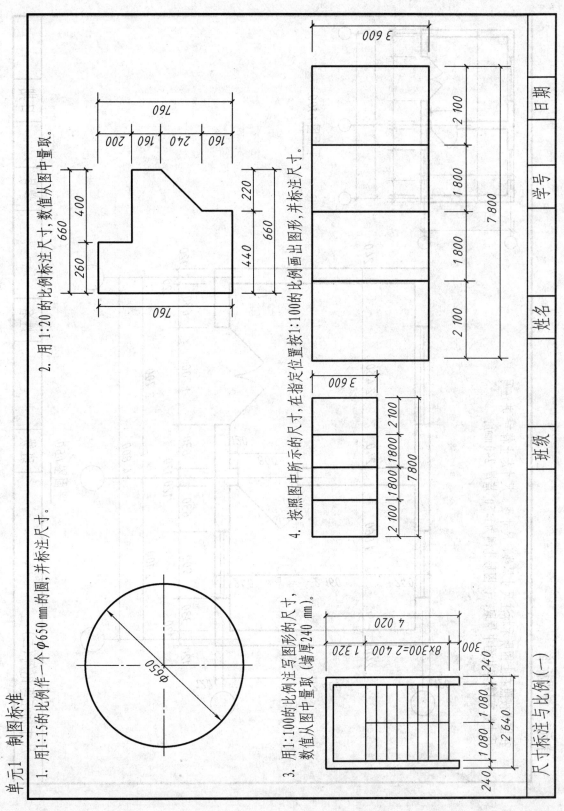

单元1 制图标准

1. 用1:15的比例作一个φ650 mm的圆，并标注尺寸。

2. 用1:20的比例标注尺寸，数值从图中量取。

3. 用1:100的比例注写图形的尺寸，数值从图中量取（墙厚240 mm）。

4. 按照图中所示的尺寸，在指定位置按1:100的比例画出图形，并标注尺寸。

尺寸标注与比例（一）

班级	姓名	学号	日期

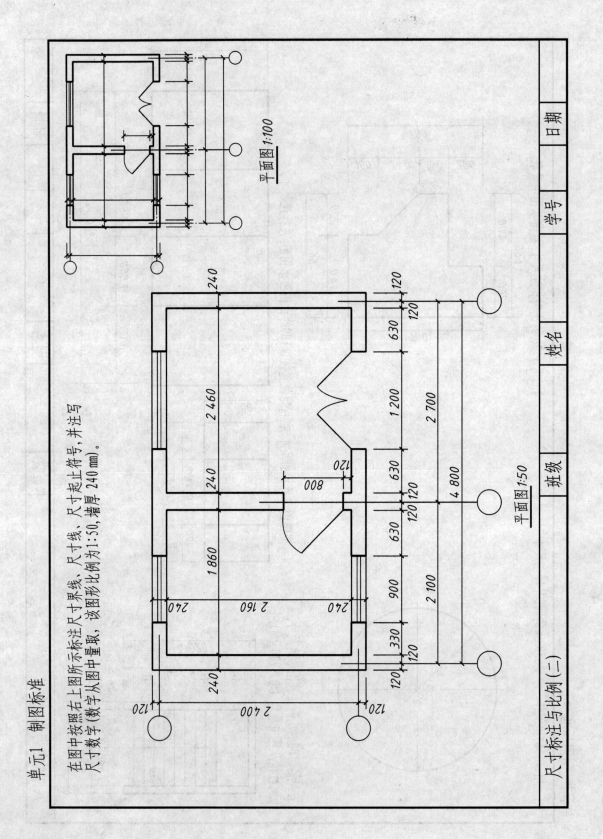

单元1 制图标准

在图中按照右上图所示标注尺寸界线、尺寸线、尺寸起止符号，并注写尺寸数字（数字从图中重取，该图形比例为1:50，墙厚240 mm）。

平面图 1:100

平面图 1:50

尺寸标注与比例（二）

班级	姓名	学号	日期

综合练习(一)

1. D　　2. B　　3. A　　4. D

综合练习(二)

一、填空题

1. 横式,立式,横式

2. 1 m², 420 mm×594 mm, 25 mm, 5 mm

3. 相同;一致

4. 文字

5. 简化,长仿宋

6. 高度。3.5 mm, 2.5 mm

7. 图形,实物

8. 原值比例,放大比例,缩小比例。缩小比例

9. 半径,直径,球的半径尺寸,球的直径尺寸

10. 箭头

二、选择题

1. B　　2. D　　3. C　　4. C　　5. A

6. B　　7. A　　8. D　　9. D　　10. B

三、判断题

1. ×　　2. ✓　　3. ×　　4. ✓　　5. ×

6. ✓　　7. ×　　8. ✓　　9. ×　　10. ✓

制图工具和用品

一、大纲解析及教材编写说明

这一单元的新大纲没有什么变动,仅将老大纲里绘图的一般方法和步骤删去,放入专业选学模块中实训活动即绘图时介绍。

本单元的编写也与其他教材不一样,先介绍了平时做作业和绘图练习时最常用的铅笔、直尺、三角板、圆规和分规等,然后再介绍在抄绘大作业时要用到的绘图纸、图板、丁字尺等,最后介绍如要上墨线时需要的描图纸、描图笔等。这样的顺序重点突出,循序渐进,学生接触最多的放在最前面,反之放在后面。根据中等职业教育的培养目标:培养高素质的劳动者和技能型人才,学生使用图板、丁字尺的机会很少,用描图笔上墨线的机会就更少了。

二、教学内容、教学要求、教学重点、教学难点、教学活动与教学时数

教学内容	知识点	教学要求			教学重点	教学难点	教学活动	教学时数
		了解	理解	掌握				
铅笔		✓						
直尺和三角板		✓						
圆规和分规		✓						
绘图纸与图板		✓				练习使用常用绘图工具与用品,正确掌握使用方法	1
丁字尺		✓						
比例尺		✓						
描图纸		✓						
绘图笔		✓						

三、教学建议

虽然学生使用铅笔已有十多年,但在教学中还是要强调铅笔对"图"的重要性。上课时要从削铅笔开始教起,直到能够正确使用铅笔。要使学生知道,能用铅笔画好图线,一张图或作业就

成功了一半。

　　还可以让全班同学一起学削铅笔,比一比谁削得好,为什么好;一起学用铅笔画图线,比一比谁画得更好。

　　在教学中还应强调圆规的铅芯也一定要削好,和铅笔一样重要,否则画出来的图线就不一致,不符合国家标准。

　　教学中还应重视分规的应用,这对于今后抄绘作业有很大的帮助。

四、教案选编

(略)

五、习题集参考答案

一、填空题

1. H~3H,HB、B

2. 截取线段、等分线段和量取线段的长度,高低一致

3. 左边,水平,垂,斜

4. 描图,绘图

二、选择题

1. C　　2. A　　3. D　　4. B

三、判断题

1. ✓　　2. ×　　3. ×　　4. ×

单 元 **3**

几 何 作 图

一、大纲解析及教材编写说明

在这一单元,新大纲与老大纲比较有些变化:

1. 新大纲以应用性不强删去了直线与圆弧之间的连接、四心圆法作椭圆两部分,将坡度的画法放入活动中;

2. 将线型练习和几何作图的作业改为活动;

3. 增加了徒手作图,以培养学生具有徒手绘制图样的能力。

在教材编写上,几乎全部采用表格的形式将其表示出来,使学生一目了然,无障碍接受,比较符合中职学生的认知规律,是教材贴近学生的具体体现。考虑到坡度在建筑工程图中的应用,将坡度的作图方法放在了等分线段中。在正多边形的画法里将尺规作图与丁字尺、三角板作图分别列出。将以后要用到的等分线段在绘制楼梯平面图时的实际应用放到最后的应用实例,这也是教材贴近工程应用的具体体现。

二、教学内容、教学要求、教学重点、教学难点、教学活动与教学时数

教学内容	知识点	教学要求			教学重点	教学难点	教学活动	教学时数
		了解	理解	掌握				
直线的平行线和垂直线				✓			绘制平行线、垂直线、特别角及斜线	2
等分线段和坡度				✓	✓		等分线段,画坡度图例	
正多边形的画法				✓	✓	✓	绘制正多边形	2
徒手作图		✓					绘制平行线、圆与椭圆草图	

三、教学建议

几何作图是利用各种绘图工具进行绘图,是绘制各种平面图形的基础,也是绘制工程图样的基础。虽然新大纲将重点放在识图上,但作为一个工程技术人员,绘制基本图样仍是需要掌握的基本技能。

从这一单元起绘图作业就比较多了。平时的绘图作业是培养认真的学风和良好的学习习惯的重要环节,是培养严肃认真的工作态度和一丝不苟的工作作风的开始,能为今后的就业打下良好的基础。对学生的作业,教师要严格要求,认真批改,及时进行讲评,展示优秀的作业也是一种很好的方法。

四、教案选编

土木工程识图教案——几何作图

授课时间:__年__月__日 第__周 星期__			教学目标	教学准备
授课教师	课 时	课 程	1. 会使用绘图工具绘制直线;	教案　　　　☑
	2	土木工程识图	2. 会使用绘图工具任意等分直线段;	多媒体课件　☑
班 级	授课地点	课 题	3. 会正多边形的画法;	教学讲义　　☐
			4. 会徒手绘制几何图形。	
	教室	单元3 几何作图	**重点**	学生工作页　☐
			1. 会使用绘图工具任意等分直线段;	教具　　　　☑
课堂特殊要求(指教师、学生的课前准备活动等)			2. 会正多边形的画法。	
			难点	授课形式
			正多边形的画法。	讲授

教学环节	时间分配/分钟	教师活动	学生活动	教学方法	媒体手段
导入	5	回顾	讨论	引导	PPT
新课	15	讲授	理解	指导学习	PPT
练习	20	巡回指导、了解学生掌握的情况	动手练习	理实结合	PPT
新课	20	讲授	掌握做题步骤	指导学习	PPT
练习	20	巡回指导、了解学生掌握的情况	动手练习	理实结合	PPT
总结	10	引导	回顾	引导	

<table>
<tr><td colspan="2">

板书设计

3.1 直线的平行线和垂直线

  1. 过已知点作一直线平行于已知直线

  2. 过已知点作一直线垂直于已知直线

的作图方法和步骤

3.2 等分线段和坡度

  1. 等分线段

  2. 坡度

3.3 正多边形的画法

  1. 圆的内接正三边形、四边形、五边形

  2. 圆的内接正五边形

  3. 圆的内接正七边形

</td></tr>
</table>

工作任务/教学情境设置

课后作业

完成习题集。

课后反思

教学环节及时间分配、备注	师生活动	教学内容
导入（5分钟）	提问引导	问题： 1. 什么是几何作图？ 2. 几何作图的特点？
	演示	新课 3.1 直线的平行线和垂直线 1. 过已知点作一直线平行于已知直线
		练习
	演示	2. 过已知点作一直线垂直于已知直线的作图方法和步骤
		练习
15分钟	PPT 演示指导	3. 总结、互评

教学环节及时间分配、备注	师生活动	教学内容
15分钟	动手练习	3.2 等分线段和坡度 1. 等分线段 （1）练习二等分。
	讨论	（2）提出问题:如何三等分? 五等分?
	演示	实例:直线的五等分。
	指导学习	（3）练习:直线的七等分。
	引导	2. 坡度 （1）提出概念,表示方法。
	演示	（2）作坡度 1∶5。 练习:作坡度 1∶6。
5分钟	PPT 演示指导	3. 总结、互评
20分钟		3.3 正多边形的画法 1. 圆内接正三边形、四边形、六边形
	演示指导	（1）尺规作图法。
		（2）用三角板、丁字尺作图。 练习
	演示	2. 圆内接五边形

教学环节及时间分配、备注	师生活动	教学内容
10 分钟	板书	作图步骤： （a）作 OP 中点 M； （b）以 M 为圆心、MA 为半径作弧交 ON 于 K,AK 即为圆内接正五边形的边长； （c）自点 A 起,以 AK 为边长五等分圆周,得点 B、C、D、E,依次连接 AB、BC、CD、DE、EA,即得圆内接正五边形。
10 分钟	PPT 演示指导 演示 板书	练习 3. 圆内接七边形 作图步骤： （a）将直径 AP 七等分,得 1'、2'、3'、4'、5'、6'各点； （b）以 P 为圆心,PA 为半径作弧,在直径 MN 延长线上截得 M1、N1,分别自 M1、N1 连偶数点 2'、4'、6',并延长与圆周相交得 G、F、E、B、C、D,依次连接 AB、BC、CD、DE、EF、FG、GA,即得圆内接正七边形。
10 分钟	PPT 演示指导	练习 小结、互评

（江苏省南京高等职业技术学校　周海燕）

五、习题集参考答案

（略）

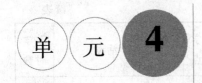

投影的基本知识

一、大纲解析及教材编写说明

这一单元,新大纲与老大纲比较,几乎没有改动。在教材的编写上也中规中矩,没有什么新的创意,只是在各种位置直线和平面的投影这部分增加了"判别口诀",试图用言简意赅、高度概括的口诀帮助学生去理解,在理解的基础上去记忆。在教材的编写中,尽可能地让投影的基本概念及点、线、面与房屋结合在一起,如非常重要的三面正投影图的规律用一幢平房的三面正投影图来讲解,给学生以直观的认识从而理解三面正投影图的规律。

二、教学内容、教学要求、教学重点、教学难点、教学活动与教学时数

教学内容	知识点	教学要求			教学重点	教学难点	教学活动	教学时数
		了解	理解	掌握				
投影的概念与分类	投影的概念	✓						
	投影的分类	✓						
	建筑工程图常用的工程图样	✓						
三面正投影图	三面投影体系	✓						2
	三面正投影图的形成		✓		✓		绘制简单形体的三面正投影图	
	三面正投影图的展开	✓						
	三面正投影图的规律		✓		✓	✓		
	三面正投影图的作图方法		✓		✓			
	多面正投影图	✓						

教学内容	知识点	教学要求			教学重点	教学难点	教学活动	教学时数
		了解	理解	掌握				
点的投影	点的正投影特性	✓					识读、绘制点的投影	4
	点的三面投影及其投影标注		✓					
	点的投影规律			✓	✓			
	点的坐标和点到投影面的距离		✓		✓			
	两点的相对位置与重影点		✓			✓		
直线的投影	直线的正投影特性	✓					识读、绘制直线的投影	4
	直线投影图的作法		✓		✓			
	各种位置直线的投影			✓	✓	✓		
	直线上的点		✓					
	两直线的相对位置	✓				✓		
平面的投影	平面的正投影特性	✓					1. 识读、绘制平面的投影图 2. 识读、绘制平面上点和直线的投影图	4
	平面正投影图的作法		✓		✓			
	各种位置平面的投影			✓	✓	✓		
	平面上的直线和点	✓				✓		

三、教学建议

本单元是土木工程识图的理论基础,是教学的重点之一,但是由于学生还没有学习立体几何,空间概念较差,也缺乏空间想象能力,所以本单元的教学难度较大,老师应给予足够的重视。在教学中,可以通过以下教学手段来解决这个问题。

(1)制作多媒体课件,让死的东西活起来,把平面的东西搬到空间,利用生动形象的 PPT 多媒体课件吸引学生的眼球。

(2)在利用多媒体的同时,借助教具、模型直观地讲清基本概念。

(3)充分调动学生的积极性,让学生自己动手并参与到教学中。如用硬纸板自己制作三面正投影体系,跟随老师一同演示,如用橡皮、铅笔、书本作为点、线、面,自己比划各种位置的点、线、面,从而得出结论,这样能取得事半功倍的教学效果。

(4)循序渐进。点的投影是基础,掌握了点的投影,直线的投影问题就不大了,掌握了点和直线的投影,平面的投影就轻松了许多。

四、教案选编

土木工程识图教案——三面正投影图

授课题目		三面正投影图
授课教师		
授课班级	10 级建筑专业 3 班	授课时间
教学目标	知识目标	掌握三面正投影图成图原理和"三等"规律、反映形体的方位;培养学生的空间想象力;能绘制简单形体的投影图;为后续识读专业图样打下良好的基础。
	能力目标	在利用模型引导学生准确绘制三面投影图的教学过程中,培养学生良好的合作、交流意识和认真负责的态度,养成细致、严谨的工作态度;形成科学的空间三维思维方式,养成一丝不苟的态度。
	德育目标	中国人民的智慧是无穷的,激发爱国热情,增强时代感和使命感;加强学生对本专业的热爱。
教学方法	体验、案例分析、讨论、任务驱动的教学方法。	
课程准备	形式准备	按组内异质、组间同质的方法,将 52 名学生分为 13 组,每组 4 人。
	知识准备	投影的种类和正投影图的投影特点、制图标准、几何画图方法。
	任务准备	根据老师布置的任务,小组合作探究、讨论交流、相互协作,师生双向交流,完成教学目标。
	心理准备	每位同学都要积极参与,大胆尝试,团结协作,彰显才华,赏识他人,超越自我,认真绘图、制作和装饰形体,力争得奖。
	时间分配	本节课 45 分钟,时间分配:导入新课 2 分钟,咨询交流、师生互动 25 分钟,动手制作,互相展示 15 分钟,总结颁奖,布置作业 3 分钟。

教学内容及实施过程	设计意图
第一个环节:创设情景,导入新课 　　伴随着"我们的大中国"的歌声,展示着世博会各国展馆;老师导入:建筑是美妙的音乐,是跳动的音符,是吟唱的诗句,是凝固的舞姿,是一切的可能。走进世博建筑,惊喜无处不在:光影变化、线条设计、色彩调配,每一个细节都值得仔细回味。尤其是中国馆,外观以"东方之冠"的构思主题,表达中国文化的精神与气质。国家馆居中升起、层叠出挑,成为凝聚中国元素、象征中国精神的雕塑感造型主体——东方之冠;充分彰显盛世大国的气派,建筑之美妙,竟难以用语言酣畅淋漓地表述。 　　教师设疑:"世博会各国展馆漂亮吗? 你想建造出如此美妙的建筑吗?"强调其建筑依据是设计图纸,引出"三面正投影图"。 **第二个环节**:三面正投影体系的建立、展开及三面正投影图的形成 　　1. 三面投影体系 　　PPT 课件展示:不同形体在一个、两个投影面上的投影是完全相同的。得出结论:依据单面或两面投影得出的物体不是唯一的,引出三面投影或多面投影。由此得出结论:只有三面及以上投影才能完整地表达出物体的形状。 　　三个投影图,需要三个投影面,且三个面互相垂直,如教室的一角,就是三个投影面。 　　运用现场的墙角,使学生易懂、不抽象。让学生将事先做好的立方体置于三面正投影体系中,依据正投影原理,说出三面正投影图在各投影面上的形状,教师引导说出正水平投影面反映的是形体的什么方位、尺寸,另外两个投影面让学生总结。 　　V 表示正投影面,从前往后看,得到正立面图,反映物体的长和高;H 表示水平投影面,从上往下看,得到水平图,反映物体的宽和长;W 表示侧面投影面,从左往右看,得到侧立面图,反映物体的高和宽。 　　播放 PPT 课件,观看讲解。 　　设疑:图纸是两维,形体是三维,如何在图纸中表达出三个方向的尺寸呢?	体现中国文化的博大精深,使学生在这种氛围中得到熏陶,使学生感觉作为一个中国人的骄傲,提高学生对祖国的热爱。 　　以这样的形式导入新课,营造氛围,情境设疑,激发了学生浓厚的学习兴趣,从而自然地过渡到新课。 　　运用实物进行教学,让学生在主观意识上积极主动地认识和探索三面正投影图的相关知识。 　　让教学内容更加直观、更加丰富,吸引了学生的注意力,提高了学生的参与度,易于学生理解。 　　学生通过观察思考,掌握三个面上的投影图反映物体的哪两个方向的尺寸。 　　根据建构主义理论的思想,学生不是知识的被动接受者,而是知识的主动建构者。因此,通过营造宽松的课堂气氛,创设学习情境,激发学生学习动机,

教学过程	2. 三面投影体系展开 教师运用 PPT 课件演示,将空间三个投影面通过反转,使其在同一个平面上,让学生总结,记忆深刻。 3. 三面正投影图之间的规律 学生认真观察教师的画图方法和步骤,掌握绘图的方法和技巧。 **第三个环节:**三面正投影图的画法 教师利用 PPT 课件展示上述立方体三面正投影图的画法。 项目教学:教师引导,让学生将事先做好的组合体形体放入三面投影体系(教室一角)中,画出三面投影图,说出三个投影面上反映的形体的尺寸和方位。(小组内部可以互相讨论,组内互相学习。) 结合课前制作的形体,画出三面正投影图。 **第四个环节:**三面正投影图的应用 展示简单工程三面正投影图的形成及图的作用,使同学们感觉建筑识图好学,增强自信心。同时强调,建筑施工图中,建筑和结构施工图都是通过三面正投影图表示的,所以要更加用心去学,养成一丝不苟的学习态度。 **第五个环节:**知识运用与创新 教师在屏幕上给出物体形状,学生绘制三面正投影图,教师巡视学生的绘制情况,学生“做中学”,教师“做中教”,让学生互评,最后教师点评,并且给出正确的三面正投影图,讲解学生容易出错的地方。 让学生在原有的基础上对原图形加以修改制作,没有限制。 • 模型制作 (1) 材料:选择适当材料和工具:彩泥、发泡塑料、双面胶、包装塑料、剪刀、裁纸刀、直尺、三角板、即时贴。	帮助学生主动建构知识,在学习中学会学习。 通过演示、引导,让学生总结出三面正投影图的“三等”规律及三个投影面对应的空间形体的方位关系,增强学生观察、总结、归纳知识的能力。 以案例为载体,通过对案例的分析,挖掘其中所蕴含的各种信息的教学方法,能够充分体现学生的层次教学。案例法为学生提供了一种“做中学”、教师“做中教”的机会。 和实际建筑施工图结合,使学生感觉专业制图易学,增强自信心,激发学生的学习兴趣;让学生在主观意识上去积极主动认识和探索三面正投影图的相关知识。 任务驱动: 课前做好准备,教师将完成任务需要的材料、工具准备好,让学生完成规定任务后,充分发挥想象力,自己创造性地完成任务。发挥学生的创造能力,充分

（2）要求:模型长、宽、高均不超过 10 cm。

（3）制作方法:整体法、叠加法。

注:材料任选,比例任定,时间 10 分钟。

做得快的同学可以在原图的基础上进行再加工,培养创意。

● 评选:创意奖 2 名,最佳外观装饰奖 3 名,并颁发奖品。

备注:奖项不重复。

第六个环节:知识拓展

再次展示建筑物图片,教师引导:建筑物是由简单形体组成的,所以只要我们学会了形体的投影原理,会绘制组合体投影,就能够培养空间想象力,从空间到平面,再由平面到空间,结合图样我们就会建造出美妙的建筑。

首尾呼应,使学生更进一步增强信心。如此美妙的建筑,只要好好学习是很容易建造的。

第七个环节:布置作业

（1）习题集 P23:1.2

（2）智慧与空间想象力的展现

每个同学做出两个模型,画出三面投影图。

板书设计:三面正投影

1. 三面投影体系	4. "三等"关系
2. 三面正投影图的形成	5. 方位关系
3. 三面正投影图的展开	6. 画图方法

张扬了个性,提高了学生的参与度,易于学生理解。

尤其是最后让学生充分发挥想象力,展示每个人的聪明才智,调动了学生的积极性,充分发挥了学生的优势,教学效果极好,课堂气氛活跃,达到了教学目的。

使学生在绘图和模型制作过程中,将知识掌握得更加牢固和熟练,空间想象力得到提高,为后续学习做好准备。

让学生在欣赏美妙的建筑物中开始,又在欣赏建筑物中结束,首尾呼应,使学生更加热爱这个专业,增强了自信心。

| 课后反思 | 再次回顾整个教学过程，对照新课程理念，我觉得这节课的教学实现了三方面的变革：

（1）师生关系的变革教学活动中，从传统意义上的教师教与学生学向师生互教互学转变，彼此形成一个真正的学习共同体，教师的作用特别地体现在以下几个方面：

1）设计空间较大的问题，给学生发现的时间和空间。

2）创设富有挑战性的问题情境。激发学生强烈的探究欲望，能够引导学生有序思维、积极发现，从而提高课堂教学的效率。

3）重视学习活动中的知识生成，凸显学生学习的主人地位。

（2）学习方式的变革。教师关注学生的独立思考、自主探究和合作交流。具体表现在：

1）指令性活动向自主探索转化。教师通过提供学习材料使学生始终处于观察、探究、交流等高层次的思维活动之中。

2）问答式教学向学生独立思考基础上的合作学习转变。

3）学习过程从封闭预设走向开放、生成。 | |

课后反思

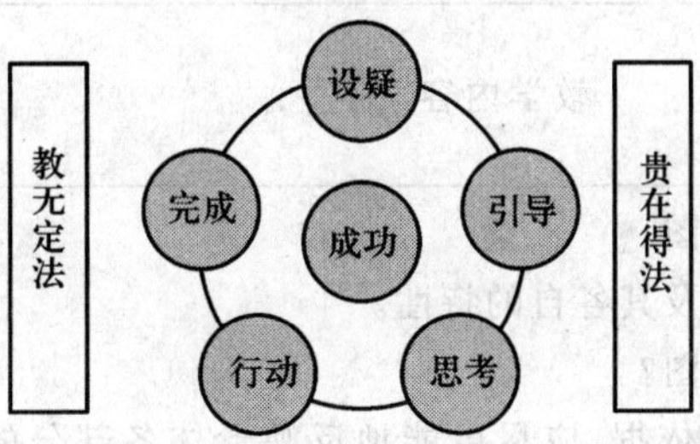

教无定法　　设疑　完成　成功　引导　行动　思考　　贵在得法

（河北省定州市职业技术教育中心　朱叶）

课　题	4.2 三面正投影图		课堂类型	理论实践课
专　业	建筑工程施工	班　级　秋季一年级班	课　时	1

教 学 目 的	（1）知识目标：理解三面正投影图的形成原理及其规律； （2）能力目标：掌握三面正投影图的作图方法；培养学生的空间思维能力； （3）德育目标：培养学生严肃认真的工作态度和主动探究的学习能力。			
教学重点 及难点	（1）教学重点：三面正投影图的形成、规律和作图方法。 （2）教学难点：三面正投影图的展开和规律分析。 （3）关键点：三面正投影图的形成和展开。			
主要教学 方　法	教法：演示讲解、指导练习、引导交流。 学法：观察分析、实践操作、发现探究。		教具准备	多媒体、几何模型、 自制教具
教学过程及 时间分配	教学内容			教学方法 的运用
一、复习导入	复习：(1) 投影法和投影图。 　　　　(2) 投影法的分类及其各自的特性。 　　　　（3）什么是正投影图？ 导入：图样是施工操作的依据，应尽可能地反映形体各部分的形状和大小，但形体的一个投影图不能确定其空间形状（图4-2）。形体的两个正投影也不能正确、充分地反映形体的空间形状（图4-3）。（调动兴趣，集中注意力。） 　　　如将形体放在三个相互垂直的投影面之间，用三组垂直于三个投影面的平行投射线投影，就可得到形体在三个不同方向的正投影。这样就可比较完整地反映出形体顶面、正面及侧面的形状和大小（图示）。			多媒体演示
二、讲授新课	一、三面投影体系 三面投影体系：由三个相互垂直的投影面构成。 （学生动手将预先准备的正方形纸折成"三面投影体系"，并标注各投影面、投影轴及原点。） 水平投影面，用 H 表示，简称 H 面； 正立投影面，用 V 表示，简称 V 面； 侧立投影面，用 W 表示，简称 W 面。 三个投影面的两两相交线 OX、OY、OZ 称为投影轴，它们相互垂			演示讲解 指导练习 演示讲解

教学过程及 时间分配	教学内容	教学方法 的运用
	直。三投影轴的交点 O 称为原点。 二、三面正投影图的形成 （学生以绘图橡皮为形体，想象并绘制它在三面投影体系中形成的正投影图。） （1）H 面投影：平行投射线由上向下垂直 H 面，物体在 H 面上产生的投影，也称为水平投影； （2）V 面投影：平行投射线由前向后垂直 V 面，物体在 V 面上产生的投影，也称为正面投影； （3）W 面投影：平行投射线由左向右垂直 W 面，物体在 W 面上产生的投影，也称为侧面投影。 三、三面正投影图的展开 为了把空间三个投影面上所得到的投影画在一个平面上，需将三个相互垂直的投影面展开摊平为一个平面。 （学生动手将"三面投影体系"折纸展开。① 多做几次，注意思维上的展开；② 注意 Y 轴的变化。）	实践练习
	四、三面正投影图的规律 看图分析（观察三个投影图的尺寸及位置关系，讨论得出）： 1. 投影关系（三等关系） V 面投影和 H 面投影（正平）：长对正； V 面投影和 W 面投影（正侧）：高平齐； H 面投影和 W 面投影（平侧）：宽相等。 （反复折起、展开"三面投影体系"，并在投影图上标注形体在空间的方向，讨论得出。） 2. 反映方向 V 面投影图反映形体的上下和左右的情况； H 面投影图反映形体的前后和左右的情况； W 面投影图反映形体的上下和前后的情况。	观察分析 引导交流
	五、三面正投影图的作图方法 一般先绘制 V 面投影图或 H 面投影图，然后再绘制 W 面投影图。 （1）先画出水平和垂直十字相交线，以作为正投影图中的投影轴。 （2）根据形体在三面投影体系中的放置位置，先画出能够反映形体特征的 V 面投影或 H 面投影。 （3）根据投影关系（"三等"关系），由"长对正"规律画出 H 面或 V 面投影；由"高平齐"规律从 V 面投影向 W 投影面引画水平线；由"宽相等"规律从 H 面投影向 W 投影面引线（见 45°线水平变垂直），得到与"等高"水平线的交点，连接关联点而得到 W 面投影。	演示讲解 观察分析

教学过程及时间分配	教学内容	教学方法的运用
	说明: ① 由于绘图时只要求各投影图之间的"长、宽、高"关系正确,因此图形与轴线之间的距离可以灵活安排; ② 在实际工程图中,一般不画出投影轴,但在初学时最好将投影轴用细线画出。	
三、课堂练习	一、二组左边同学作模型一的三面正投影图,右边同学作模型二的三面正投影图;三、四组左边同学作模型三的三面正投影图,右边同学作模型四的三面正投影图(尺寸给定)。 注意:投射线可穿透形体,用虚线表示不可见部分的轮廓。 绘制完成后同桌两位同学互评。	指导练习 引导交流 发现探究
四、课堂总结	(1) 由几位学生谈谈本堂课的收获和感觉较难理解的知识点,请其他同学帮助讲讲应该如何理解; (2) 教师帮助作梳理,最后强调本堂课的重点和难点: ① 三面投影体系的建立和三面投影图的形成; ② 三面正投影图的展开(关键要解决思维上的展开); ③ 三面正投影图的规律分析: 投影关系("三等"关系)和反映方向。 ④ 三面正投影图的作图方法: 作图顺序:先画正(或平),再画平(或正),最后画侧。注意投影规律的科学运用。	引导总结
五、作业布置	(1) 一、二组同学绘制模型三的三面正投影图,三、四组同学绘制模型一的三面正投影图,放置位置自定(作业按组收交)。 (2) 课外作业:用橡皮泥削切出不同的几何形体,仔细观察并绘制形体的三面正投影图。每个同学完成不少于两个形体的三面投影图绘制。	练习巩固

教学过程及 时间分配	教学内容	教学方法 的运用
板书设计	课题:4.2 三面正投影图 一、三面投影体系(图示) 二、三面正投影图的形成 H 面投影(水平投影);V 面投影(正面投影);W 面投影(侧面投影)。 三、三面正投影图的展开 四、三面正投影图的规律 1. 投影关系:"长对正"、"高平齐"、"宽相等"。 2. 反映方向:V 面——上下、左右、H 面——前后、左右、W 面——上下、前后 五、三面正投影图的作图方法 (1) 画十字相交线(投影轴)。 (2) 先画 V(或 H)面投影(反映特征)。 (3) 再画 H(或 V)面投影,最后画 W 面投影(投影关系)。 六、练习(略) 七、作业布置	
教学后记	(1) 这是一堂实践性较强的课,学生整堂课的兴趣和主动性都很高,学生能积极参与,主动探究,获取知识,初步掌握三面正投影图的形成原理,达到预期目标。 (2) 在职业教育教学过程中,要经常思考如何调动学生主动参与,从中获得自我学习体验,这对于帮助学生学习很重要。 (3) 思考:一堂课成功的关键不是老师感觉自己"讲到了",而是学生感觉"学到了"。更重要的是要培养学生完成从"学会"到"会学"的内化,教师要架设好平台,做好引导和铺垫,让学生体会知识是自我经历,能力是亲历获取,方法是主动归纳,这样的效果会更好。	

(陕西省宝鸡市陈仓区职教中心　孙涛)

课题	4.3　点的投影	2 课时
教学目标	掌握点的投影规律。	
教学重点	真正理解长对正、高平齐,宽相等的投影规律。	
教学难点	长对正、高平齐、宽相等的实际应用;求特殊点的投影。	
学情分析	学生进入投影部分,建立空间概念,点的投影容易让学生糊涂,一定要慢慢讲,给他们接受和消化的时间。	
教学方法		
教具	多媒体课件、模型、动画演示。	
课后体会		

教学过程时间分配	组织教学	复习	讲授新课
	1 分钟	13 分钟	60 分钟
	总结	课堂练习	布置作业
	5 分钟	10 分钟	1 分钟

教学环节及时间分配、备注	师生活动	教学内容
组织教学 (1分钟) 复习 (15分钟)		复习: (1) 投影法分为哪两类? 投影法分为中心投影法和平行投影法两种。 (2) 什么叫中心投影法? 投射线从一有限远点射出,在投影面上作出投影的方法称为中心投影法。 (3) 什么叫平行投影法? 平行投影法又分为哪两类? 若把光源 S 移到无穷远处,则所有投射线都互相平行,这种投射线互相平行的投影方法,称为平行投影法。 在平行投影中,按投射线与投影面是否垂直,又分为正投影法和斜投影法。 (4) 正投影法的基本性质是什么? 真实性、积聚性、类似性。 (5) 三面正投影图是如何由三个投影面形成的? 这三个面分别叫什么面? 用什么字母表示? 由三个投影面互相垂直而构成的。 正立投影面,简称正立面,用 V 表示;水平投影面,简称水平面,用 H 表示;侧立投影面,简称侧立面,用 W 表示。 (6) 什么叫正立面图、平面图和侧立面图? 正立面图:由前向后投影,在 V 面上所得到的投影图;水平面图:由上向下投影,在 H 面上所得到的投影图;侧立面图:由左向右投影,在 W 面上所得到的投影图。 (7) 为使三个投影图能共面,是如何展开的? 为使三个投影图能共面,令 V 面保持不动,H 面绕 OX 轴向下翻转 $90°$,W 面绕 OZ 轴向右翻转 $90°$,使它们与 V 面处于同一平面上。原 OY 轴被分为两条,在 H 面上的用 OY_H 表示,在 W 面上的用 OY_W 表示。原 OX 轴与 OZ 轴的位置不变。 (8) 三面正投影图的规律,即"九字令"是什么? "长对正、高平齐、宽相等"。 (9) 正立面图、水平面图、侧立面图各反映了怎样的位置关系? 正立面图反映上、下和左、右的位置关系;水平面图反映前、后和左、右的位置关系;侧立面图反映上、下和前、后的位置关系。
新课 点的投影 (60分钟)		4.3 点的投影 4.3.1 点的正投影特性 点的投影仍然是点。 4.3.2 点的三面投影及其投影标注

教学环节及时间分配、备注	师生活动	教学内容
		点的三面投影图 空间点及其投影的标记规定为:空间点用大写拉丁字母表示,如 A、B、C…;水平投影用相应的小写字母表示,如 a、b、c…;正面投影用相应的小写字母加一撇表示,如 a'、b'、c'…;侧面投影用相应的小写字母加两撇表示,如 a''、b''、c''…。 特殊位置点: 1) 空间点位于投影面上(即有一个坐标为 0)。它的三个投影中有两个投影位于投影轴上,第三个投影位于该投影面上。 2) 点位于投影轴上(即两个坐标为 0)。则它的两个投影位于投影轴上,第三个投影在坐标原点。 位于投影面和投影轴上的点称为特殊位置点。 ### 4.3.3 点的坐标和点到投影面的距离 如果把三投影面体系看作直角坐标系,把投影面 H、V、W 作为坐标面,投影轴 X、Y、Z 作为坐标轴,则点 A 的直角坐标 (x,y,z) 便是 A 点分别到 W、V、H 面的距离。 点的坐标和点到投影面的距离

教学环节及时间分配、备注	师生活动	教学内容
		练习： 已知点 A 的坐标 $x=20$，$y=15$，$z=10$，即 $A(20,15,10)$，求作点的三面投影图。 (a) 画出坐标轴　　　　(b) 在 OX 轴上量取 $O_{a_X}=x=20$ 　　　　　　　　　　　在 OY_H 轴上量取 $O_{a_{Y_H}}=y=15$ 　　　　　　　　　　　在 OZ 轴上量取 $O_{a_Z}=z=10$ (c) 过 a_X 作 OX 轴的垂线，过 a_Z 作　　(d) 求 a'' OZ 轴的垂线，过 a_{Y_H} 作 OY 轴的 垂线，得交点 a' 和 a **4.3.4　两点的相对位置和重影点** **1. 两点的相对位置** 　　空间两点的相对位置有上、下、左、右、前、后的关系。前后位置由 y 坐标判别，y 大的在前，y 小的在后；上下位置由 z 坐标判别，z 大的在上，z 小的在下；左右位置由 x 坐标判别，x 大的在左，x 小的在右。 练习： 　　请判断下图中 A、B 两点的相对位置。 　　A、B 两点的相对位置由 A 点的坐标 $(x_A、y_A、z_A)$，B 点的坐标 $(x_B、y_B、z_B)$ 来判断。 　　由 V 面投影知，$x_A>x_B$，说明 A 点在 B 点的左边。

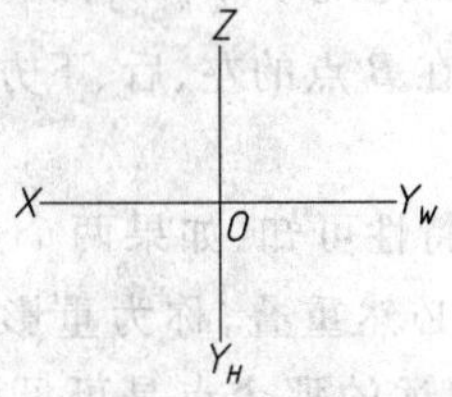

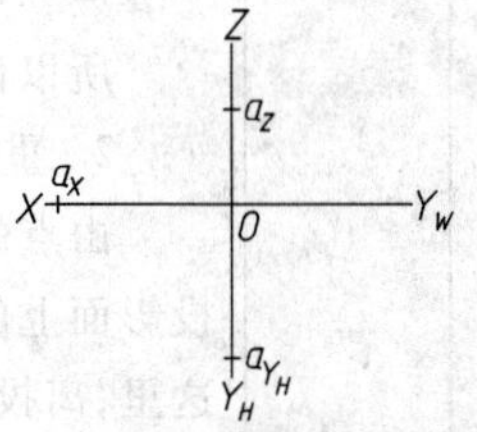

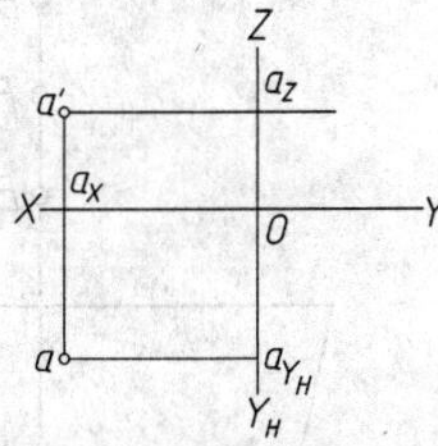

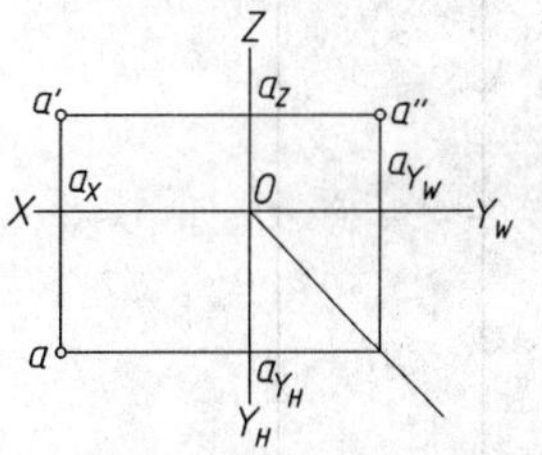

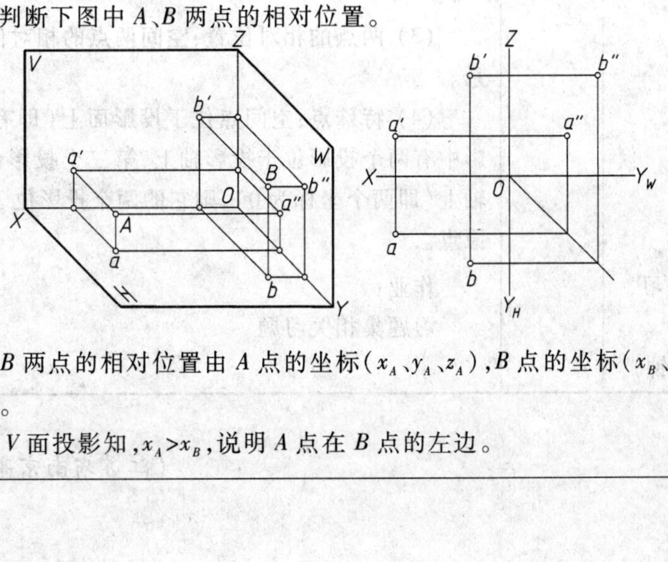

教学环节及时间分配、备注	师生活动	教学内容
		由 H 面或 W 面投影知，$y_B > y_A$，说明 B 点在 A 点的前边。 由 V 面或 W 面投影知，$z_B > z_A$，说明 B 点在 A 点的上方。 所以说 A 点在 B 点的左、后、下方。 2. 重影点 由点的投影特性可知，如果两个点位于同一投射线上，则此两点在该投影面上的投影必然重叠，称为重影，对该投影面来说此两点为重影点。这里，离投影面较远的那个点是可见的，而另一个点则不可见。当点为不可见时，应在该点的投影上加括号表示。
总结 （5分钟）		总结： （1）点的投影的特点：点的投影仍为一点，且空间点在一个投影面上有唯一的投影；但已知点的一个投影，不能唯一确定点的空间位置。 （2）点 A 在 H、V、W 三个投影面内的投影分别用什么字母表示？ a、a'、a''。 （3）两点的相对位置：空间两点的相对位置有上、下、左、右、前、后的关系。 （4）特殊点：空间点位于投影面上（即有一个坐标为0）。它的三个投影中有两个投影位于投影轴上，第三个投影位于该投影面上。点位于投影轴上（即两个坐标为0），则它的两个投影位于投影轴上，第三个投影在坐标原点。
课堂练习、作业 （10分钟）		作业： 习题集相关习题。

（江苏省南京高等职业技术学校　陈炜）

课题	4.4 直线的投影	2 课时
教学目标	掌握一般位置直线和特殊位置直线的投影特性。	
教学重点	求特殊位置直线。	
教学难点	求特殊位置直线。	
学情分析	学生学习直线的投影会有些难度,也可以先讲错题再教新课。	
教学方法		
教具	多媒体、课件。	
课后体会		

教学过程 时间分配	组织教学	复习	讲授新课
	1 分钟	15 分钟	60 分钟
	总结	课堂练习	布置作业
	3 分钟	10 分钟	1 分钟

教学环节及时间分配、备注	师生活动	教学内容
复习 (15分钟) 导入新课 (2)直线的投影 (60分钟)		复习： 1. 点的投影的特点是什么？ 答：点的投影仍为一点。 2. 点 A 在 H、V、W 三个投影面内的投影分别如何表示？ 答：a、a'、a''。 3. 作点 $A(25,15,10)$、$B(10,25,25)$ 的三面投影。（请学生上黑板画，后面作直线投影的导入用。） 4.4 直线的投影 4.4.1 直线的正投影特性 直线对一个投影面的投影特性： 直线垂直于投影面的投影重合为一点。（积聚性） 直线平行于投影面的投影反映线段实长。（真实性） 直线倾斜于投影面的投影比空间线段短。（类似性） 4.4.2 直线投影图的作法 两点确定一条直线，将两点的同名投影用直线连接，就得到直线的同名投影。 4.4.3 各种位置直线的投影 根据直线与三个投影面的相对位置不同，可以把直线分为三种： 一般位置直线：与三个投影面都倾斜的直线。 投影面平行线：平行于一个投影面，倾斜于另外两个投影面的直线。 投影面垂直线：垂直于一个投影面，同时必平行于另外两投影面的直线。 投影面平行线和投影面垂直线统称为特殊位置直线。 1. 一般位置直线 投影特性： 三个投影都缩短。即都不反映空间线段的实长，且与三个投影轴都倾斜。（三斜三短）

教学环节及时间分配、备注	师生活动	教学内容
		2. 投影面平行线 （1）水平线（平行于 H 面） 投影特性： $ab=AB$，与 OX、OY_H 轴倾斜； $a'b' /\!/ OX$ 轴，$a''b'' /\!/ OY_W$ 轴； $a'b'<AB$，$a''b''<AB$。 （2）正平线（平行于 V 面） 投影特性： $a'b'=AB$，与 OX、OZ 轴倾斜； $ab /\!/ OX$ 轴，$a''b'' /\!/ OZ$ 轴； $ab<AB$，$a''b''<AB$。 （3）侧平线（平行于 W 面） 投影特性： $a''b''=AB$，与 OZ、OY_W 轴倾斜； $ab /\!/ OY_H$ 轴，$a'b' /\!/ OZ$ 轴； $ab<AB$，$a'b'<AB$。 投影面平行线的投影特性（一斜二平）： ● 在其平行的投影面上的投影反映实长； ● 另两个投影面上的投影平行于相应的投影轴。 3. 投影面垂直线 （1）铅垂线（垂直于 H 面） （2）正垂线（垂直于 V 面）

教学环节 及时间分 配、备注	师生 活动	教学内容
		  （3）侧垂线（垂直于 *W* 面） 投影面垂直线的投影特性（一点两平）： ● 在其垂直的投影面上的投影有积聚性； ● 另外两个投影反映线段实长，且垂直于相应的投影轴。 练习： 参考立体图，判断物体上的直线属于哪一类直线。 *AB* 为　正　平线，*CD* 为　一般位置直　线，*EF* 为　水平　线。

教学环节及时间分配、备注	师生活动	教学内容
		4.4.4 直线上的点 （1）直线上的点的投影，必定在该直线的同名投影上。反之，一个点的各个投影都在直线的同名投影上，则此点必在该直线上。 （2）若直线上的点分线段成比例，则此点的各投影相应地分该线段的同名投影成相同的比例（定比性）。 4.4.5 两直线的相对位置 空间两直线的相对位置，有三种： 两直线平行； 两直线相交； 两直线交叉。
总结 （3分钟）		总结： 1. 一般位置直线的投影特性是什么？ 三个投影与各投影轴都倾斜。（三斜三短） 2. 投影面平行线的投影特性是什么？ 在其平行的投影面上的投影反映线段实长，另两个投影平行于相应的投影轴。（一斜二平） 3. 投影面垂直线的投影特性是什么？ 在其垂直的投影面上的投影积聚为一点，另两个投影反映实长且垂直于相应的投影轴。（一点二平）
课堂练习 （10分钟）		课堂练习：
布置作业 （1分钟）		习题集相关作业。

（江苏省南京高等职业技术学校　陈炜）

课程名称:<u>土木工程识图</u>　　授课班级<u>10 级建筑工程施工 1、2、3 班</u>　　授课教师:

章节名称		4.5.3　各种位置平面的投影		学时	2
教学目标		知识目标:熟练掌握各种位置平面的投影特征及判定。 能力目标:培养学生的投影分析能力、空间想象能力。 情感目标:激发学生积极、自主探索学习的精神,培养学生热爱生活、热爱科学的情感。			
教学内容分析		建筑是由若干体量不同的形体组成的,而这些形体又是由不同的平面(曲面)围合而成的,是否熟练掌握各种位置平面的投影特征及判定直接影响形体的学习。			

教学内容及课时分配	知识点编号	内容	学习目标	课时分配
	4.5.3	各种位置平面的投影	1. 熟记平面的分类	1 课时
			2. 掌握一般位置平面的投影特性及判定	
			3. 掌握投影面平行面的投影特性及判定	1 课时
			4. 掌握投影面垂直面的投影特性及判定	

教具	投影板(多媒体)	教法	启发式教学,讲授

项目	内容	解决措施
教学重点	1. 各种位置平面 2. 各种位置平面的投影特性及判定	通过平面在三面投影系中的位置进行平面分类。 通过各种位置平面的直观图和三面正投影图的比较,掌握理解平面的投影特性及判定要领。
教学难点	各种位置平面的投影特性及判定	通过各种位置平面的直观图和三面正投影图的比较,掌握理解平面的投影特性及判定要领,提高投影分析能力,为下一单元形体投影的学习打下良好的基础。

知识点编号	媒体类型	媒体内容要点		教学作用	使用方式	所得结论	占用时间	媒体来源
导入		点、直线的投影特性		ABC	AG	联系到平面的投影	10分	
4.5.3	多媒体	平面的分类		BCF	DG	认识各种位置平面	15分	自制
		一般位置平面		EF	CG	掌握一般位置平面的投影特性及判定	20分	
		投影面平行面	水平面	EFJ	CFG	掌握投影面平行面的投影特性及判定	15分	
			正平面	EFJ	CFG			
			侧平面	EFJ	CFG			
		投影面垂直面	铅垂面	EFJ	CFG	掌握投影面垂直面的投影特性及判定	15分	
			正垂面	EFJ	CFG			
			侧垂面	EFJ	CFG			
		课堂小结 巩固训练				巩固知识	15分	

（左侧纵列：教学媒体（资源）的选择）

媒体在教学中的作用分为：A. 提供事实,建立经验；B. 创设情境,引发动机；C. 举例验证,建立概念；D. 提供示范,正确操作；E. 呈现过程,形成表象；F. 演绎原理,启发思维；G. 设难置疑,引起思辨；H. 展示事例,开阔视野；I. 欣赏审美,陶冶情操；J. 归纳总结,复习巩固；K. 自定义。

媒体的使用方式包括：A. 设疑—播放—讲解；B. 设疑—播放—讨论；C. 讲解—播放—概括；D. 讲解—播放—举例；E. 播放—提问—讲解；F. 播放—讨论—总结；G. 边播放、边讲解；H. 边播放、边议论；I. 学习者自己操作多媒体进行学习；J. 自定义。

板书设计	4.5　平面的投影
	4.5.3 各种平面位置的投影 一、平面的分类 二、一般位置平面的投影特性及判定 三、投影面平行面的投影特性及判定 四、投影面垂直面的投影特性及判定　　　　　课件演示区

过程	教师活动	学生活动	设计思路
新课导入	播放幻灯片,分析建筑形体的组成。 提出问题: 两点确定一条直线,直线围成平面,点的投影仍是点,直线的投影一般仍为直线,那么平面的投影又如何呢?	认真观看幻灯片,认识建筑的形成过程,不论多么宏伟的建筑都是由体组成的,而体又离不开面,故而对本节的内容产生强烈的求知欲望。	建筑是由若干体量不同的形体组成的,而这些形体又是由不同的平面(曲面)围合而成的,点和直线又是构成平面的要素,所以在掌握点、直线投影的基础上导入平面的学习。
知识建构	4.5.3 各种位置平面的投影 一、平面的分类 1. 一般位置平面(与三面都倾斜) 2. 投影面平行面 水平面(与 H 面平行,与 V、W 面垂直) 正平面(与 V 面平行,与 H、W 面垂直) 侧平面(与 W 面平行,与 H、V 面垂直) 3. 投影面垂直面 铅垂面(与 H 面垂直,与 V、W 面倾斜) 正垂面(与 V 面垂直,与 H、W 面倾斜) 侧垂面(与 W 面垂直,与 H、V 面倾斜) 	认真观察三面投影体系中各种颜色的平面,分析每种平面和投影面之间的关系,最后得出各种位置平面的定义。	三面投影体系中,各种平面用不同的颜色表示,使学生先有一个感观的认识,从视觉效果上加深印象,进而认知各种位置平面。

二、各种位置平面的投影及投影特性

1. 一般位置平面的投影的特性

课件演示,讲解定义,引导学生观察、分析、总结,一般位置平面的投影特性及判定(三个框)。

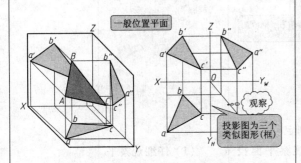

2. 投影面平行面投影的特性及判定

课件演示,讲解定义,引导学生观察平面投影形成的原理及图形,再分析投影图展开后的投影图形,通过直观图和投影图的比较,观察总结投影面平行面的投影特性及判定(一框两直线)。

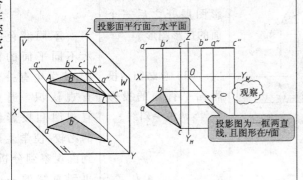

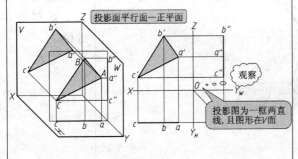

合作探究

仔细观察一般位置平面在三面投影体系中形成的三面投影以及三面投影图展开之后三个面的图形,总结一般位置平面投影特性及判定。

(1)仔细观察平面在三面投影体系中形成的三面投影,会发现投影图为一框两直线。

(2)推理三面投影图展开之后三个面的投影图形

(3)总结归纳投影面平行面的投影特性:一框两直线。

不同颜色表示不同平面的投影,使学生有一个直观认识。通过直观图和投影图的比较,使学生达到由观察到分析,再到总结的一个自主认知的学习过程。

不同颜色表示不同平面的投影,使学生有一个直观认识。通过直观图和投影图的比较,使学生达到由观察到分析,再到总结的一个自主认知的学习过程。

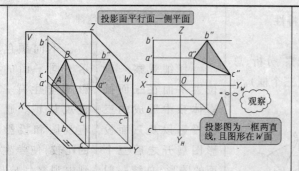

投影面平行面—侧平面

投影图为一框两直线,且图形在W面

（4）思考投影面平行面的判定,也是一框两直线。

3. 投影面垂直面投影的特性及判定

课件演示,讲解定义,引导学生观察平面投影形成的原理及图形,再分析投影图展开后的投影图形,通过直观图和投影图的比较,观察总结投影面垂直面的投影特性及判定（两框一斜线）。

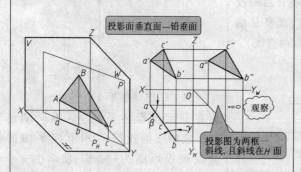

投影面垂直面—铅垂面

投影图为两框一斜线,且斜线在H面

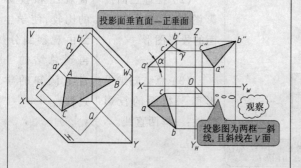

投影面垂直面—正垂面

投影图为两框一斜线,且斜线在V面

（1）仔细观察平面在三面投影体系中形成的三面投影,会发现投影图为两框一斜线。

（2）推理三面投影图展开之后三个面的投影图形。

（3）总结归纳投影面平行面的投影特性:两框一斜线。

不同颜色表示不同平面的投影,使学生有一个直观认识。通过直观图和投影图的比较,使学生达到由观察到分析,再到总结的一个自主认知的学习过程。

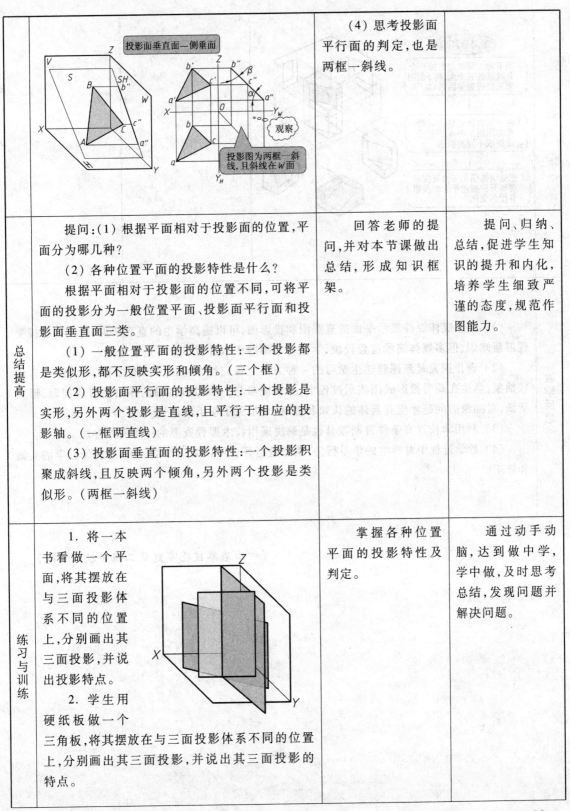

		（4）思考投影面平行面的判定，也是两框一斜线。	

| 总结提高 | 　　提问：（1）根据平面相对于投影面的位置，平面分为哪几种？
　　（2）各种位置平面的投影特性是什么？
　　根据平面相对于投影面的位置不同，可将平面的投影分为一般位置平面、投影面平行面和投影面垂直面三类。
　　（1）一般位置平面的投影特性：三个投影都是类似形，都不反映实形和倾角。（三个框）
　　（2）投影面平行面的投影特性：一个投影是实形，另外两个投影是直线，且平行于相应的投影轴。（一框两直线）
　　（3）投影面垂直面的投影特性：一个投影积聚成斜线，且反映两个倾角，另外两个投影是类似形。（两框一斜线） | 　　回答老师的提问，并对本节课做出总结，形成知识框架。 | 　　提问、归纳、总结，促进学生知识的提升和内化，培养学生细致严谨的态度，规范作图能力。 |

| 练习与训练 | 　　1. 将一本书看做一个平面，将其摆放在与三面投影体系不同的位置上，分别画出其三面投影，并说出投影特点。
　　2. 学生用硬纸板做一个三角板，将其摆放在与三面投影体系不同的位置上，分别画出其三面投影，并说出其三面投影的特点。 | 　　掌握各种位置平面的投影特性及判定。 | 　　通过动手动脑，达到做中学，学中做，及时思考总结，发现问题并解决问题。 |

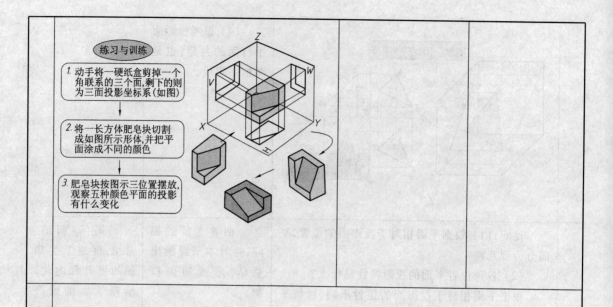

练习与训练

1. 动手将一硬纸盒剪掉一个角联系的三个面,剩下的则为三面投影坐标系(如图)

2. 将一长方体肥皂块切割成如图所示形体,并把平面涂成不同的颜色

3. 肥皂块按图示三位置摆放,观察五种颜色平面的投影有什么变化

教学反思

（1）用多媒体课件展示平面的直观图和投影图,可以提高学生的直观认识,比较容易接受理解新知识,但多媒体演示过程较快,学生对老师的演示过程印象不是很深刻。

（2）合作探究是新课程学生学习的一种方法。探究性学习的方法有多种,本节课内容比较抽象,学生在观看投影成图演示过程中,要积极参与,观察发现问题,并归纳解决问题,形式活跃,对抽象的问题才能有具体的认知和理解,也加深了学生的记忆。

（3）利用学校现有条件自制教具也是解决通用技术课程资源的一种有效办法。

（4）教学过程中对学生的学习行为、状态进行评价可以微调教学策略,有利于教学的实施和修正。

（四川省攀枝花市建筑工程学校 何亮）

授课班级及人数: 2010 级工程造价专业(3+2)班

授课时间:

　　课时数:1 课时

教学内容:

　　单元 4　投影的基本知识

　　4.5 平面的投影

教学目的及要求:

　　1. 知识与技能

　　理解投影面平行面的三面投影特征;能够运用其特征规律识读简单建筑施工图。

　　2. 过程与方法

　　通过平面投影的动手实验,熟悉平面投影的形成过程和作图方法;培养创新意识和自主学习的能力。

　　3. 情感态度价值观

　　通过平面投影的实验教学,激发学生学习的热情和自我展示的激情,培养学生互相帮助、团结协作的精神。

授课类型: 新授课

教学方法: 讲授、演示、实验、探究、技能先导

教学准备:

　　1. 教具准备

　　三面投影体系、三角形平面、矩形平面、投影光源,共计 9 套。

　　2. 多媒体课件

教学重点: 理解投影面平行面的投影特征

教学难点: 正确画出投影面平行面的三面正投影图

教学关键点: 熟练掌握平面正投影的"三性"

教学过程及时间分配:

　　1. 复习旧课(2 分钟)

　　2. 新课导入(3 分钟)

　　3. 教学内容(35 分钟)

　　4. 小结(3 分钟)

　　5. 作业布置(2 分钟)

板书设计:

　　黑板左侧板书内容:　　　　　　　　　　黑板右侧板书内容:(学生作图)

　　4.5 平面的投影

　　4.5.1 平面的正投影特性

　　1. 真实性

2. 积聚性

3. 缩小类似性

4.5.2 平面正投影的作法

实质:求作点和线的投影。

4.5.3 各种位置平面的投影

投影面平行面的投影

正平面投影　　　　水平面投影　　　　侧平面投影

一、复习旧课(2分钟)

复习特殊位置直线投影的规律。

二、新课导入(3分钟)

(1)大家先看一下承受建筑物全部荷载的构件——基础(播放独立基础虚拟现实动画)。

(2)大家知道该独立基础是由多少个面组成的吗?教师操作动画,学生回答。

　　教师:独立基础施工图就是把组成独立基础的各个面进行正投影而得到的。大家现在看一下独立基础施工图纸(PPT展示独立基础施工图)。

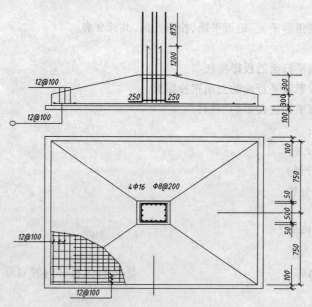

教师:你们能看懂吗?学生回答后,教师:通过今天平面投影的学习,我相信同学们能够看懂相关内容。下面我们带着这个任务开始新内容的学习。

三、教学内容(35分钟)

单元4 投影的基本知识

4.5 平面的投影

4.5.1 平面的正投影特性(7分钟)

(1)教师:平面与投影面的位置关系有几种?学生回答。教师:平面与投影面有三种位置关系。

(2)教师布置任务:每个学习小组动手操作面的投影,并总结投影特性。

(3)教师点评学生实验结论。

(4)教师播放课件讲解平面的正投影特性。教师:当平面平行于投影面时,其投影反映平面的实形;当平面垂直于投影面时,其投影积聚为一条直线;当平面倾斜于投影面时,其投影仍然是平面,但不反映实形,是缩小的类似形。

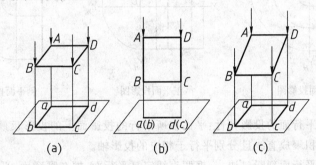

4.5.2 平面正投影图的作法(3分钟)

教师:平面是由若干轮廓线组成的,因此求平面的正投影图,实质上是求作点和线的投影。之后教师利用课件演示平面正投影图的作法。

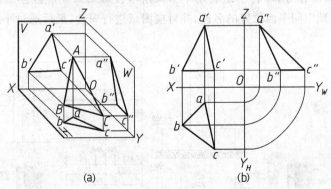

4.5.3 各种位置平面的投影

教师:平面对投影面的相对位置分为三种:投影面平行面、投影面垂直面和一般位置平面。

1. 投影面平行面(15分钟)

(1)教师通过教具演示、讲解。

在三面投影体系中,平行于一个投影面,同时垂直于另外两个投影面的平面称为投影面平行面。投影面平行面又可分为三种:

① H 面平行面——平行于 H 面的平面,又称水平面;

② V 面平行面——平行于 V 面的平面,又称正平面;

③ W 面平行面——平行于 W 面的平面,又称侧平面。

(2)教师布置实验任务。每个小组完成矩形平面在三面投影体系中的投影实验,通过小组实验探究,最终完成正平面、水平面、侧平面的投影过程并画出其投影图。

(3)通过竞争选出 3 个小组代表在黑板上展示小组实验成果,讲解投影特点,其他小组给以点评。

正确画法:

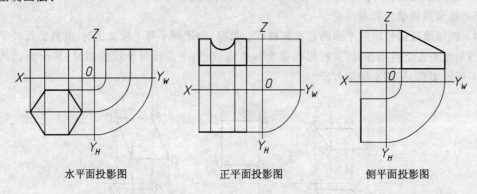

水平面投影图　　　　　　　正平面投影图　　　　　　　侧平面投影图

教师总结投影面平行面的投影特性:平面在所平行的投影面上的投影反映实形。平面在另外两个投影面上的投影积聚成直线且分别平行于相应的投影轴。

教师总结投影面平行面判断口诀:一框两直线定是平行面,框在哪个面,平行哪个面。

2. 独立基础结构施工图部分内容识读(10 分钟)

教师首先播放独立基础 flash 动画,增加学生对独立基础的感性认识,进而引出独立基础施工图。然后教师布置读图任务,即各小组利用本节课所学投影知识完成独立基础平面和立面的识读,要求指出独立基础空间平面位置的名称,并对应图纸进行识读,最后通过小组竞争派代表到台前讲图。

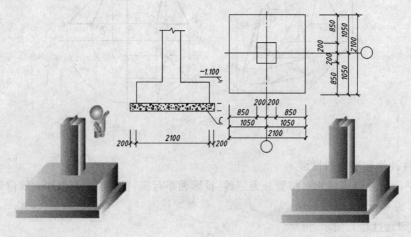

四、小结(3 分钟)

(1) 平面投影特性。

(2) 正平面、水平面、侧平面正投影的投影特点。

(3) 正投影的投影特点。

(4) 布置下节课技能学习任务:识读图纸中关于投影面垂直面的投影。

五、布置作业(2 分钟)

第一部分是投影基础知识题,要求完成习题集中关于投影面平行面投影的习题,以巩固新知识。

第二部分是技能训练题,要求学生利用本节课的基础知识,完成教材附录中私人别墅南、北、东、西立面图中投影面平行面的识读。

六、教学反思

1. 成功之处

(1) 使用虚拟现实动画、flash 动画、实物教具增加了教学的直观性,调动了学生的学习热情,降低了学习难度。

(2) 引入工程图纸,激起了学生对识读图纸技能的渴望。

(3) 小组教学,培养学生互相帮助、团结协作的精神。

(4) 动手实验操作,激发了学生探究新知识的兴趣。

(5) 由学生在黑板上画投影图、点评投影图,活跃了课堂气氛,增强了学生的自信心。

2. 不足之处

(1) 课时有些紧张。

(2) 学生反馈进度有些快。

3. 再教设计

增加应用投影面平行面的投影知识进行识图的教学时间,强化识图技能。

(河北省唐山市建筑工程中等专业学校　王久军)

五、习题集参考答案

单元 4 投影的基本知识

1. 根据直观图,作出 A、B、C 三点的三面正投影。

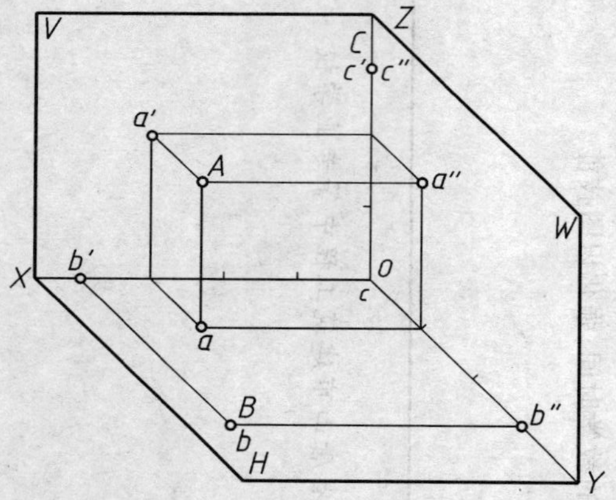

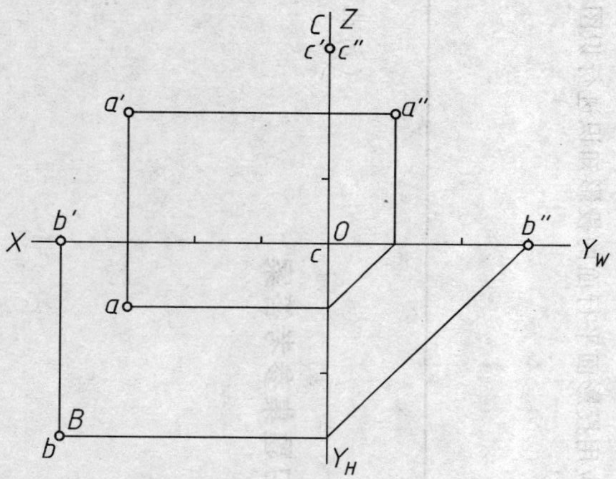

2. 已知房屋的直观图和投影图,把 A、B、C、D 各点标注到投影图的相应位置上。

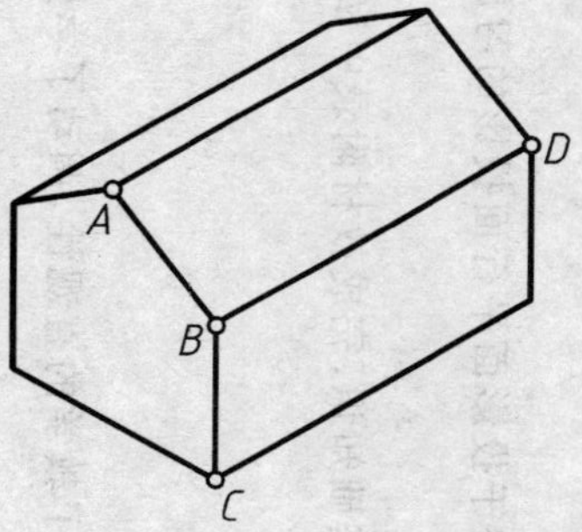

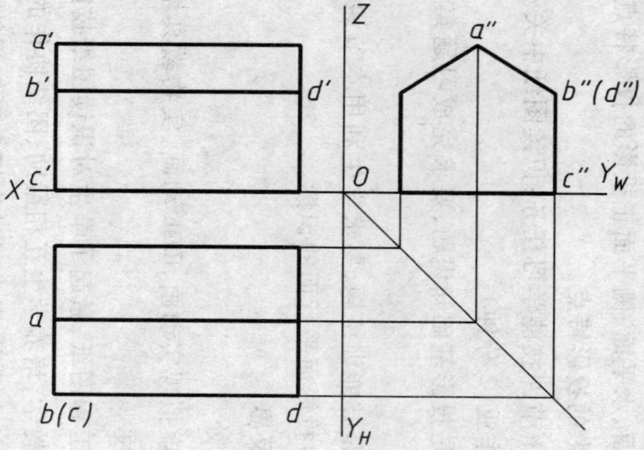

点的投影(一)

班级   姓名   学号   日期

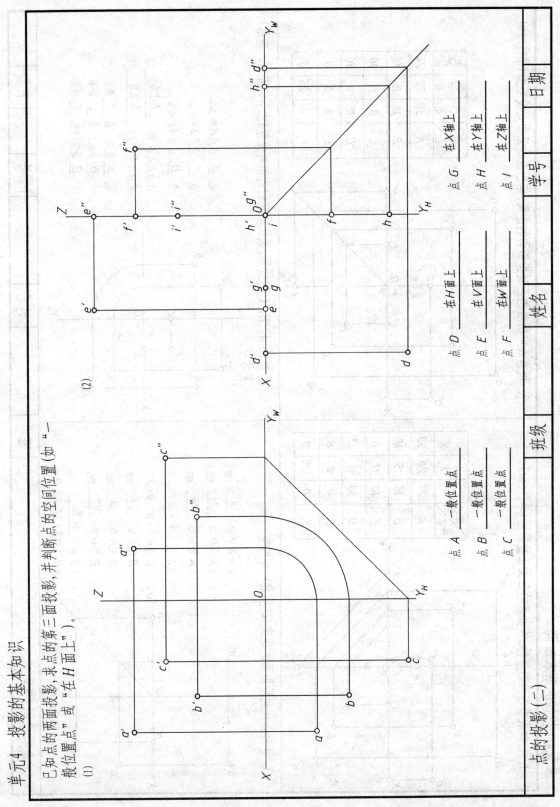

单元4 投影的基本知识

已知点的两面投影，求点的第三面投影，并判断点的空间位置（如"一般位置点"或"在 H 面上"）。

(1)

(2)

点 A	一般位置点	点 D	在 H 面上
点 B	一般位置点	点 E	在 V 面上
点 C	一般位置点	点 F	在 W 面上

点 G	在 X 轴上
点 H	在 Y 轴上
点 I	在 Z 轴上

点的投影（二）

1. 已知表中各点的坐标，作出点的三面正投影图（单位：mm）。

坐标 点名	x	y	z
A	24	20	30
B	16	15	18
C	10	11	0
D	30	0	12
E	0	0	8
F	0	25	0

2. 根据表中所给的点到投影面的距离，作出点的三面正投影图（单位：mm）。

坐标 点名	距H面	距V面	距W面
A	30	20	24
B	18	15	16
C	0	11	10
D	12	0	30
E	8	0	0
F	0	25	0

3. 量出各点到投影面的距离（取整数），并填空。

点A距V面 _9_ mm

点A距H面 _21_ mm

点A距W面 _18_ mm

点A在 _空间_

点A坐标为(18, 9, 21) mm

点B距V面 _21_ mm

点B距H面 _0_ mm

点B距W面 _12_ mm

点B在 _H面_

点B坐标为(12, 21, 0)

4. 已知点A、B、C的投影，试比较它们的相对位置（上下、左右、前后）并填空。

点 _A_ 在点B的上方

点 _C_ 在点A的右方

点 _B_ 在点A的前方

点A在点B的 _右上后_ 方

点B在点C的 _左上前_ 方

点 _A_ 最高，点 _C_ 最低

点 _B_ 最左，点 _C_ 最右

点 _B_ 最前，点 _B_ 最后

点的投影（三）

班级	姓名	学号	日期

単元4 投影的基本知识

1. 已知点 C 的投影,点 D 在点 C 的前方 5 mm,左方 10 mm,下方 15 mm,作出点 D 的三面投影图。

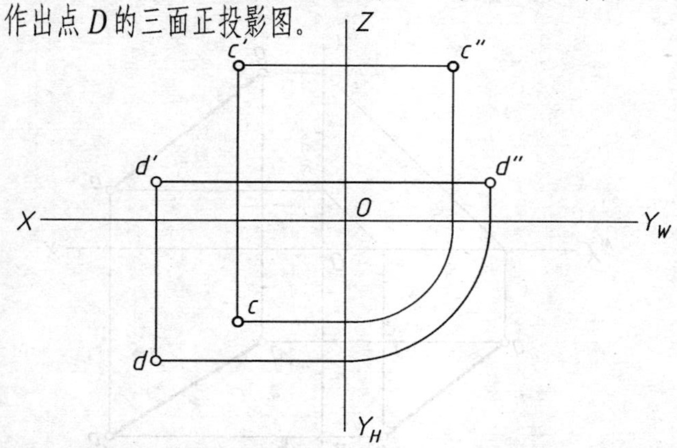

2. 试判断图中 A、B、C、D、E 五点的相对位置并填空。

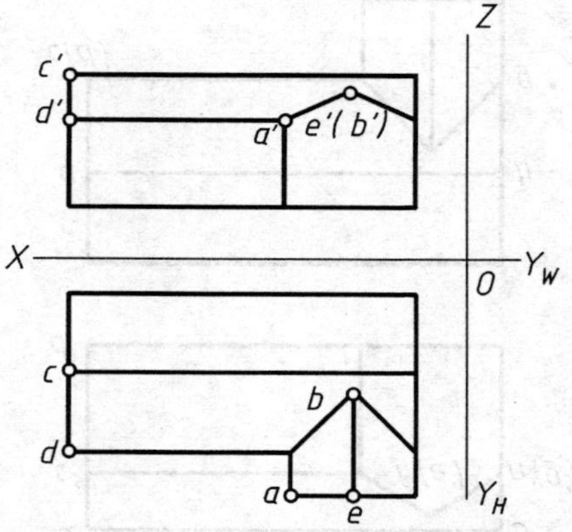

点 A 在点 B ____ 左下前
点 B 在点 E ____ 正后方
点 A 在点 D ____ 右前方
点 A 在点 E ____ 左下方
点 C 在点 D ____ 上后方

3. 已知点 A 的投影,求点 B、C、D 的投影,使点 B 在点 A 的正方 10 mm,点 C 在点 A 的正前方 15 mm,点 D 在点 A 的正下方 16 mm。并判断重影点的可见性。

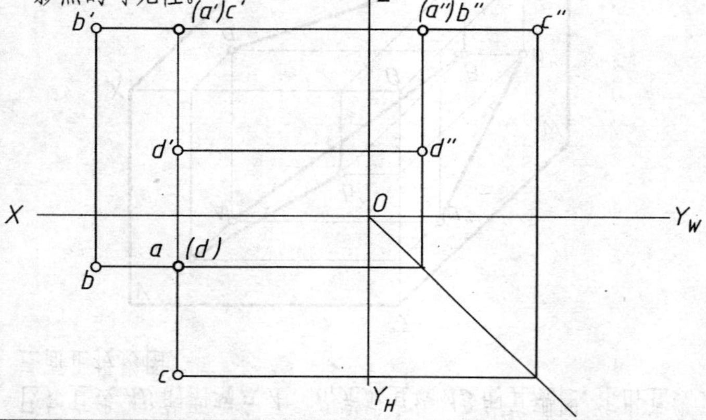

4. 求出点 A、B、C、S 的第三面投影,并把同名投影用直线连接起来。

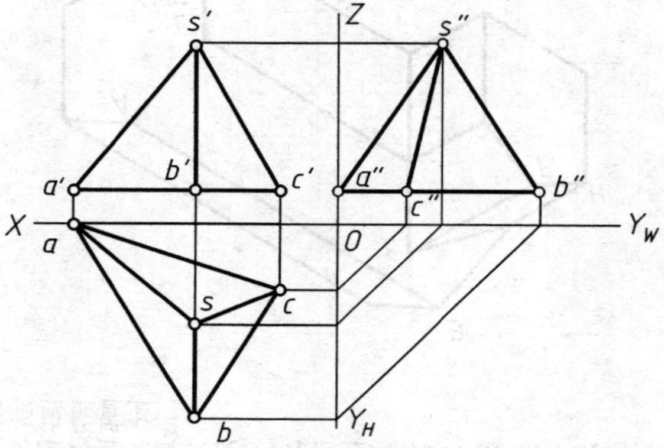

点的投影(四)

单元4 投影的基本知识

1. 已知直线 AB 的两端点 A、B，完成直线 AB 的直观图，作出直线 AB 的三面正投影图。

2. 已知房屋的直观图和投影图，把直线 AB、CD、EF、GH 标注到投影图的相应位置上。

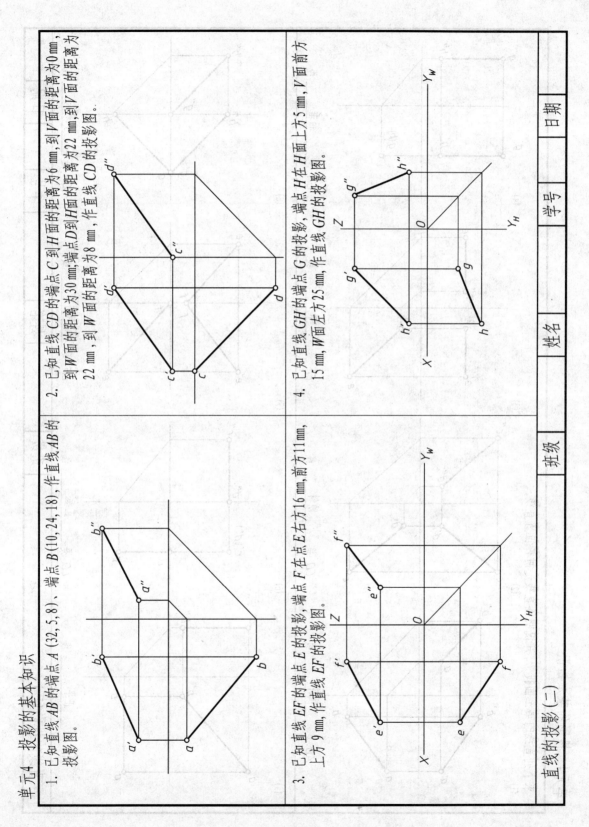

单元 4　投影的基本知识

1. 已知直线 AB 的端点 A (32, 5, 8)、端点 B (10, 24, 18)，作直线 AB 的投影图。

2. 已知直线 CD 的端点 C 到 H 面的距离为 6 mm，到 V 面的距离为 0 mm，到 W 面的距离为 30 mm；端点 D 到 H 面的距离为 22 mm，到 V 面的距离为 8 mm，到 W 面的距离为 22 mm，作直线 CD 的投影图。

3. 已知直线 EF 的端点 E 的投影，端点 F 在端点 E 右方 16 mm，前方 11 mm，上方 9 mm，作直线 EF 的投影图。

4. 已知直线 GH 的端点 G 的投影，端点 H 在 H 面上方 5 mm，V 面前方 15 mm，W 面左方 25 mm，作直线 GH 的投影图。

直线的投影（二）

单元4 投影的基本知识

求下列直线的第三面投影,并说明各直线是何种位置直线。

(1)

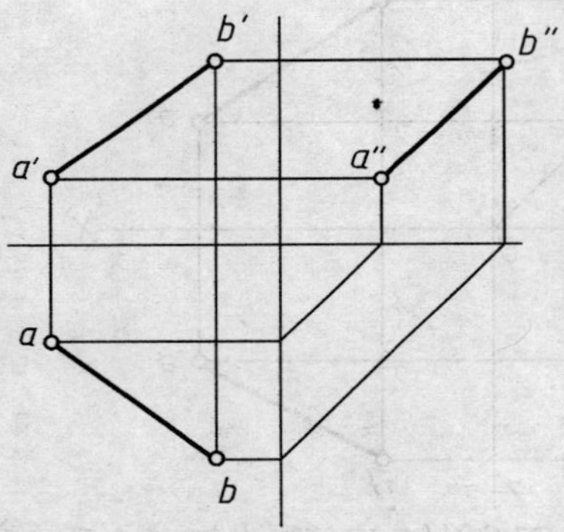

(2)

(3)

(4)

AB 是 ___倾斜___ 线

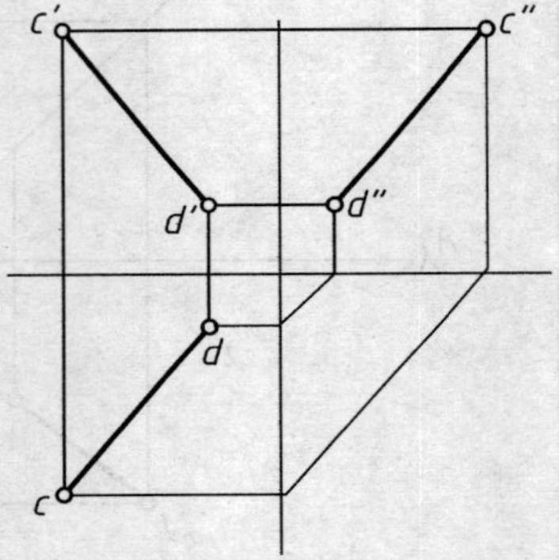

CD 是 ___倾斜___ 线

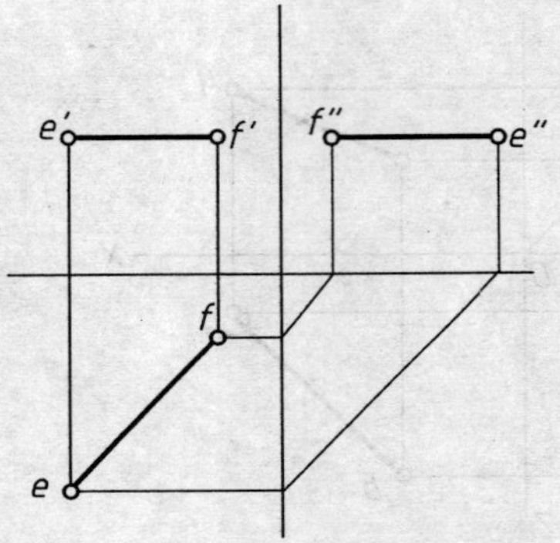

EF 是 ___水平___ 线

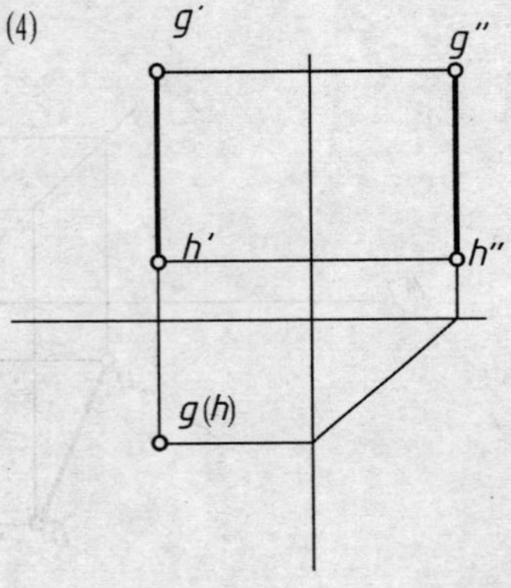

GH 是 ___铅垂___ 线

(5)

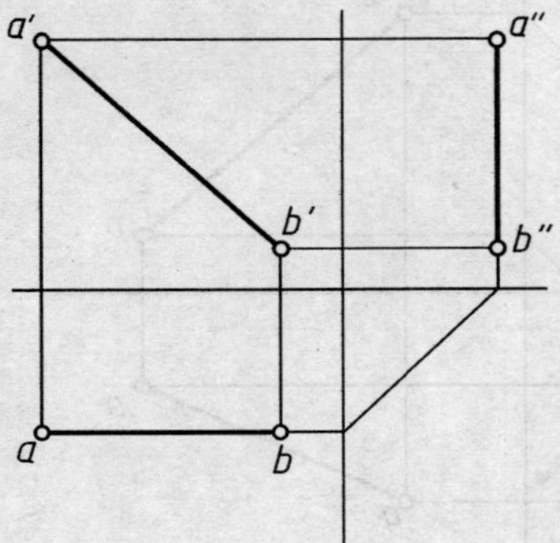

(6)

(7)

(8)

AB 是 ___正平___ 线

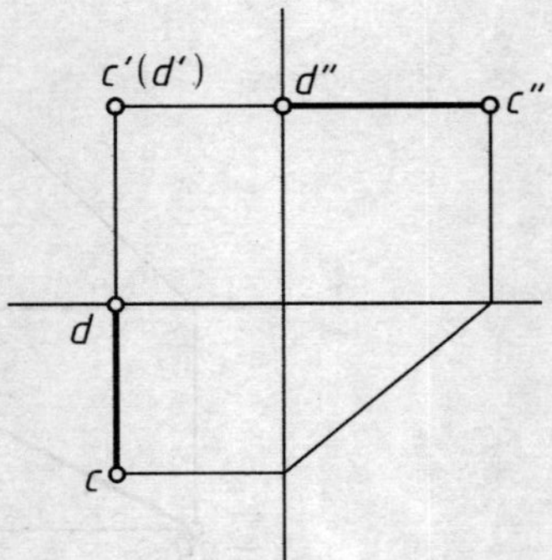

CD 是 ___正垂___ 线

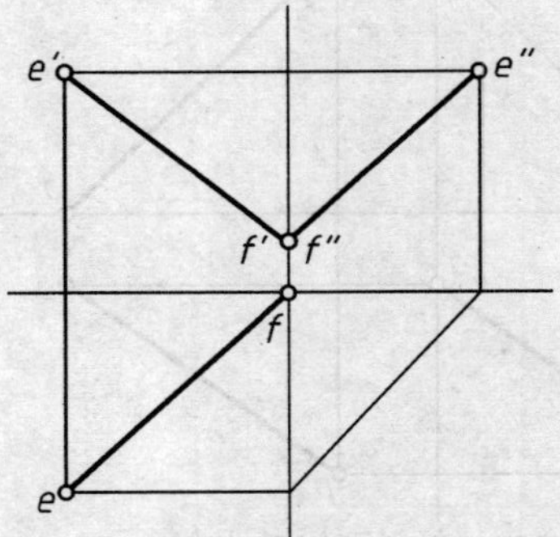

EF 是 ___倾斜___ 线

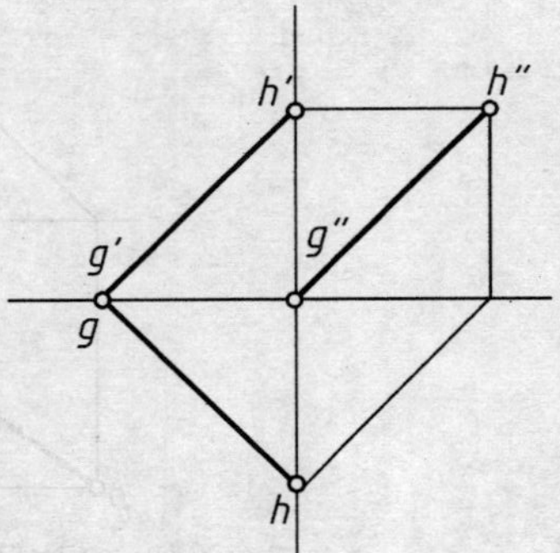

GH 是 ___倾斜___ 线

直线的投影(三)

班级	姓名	学号	日期

单元4 投影的基本知识

1. 已知点 B 距 H 面 20 mm，完成直线 AB 的投影图。

2. 已知直线 CD 端点 C 的投影，CD 长 20 mm，且垂直于 V 面，作出直线 CD 的投影图。

3. 已知水平线 EF 长 30 mm，β=60°，在 H 面上方 18 mm，点 F 在点 E 的右前方，作 EF 的投影图。

4. 已知正平线 GH 距 V 面 10 mm，点 H 在点 G 右上方，α=30°，实际长度 30 mm，铅垂线 MN 距 W 面 8 mm，点 N 在点 M 下方，实际长度 20 mm，分别作 GH、MN 的投影图。

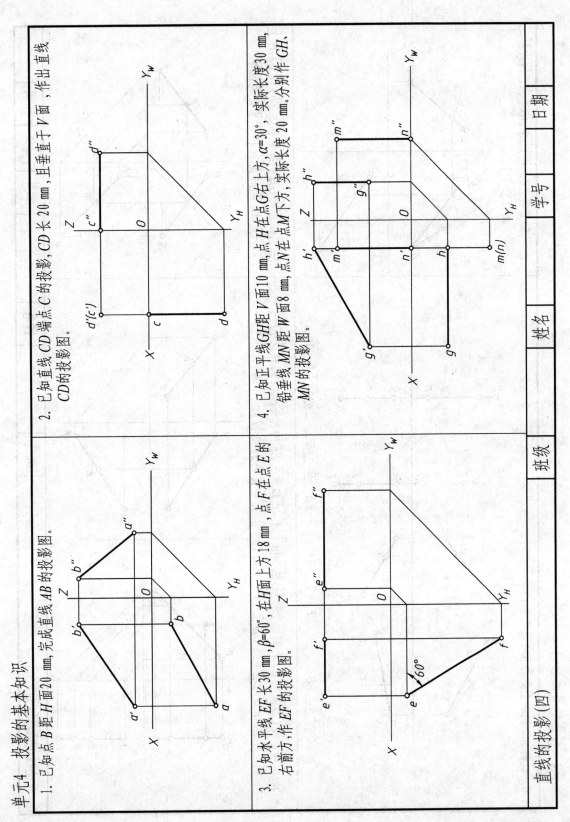

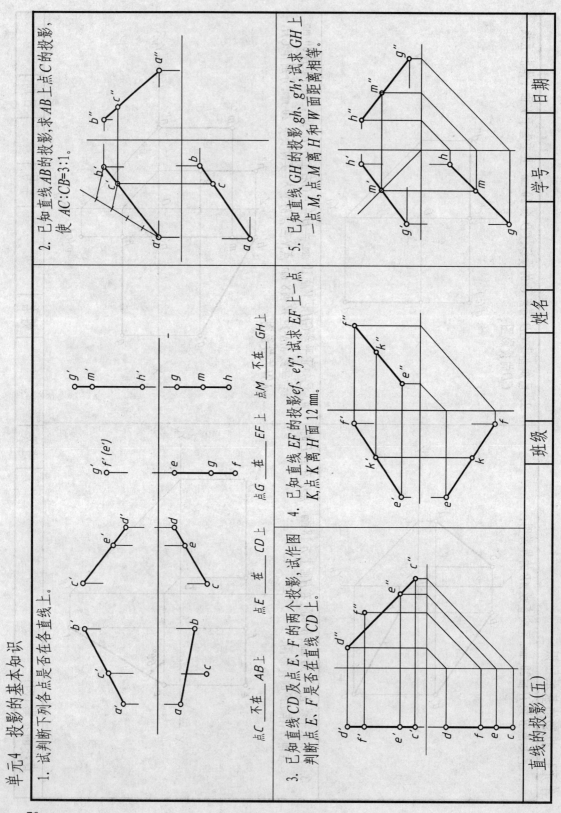

单元4 投影的基本知识

1. 试判断下列各点是否在各直线上。

2. 已知直线 AB 的投影，求 AB 上点 C 的投影，使 AC:CB=3:1。

点 C ___不在___ AB 上
点 E ___在___ CD 上
点 G ___在___ EF 上
点 M ___不在___ GH 上

3. 已知直线 CD 及点 E、F 的两个投影，试作图判断点 E、F 是否在直线 CD 上。

4. 已知直线 EF 的投影 ef、e'f'，试求 EF 上一点 K，点 K 离 H 面 12 mm。

5. 已知直线 GH 的投影 gh、g'h'，试求 GH 上一点 M，点 M 离 H 和 W 面距离相等。

直线的投影(五)

班级   姓名   学号   日期

· 70 ·

单元4 投影的基本知识

判断下列两直线的相对位置（相交、平行、交叉、垂直交叉）。

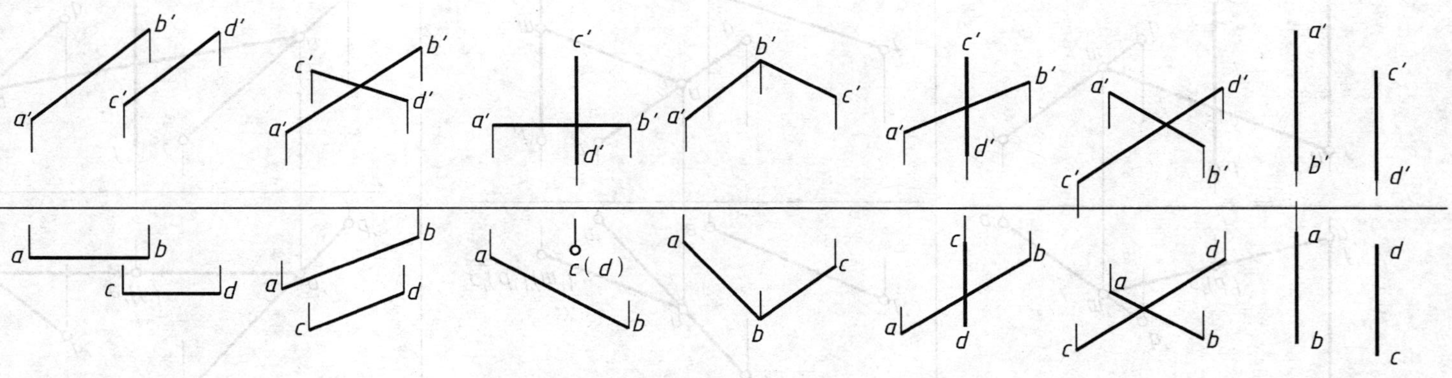

平行　垂直交叉　相交　交叉　交叉　交叉

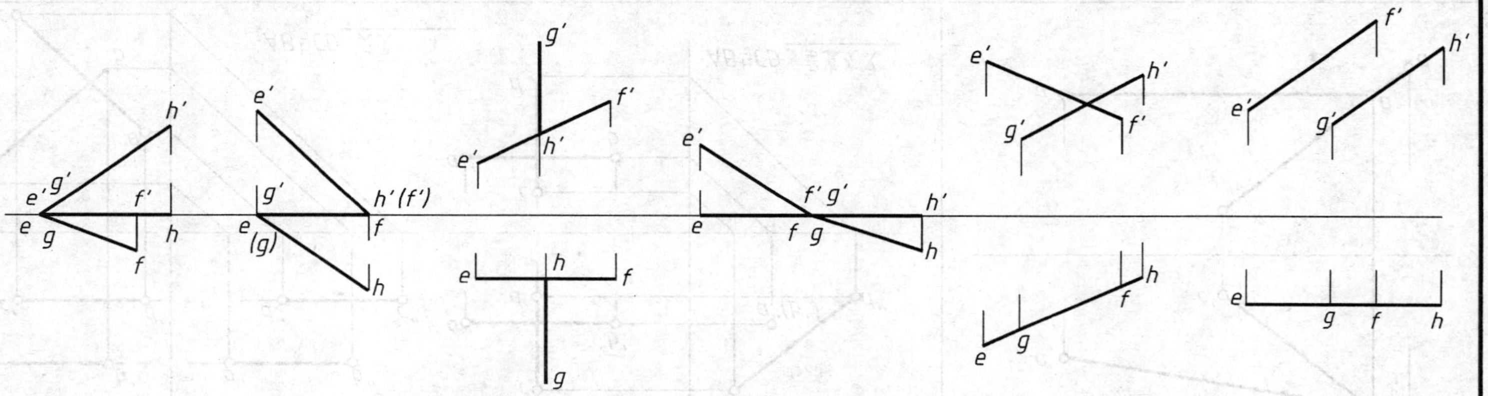

AB与CD　平行

平行　相交　相交　相交　交叉

EF与GH　相交

直线的投影（六）

班级　姓名　学号　日期

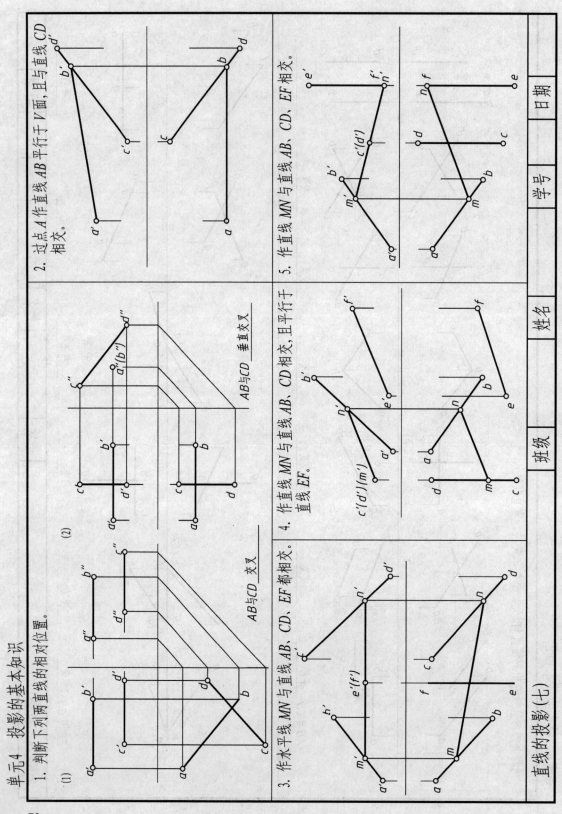

单元4 投影的基本知识

1. 判断下列两直线的相对位置。

2. 过点 A 作直线 AB 平行于 V 面，且与直线 CD 相交。

3. 作水平线 MN 与直线 AB、CD、EF 都相交。

4. 作直线 MN 与直线 AB、CD 相交，且平行于直线 EF。

5. 作直线 MN 与直线 AB、CD、EF 相交。

直线的投影（七）

日期　学号　姓名　班级

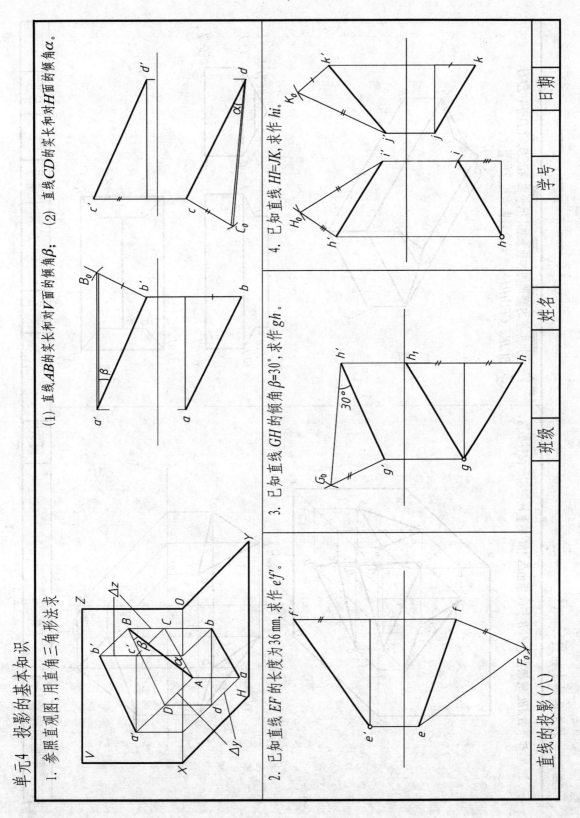

单元4 投影的基本知识

1. 参照立体图,用直角三角形法求
   (1) 直线 *AB* 的实长和对 *V* 面的倾角 β;
   (2) 直线 *CD* 的实长和对 *H* 面的倾角 α。

2. 已知直线 *EF* 的长度为 36 mm,求作 *e'f'*。

3. 已知直线 *GH* 的倾角 $\beta=30°$,求作 *gh*。

4. 已知直线 *HI*=*JK*,求作 *hi*。

直线的投影(八)

日期　　学号　　姓名　　班级

· 73 ·

単元4 投影の基本知識

1. 已知平面ABCの頂点是A、B和C、作出△ABCの直観図和三面投影図。

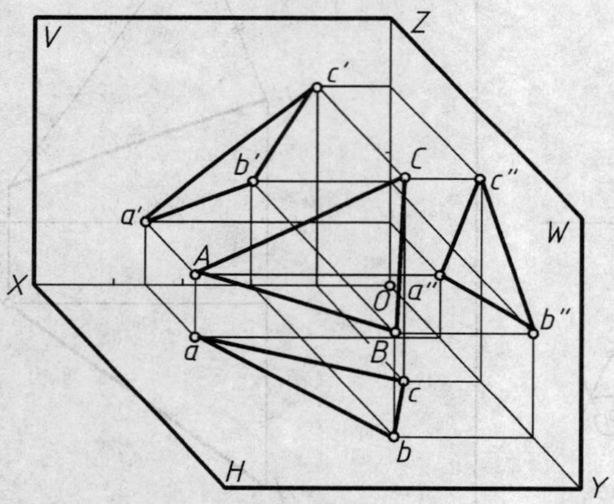

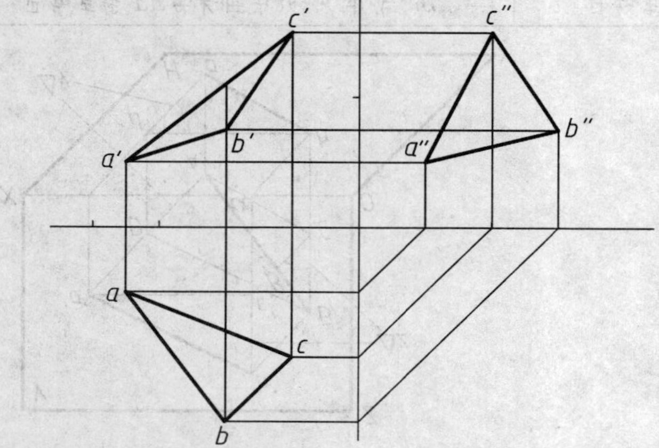

2. 已知房屋的直観図和投影図、把平面ABCD、CDEF、EFG、BCJK、CFGHIJ标注到投影图的相应位置上。

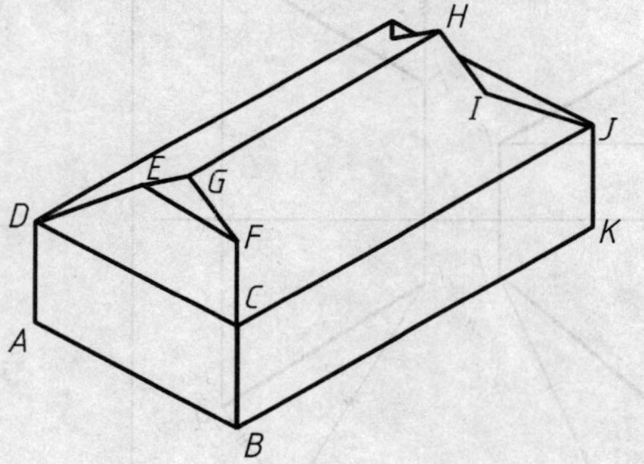

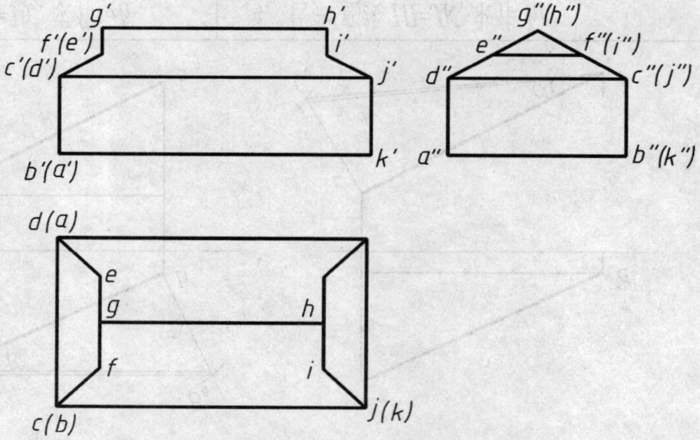

平面的投影（一）

单元4 投影的基本知识

根据直观图，在投影图上注明指定表面的名称(如a、a'、a")，并在表格内填写所指定表面的名称。

(1)

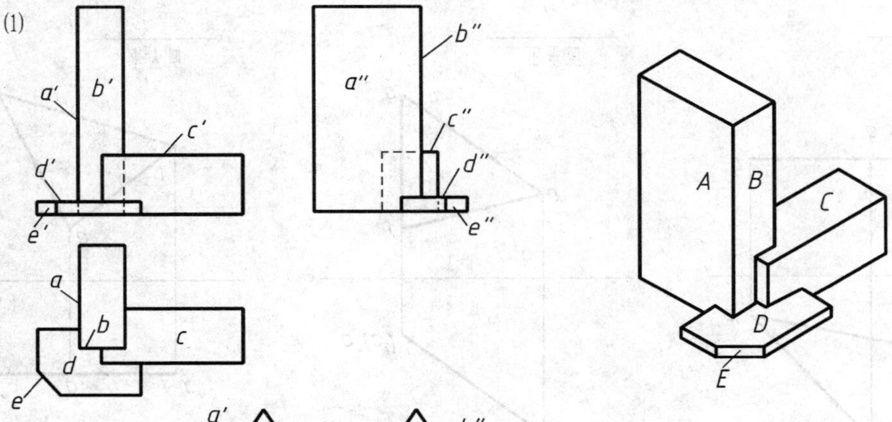

(2)

指定表面	平面名称
A	侧平面
B	正平面
C	水平面
D	水平面
E	铅垂面

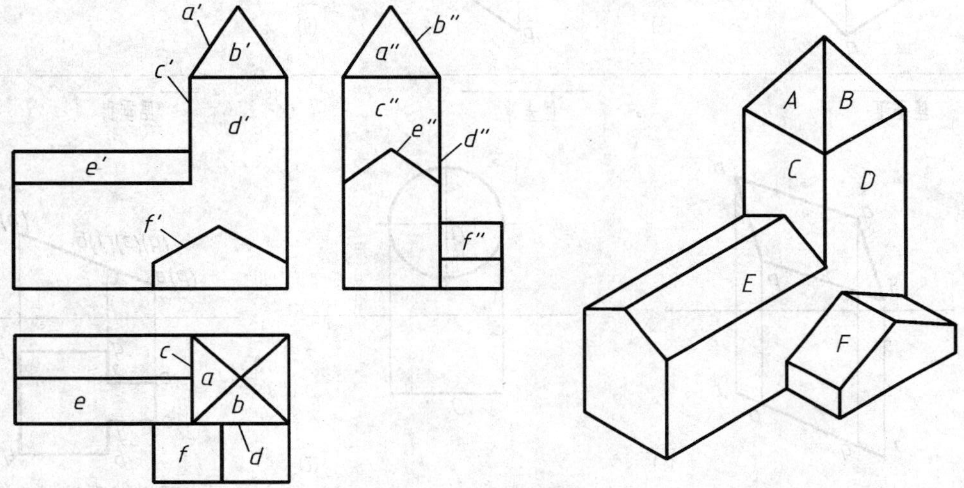

指定表面	平面名称
A	正垂面
B	侧垂面
C	侧平面
D	正平面
E	侧垂面
F	正垂面

平面的投影(二)

班级	姓名	学号	日期

单元 4 投影的基本知识

判断下列各平面的空间位置。

(1) 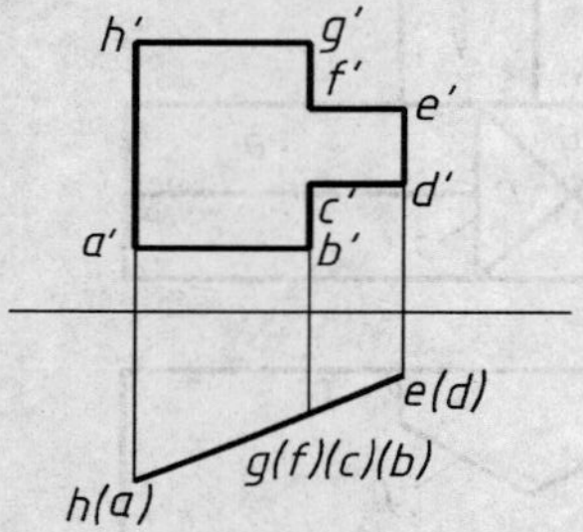
铅垂面

(2) 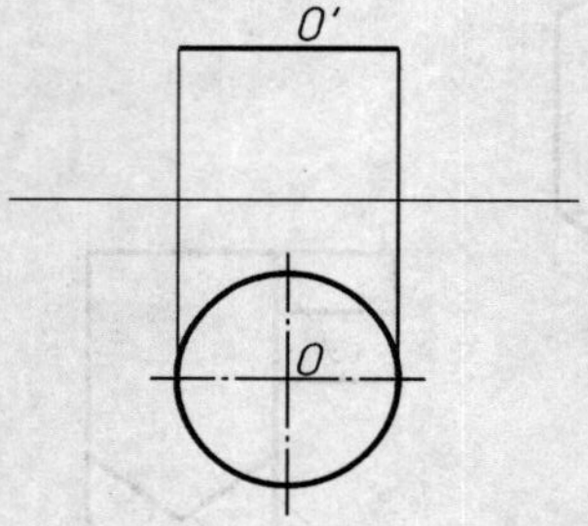
水平面

(3) 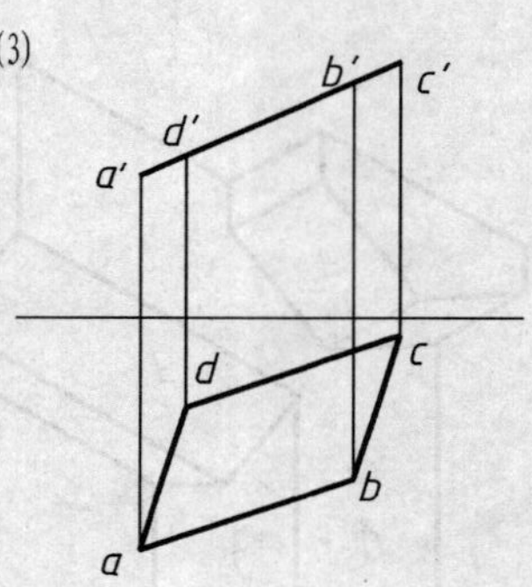
正垂面

(4) 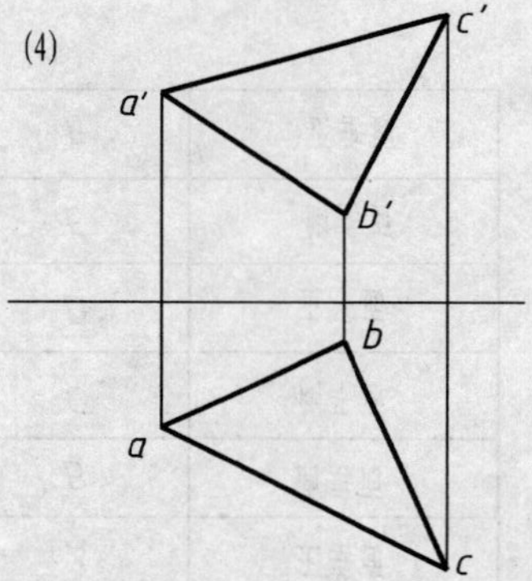
侧垂面

(5) 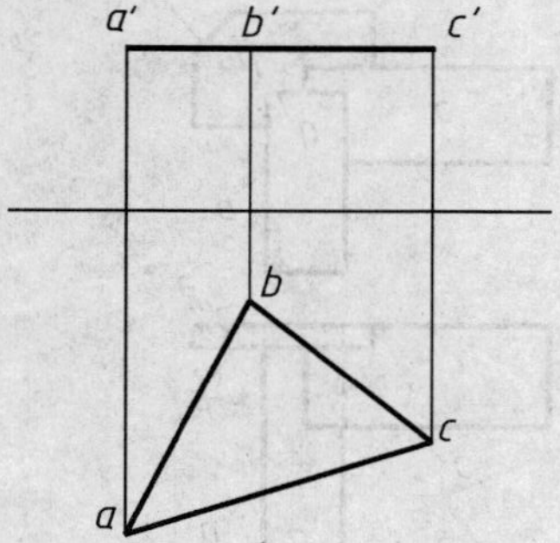
水平面

(6) 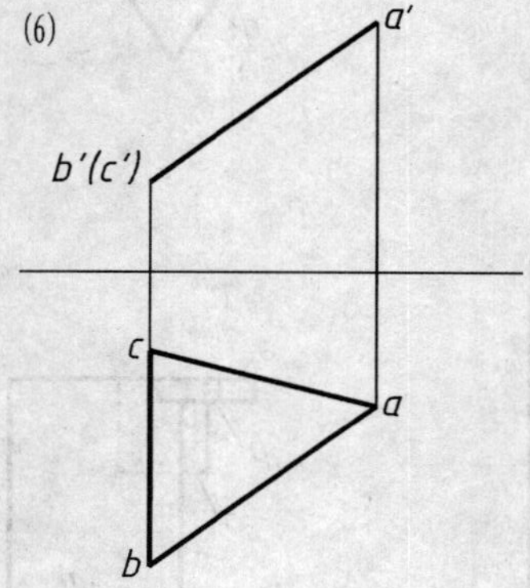
正垂面

(7) 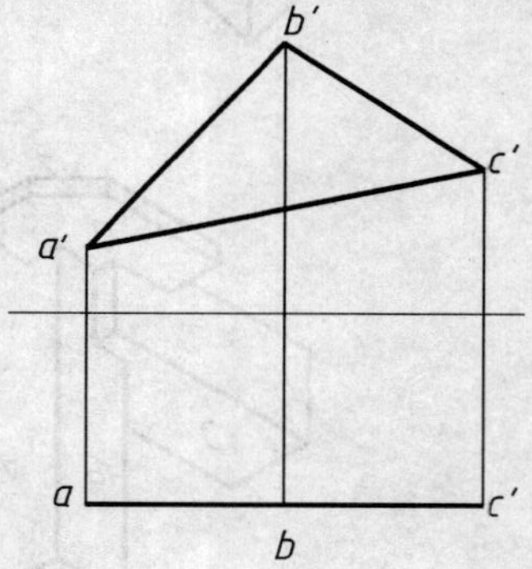
正平面

(8) 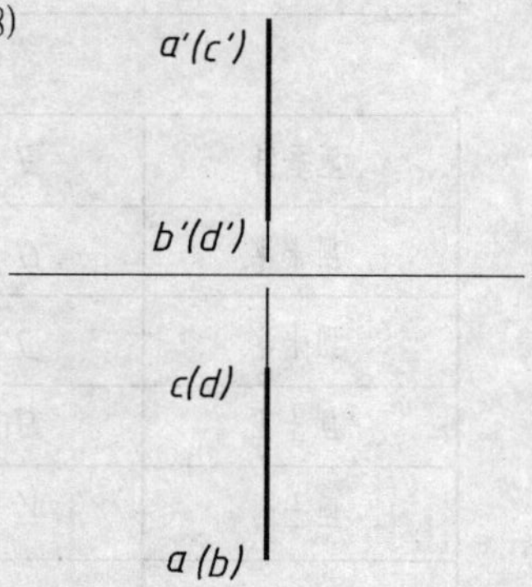
侧平面

平面的投影（三）

· 76 ·

日期　　学号　　姓名　　班级

单元4　投影的基本知识

补全第三面投影，并判断各平面的空间位置。

(1)

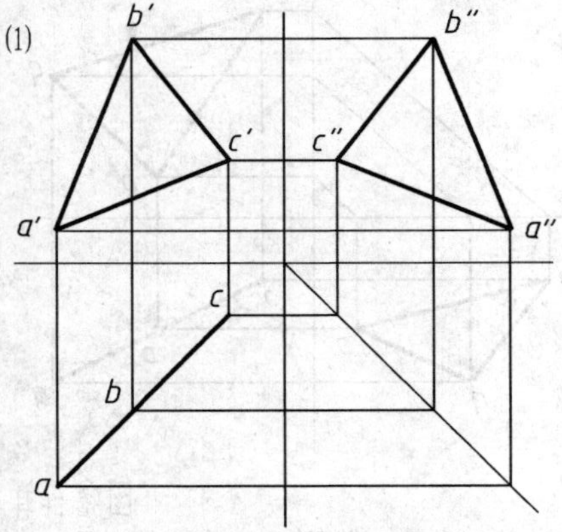

铅垂面

(2)

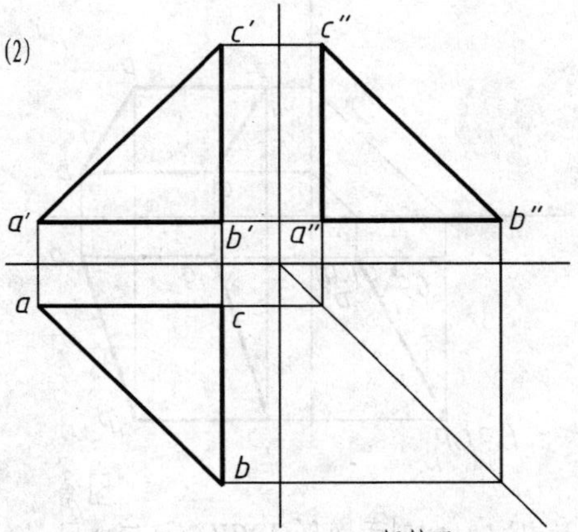

倾斜面

(3)

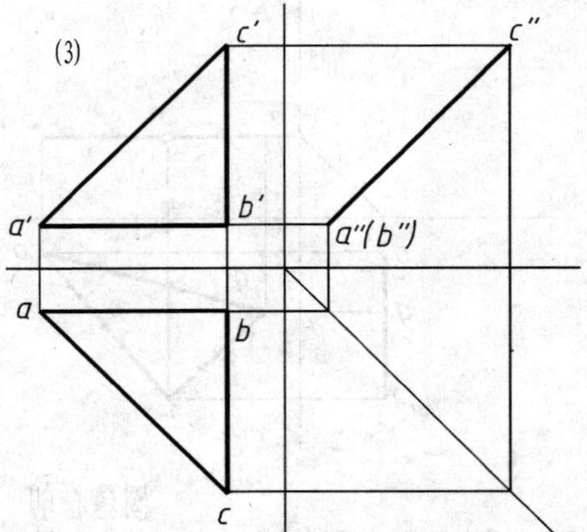

侧垂面

(4)

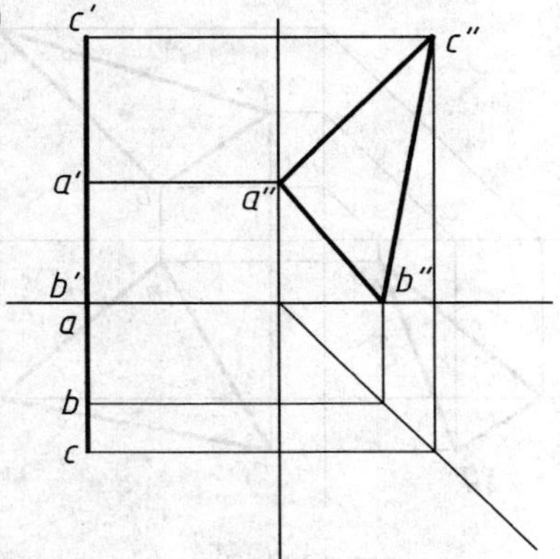

侧平面

(5)

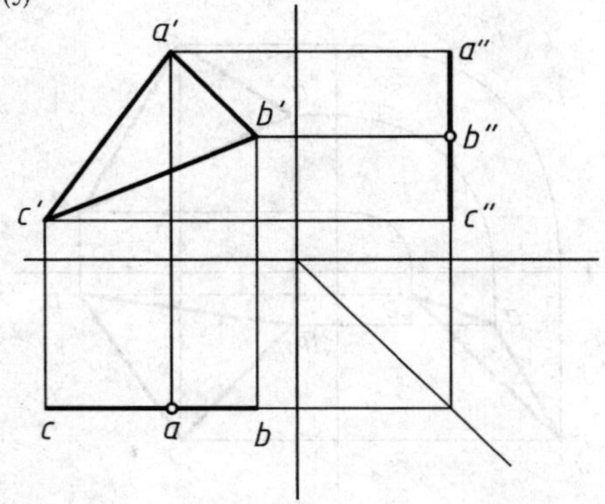

正平面

(6)

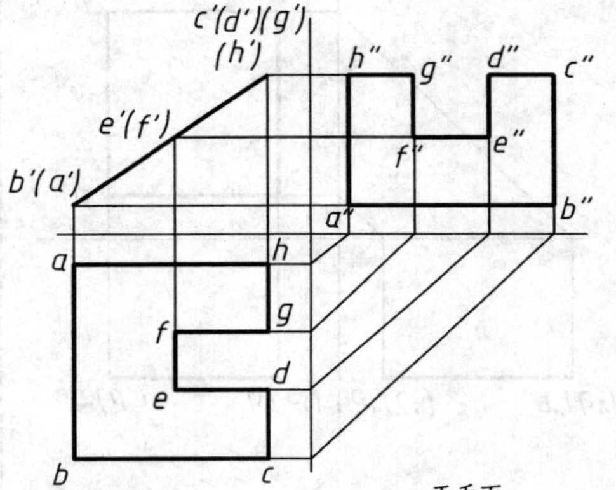

正垂面

平面的投影（四）

班级　　　姓名　　　学号　　　日期

单元4 投影的基本知识

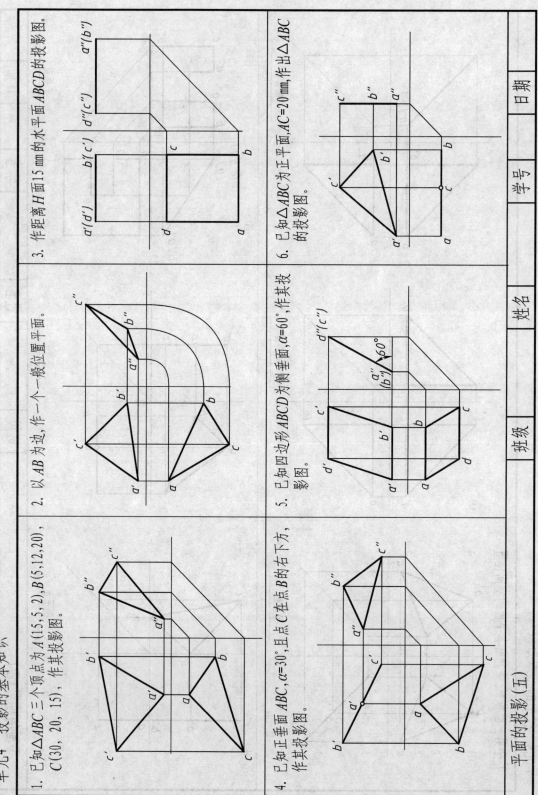

1. 已知△ABC三个顶点为A(15,5,2),B(5,12,20),C(30,20,15),作其投影图。

2. 以AB为边,作一个一般位置平面。

3. 作距离H面15 mm的水平面ABCD的投影图。

4. 已知正垂面ABC,α=30°,且点C在点B的右下方,作其投影图。

5. 已知四边形ABCD为侧垂面,α=60°,作其投影图。

6. 已知△ABC为正平面,AC=20 mm,作出△ABC的投影图。

平面的投影(五)

· 78 ·

单元4 投影的基本知识

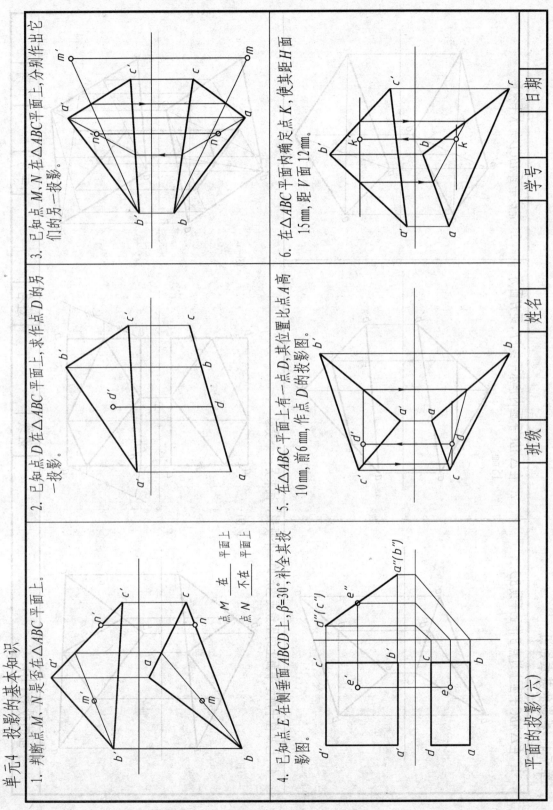

1. 判断点 M、N 是否在△ABC平面上。

| 点 M | 在 | 平面上 |
| 点 N | 不在 | 平面上 |

2. 已知点 D 在△ABC 平面上，求作点 D 的另一投影。

3. 已知点 M、N 在△ABC平面上，分别作出它们的另一投影。

4. 已知点 E 在侧垂面 ABCD 上，β=30°，补全其投影图。

5. 在△ABC 平面上有一点 D，其位置比点 A 高 10 mm，前 6 mm，作点 D 的投影图。

6. 在△ABC 平面内确定点 K，使其距 H 面 15 mm，距 V 面 12 mm。

| 班级 | | 姓名 | | 学号 | | 日期 | |

平面的投影(六)

· 79 ·

単元4 投影的基本知识

1. 在△ABC平面上过点B作正平线BD。

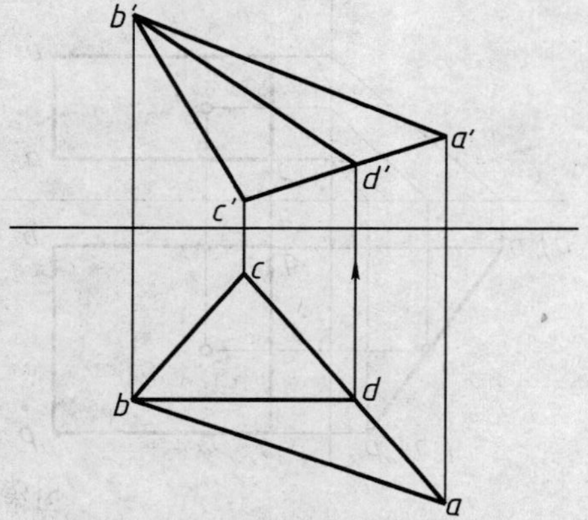

2. 在△ABC平面内作水平线EF，距H面为15 mm。

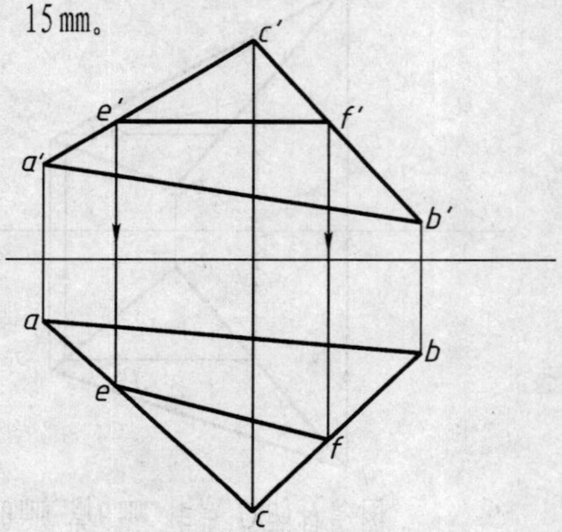

3. 完成平面ABCD的水平投影。

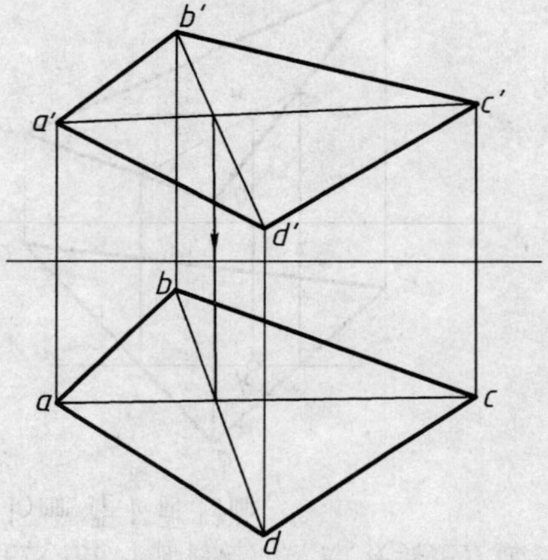

4. 已知位于所给平面上的图线或图形的一个投影，试求另一个投影。

(1)

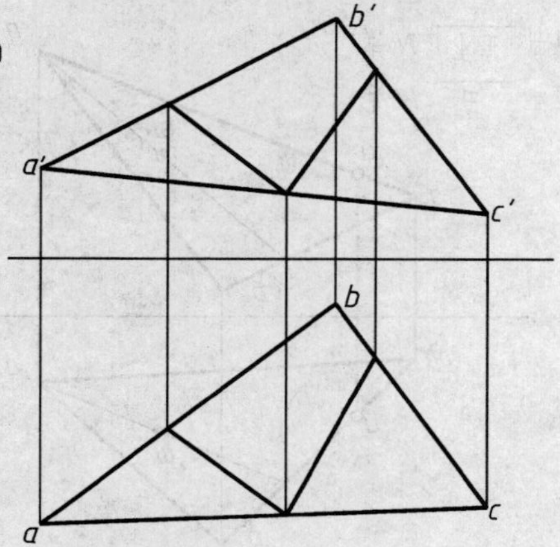

(2)

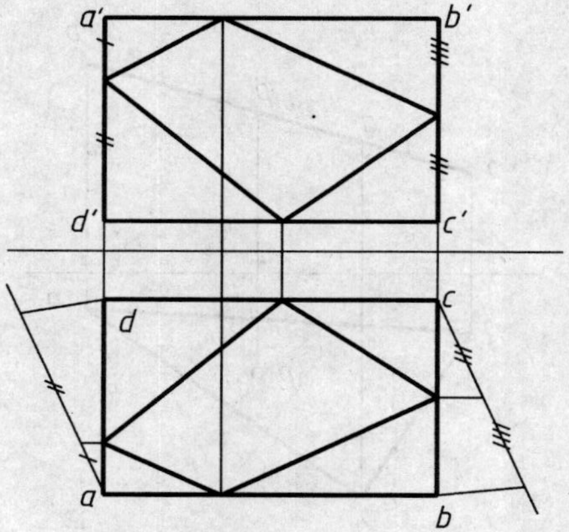

(3)

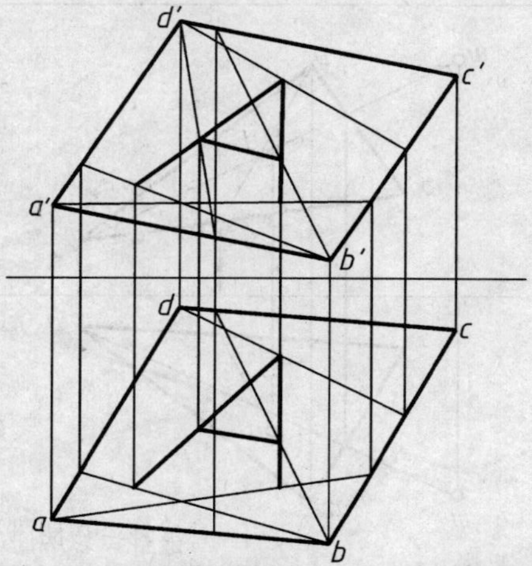

平面的投影（七）

日期　学号　姓名　班级

单元4 投影的基本知识

1. 根据直观图，求直线 AB 与铅垂面 CDE 交点 K 的投影，并判断可见性。

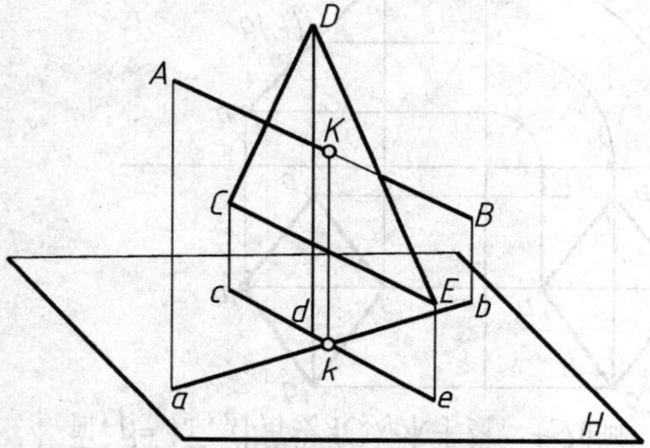

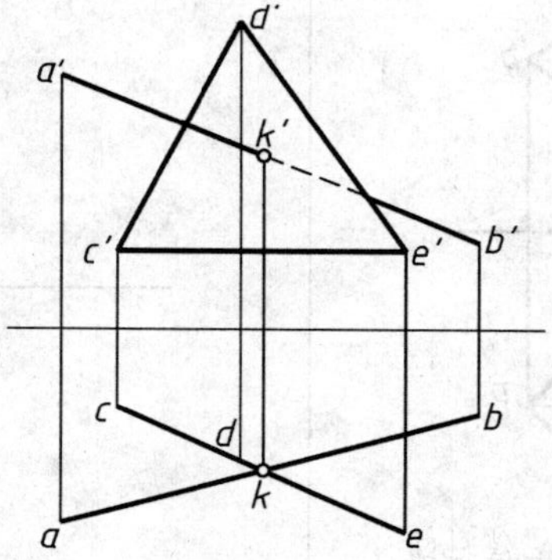

2. 求直线 AB 与正垂面 CDEF 交点 K 的投影，并判断可见性。

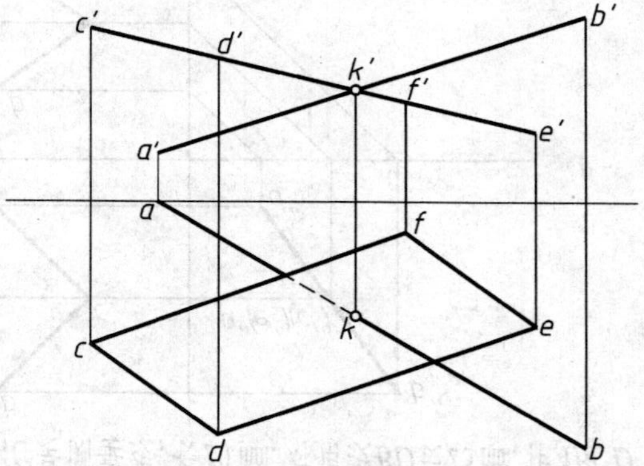

3. 求铅垂线 EF 与平面 ABC 交点 K 的投影，并判断可见性。

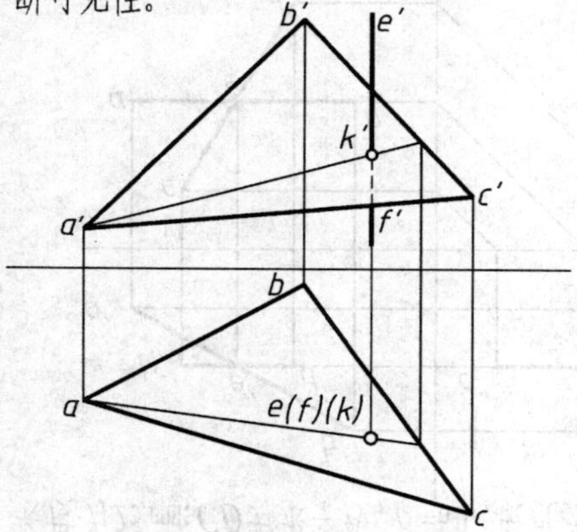

4. 求平面 ABC 与水平面 DEF 交线的投影，并判断可见性。

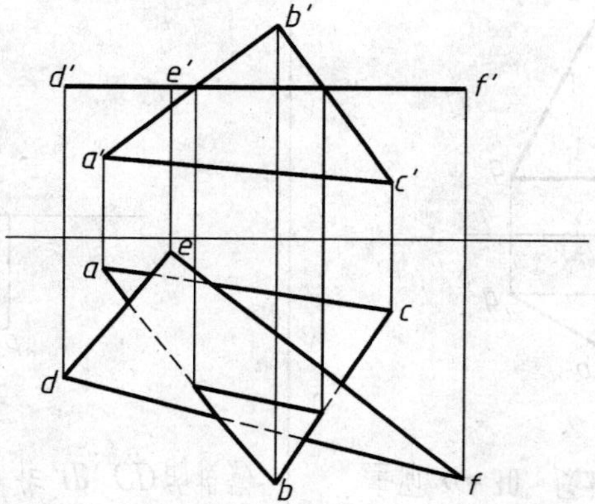

5. 求铅垂面 ABC 与平面 DEF 交线的投影，并判断可见性。

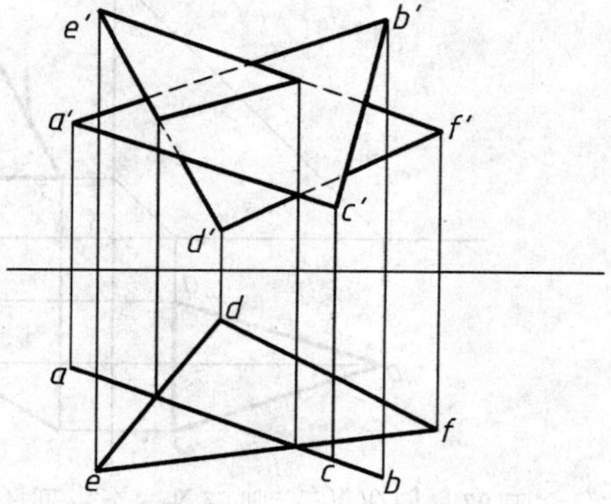

平面的投影(八)

单元4 投影的基本知识

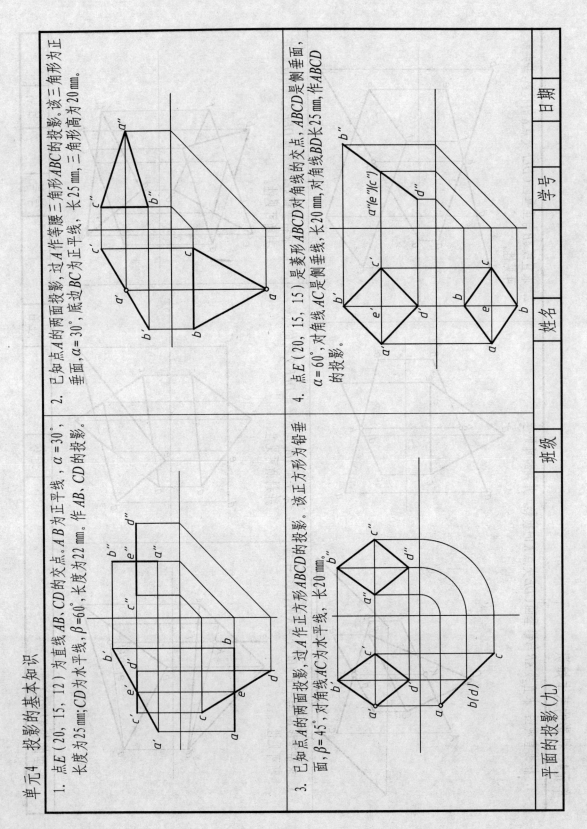

1. 点 E (20, 15, 12) 为直线 AB、CD 的交点。AB 为正平线，α=30°，长度为 25 mm；CD 为水平线，β=60°，长度为 22 mm。作 AB、CD 的投影。

2. 已知点 A 的两面投影，过 A 作等腰三角形 ABC 的投影。该三角形为正垂面，α=30°，底边 BC 为正平线，长 25 mm，三角形高为 20 mm。

3. 已知点 A 的两面投影，过 A 作正方形 ABCD 的投影。该正方形为铅垂面，β=45°，对角线 AC 为水平线，长 20 mm。

4. 点 E (20, 15, 15) 是菱形 ABCD 对角线的交点，ABCD 是侧垂面，对角线 AC 是侧垂线，长 20 mm，对角线 BD 长 25 mm，作 ABCD 的投影。

平面的投影(九)

班级　　　姓名　　　学号　　　日期

综合练习(一)

1. C 2. D 3. D 4. C 5. D 6. A 7. B 8. C

综合练习(二)

一、填空题

1. 中心投影法,斜投影法,正投影法

2. 平行,垂直

3. 正投影图,透视投影图,轴测投影图,标高投影图

4. H 面和 W 面,正立面投影图

5. 长对正、高平齐、宽相等

6. 点,投影面

7. a',bc,m''

8. 投影面的垂直线,投影面的垂直面

9. 共面,异面

10. 缩小类似形,一般位置平面,倾斜面

二、选择题

1. D 2. A 3. B 4. C 5. C 6. C 7. B 8. C 9. A 10. D

三、判断题

1. × 2. × 3. ✓ 4. × 5. ✓ 6. ✓ 7. × 8. × 9. ✓ 10. ✓

单 元 5

形体的投影

一、大纲解析及教材编写说明

本单元,新大纲增加了截切体和相贯体的投影。从理论上讲,这部分内容较深,在上两轮大纲中均已淘汰。但考虑到截切体和相贯体在建筑工程中有较广泛的实际应用,新大纲又将这部分纳入,这也是新大纲贴近工程的具体体现。这一部分的教材编写是这样处理的:直接通过建筑工程实例引入基本概念,即在工程上常见的建筑或构件具有立体被切割成两立体相交而形成截交线或相贯线,试图用这样的方式来降低难度。

教材将常见的平面体和曲面体的投影图和投影特征用表格的形式表述,然后再举例说明平面体和曲面体投影图的绘制方法。这是本教材的一种新的尝试。

二、教学内容、教学要求、教学重点、教学难点、教学活动与教学时数

教学内容	知识点	教学要求			教学重点	教学难点	教学活动	教学时数
		了解	理解	掌握				
平面体的投影	常见平面体的投影图			✓	✓		1. 识读、绘制平面体的投影图 2. 识读、绘制平面体表面上点、直线的投影图	4
	平面体投影图的绘制			✓	✓			
	平面体表面上点和线的投影		✓					
曲面体的投影	常见曲面体的投影图			✓	✓		1. 识读、绘制曲面体的投影图 2. 识读、绘制曲面体表面上点、直线的投影图	4
	曲面体投影图的绘制			✓	✓			
	曲面体表面上点和线的投影		✓			✓		

教学内容	知识点	教学要求			教学重点	教学难点	教学活动	教学时数
		了解	理解	掌握				
组合体的投影	组合体的类型	✓					识读、绘制组合体投影图	4
	组合体投影图的绘制			✓	✓			
	组合体投影图的识读		✓			✓		
截切体和相贯体的投影	截切体的投影	✓				✓	识读、绘制截切体和相贯体的投影图	2
	相贯体的投影	✓				✓		

三、教学建议

本单元的主要任务是培养学生的空间想象能力,以提高其识图和绘图的水平。为了达到这一目的,除借助于多媒体之外,让学生自己动手用塑料泡沫制作模型也是一个很好的方法。

四、教案选编

土木工程识图教案——组合体的投影

课程名称	土木工程识图	班 级	1012 工民建一年级
学生人数		课 型	新授课

一、教材及教学内容分析

【教学内容】 单元 5 形体的投影 5.3 组合体的投影(第一次课)

【教材分析】 组合体的投影

(1) 贴近现实中的建筑物形状;

(2) 能够体现三面正投影图的特征;

(3) 全面培养学生对投影知识掌握的综合能力;

(4) 为之后的轴测投影、剖面图与断面图、建筑施工图的识读以及学生未来所接触的"建筑构造"、"计算机建筑制图"等课程打下基础。

【教材处理】

(1) 将选修内容"5.4 截切体和相贯体的投影"的部分内容融合到组合体的投影中;

(2) 利用实例和模型动画作为课本内容的补充。

二、教学对象分析

（1）教学对象是 1012 班工业与民用建筑专业一年级的学生。

（2）已经学习过投影的基本知识，掌握了点、线、面的基础理论，并且已经学习了单元 5 形体的投影中的平面体和曲面体的投影。

（3）对专业课有浓厚的兴趣。

（4）对新事物充满好奇，有活力，成就动机强烈。

不足：（1）空间想象能力不足，抽象思维能力弱；

（2）对理论知识的学习积极性低；

（3）自信心不足。

策略：（1）利用形象动画与模型展示；

（2）使用实例进行讲授；

（3）设置容易实现的阶段性目标。

三、教学目标

培养学生的综合职业能力

【专业能力】　（1）认识组合体的组合形式，能绘制组合体的投影图。

（2）正确使用常用的绘图工具。

（3）养成良好的制图习惯。

【方法能力】　（1）提高空间想象能力和抽象思维能力。

（2）结合简单几何体的投影知识，完成知识的迁移。

【社会能力】　（1）培养严谨扎实和探索求知的职业素养。

（2）通过阶段性的成就需求的满足，增加自信心。

四、教学重点与难点

【教学重点】　组合体的组合方式。

【教学难点】　（1）组合体表面连接处的画法。

（2）空间想象能力的建立。

五、教法、学法与教具准备

【教法】　行动导向、讲授教学。

【学法】　自主探究、小组合作。

【教具准备】　多媒体、粉笔盒若干。

六、教学过程

教学环节	教师活动	学生活动
(一) 热身 练习 复习 旧知	利用建筑实例,复习之前的平面体和曲面体的投影知识,将学生的空间思维调动起来。 ——同学们,你们能将这些建筑看作简单几何体,并画出它们的三面投影图吗?	学生根据已经掌握的形体的投影知识,按照"长对正、高平齐、宽相等"的原理,作出各种几何体的三面投影图,并能够分析其表面上的点。
(二) 问题 引导 导入 新课	给出新的建筑图片,要求学生思考: 下面的建筑,你会画吗? 	学生遇到新的问题,继而对新问题产生好奇,并且积极思考解决的途径。
	给出实例图片向学生进行讲解。 现实中的建筑物,往往都不是一个简单的几何体。我们该如何分析它们呢?	学生遇到新的问题,继而对新问题产生好奇,并且积极思考解决的途径。

教学环节	教师活动	学生活动
	利用简单的台阶实例,引导学生的思考方向。 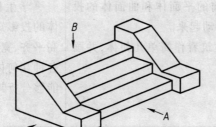 (a) 有边墙的台阶 = 边墙 + 台阶 + 边墙 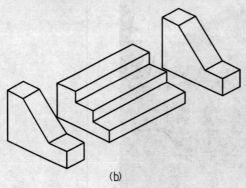 (b)	根据教师的讲解和台阶图片的展示,找到解决问题的途径,并在不知不觉中接触了组合体中的"叠加"概念。
	导入新课,向学生阐述: 　建筑物的形状是复杂多样的,但经过分析都可以看作是由一些基本的几何体按一定的组合形式组合而成的。 　我们把两个或两个以上的基本形体按一定的形式组合而成的形体叫做组合体。	通过自己的思考,在教师的引导下,利用热身练习、问题引导,完成旧知识和新课程的衔接。

教学环节	教师活动	学生活动
	在引导新课的基础上，继续利用实例引导学生思考叠加型组合体的概念。图中的建筑物是一个圆亭，如果把它看作是一个组合体，你能想象出它是由哪些简单的几何体组成的吗？ 	学生积极地思考问题，猜想出不同的几何体形式，并且积极发言作答。
（三） 联系 实际 探究 新知	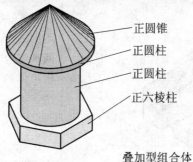 叠加型组合体 利用模型动画，向学生展示组合体的组合方式和构成部分。	学生通过自己思考之后，再观看直观的动画演示，以圆亭分成若干个简单几何体为例子，充分地理解叠加型组合体的组合方式和特点。
	 在之前的叠加型组合体的基础上，继续利用实例引导学生思考。 该建筑是否可以看作是单纯地通过叠加的方式组合而成的？	学生很快回答：不是，该建筑物有被挖空和切除的部分。 通过学生自己的观察和思考，发现新的问题，引入了新的概念，即组合体的第二种组合方式——切割型。

教学环节	教师活动	学生活动
	进一步向学生展示： 榫头的形体是如何得来的？ 	观看动画，进一步了解切割型组合体的形成过程和特点。
	叠加型 or 切割型？ 让学生观察新的组合体，从两个不同的角度进行思考。 该组合体到底是叠加型还是切割型？	通过思考两种不同的组合方式，将同一个组合体进行不同的分析，得出叠加和切割两种组合方式，从而更好地理解形体的叠加、切割都是假想的。
	  叠加+切割 ↓ 混合型组合体 在学生理解了叠加和切割两种组合形式的概念之后，给出混合型组合体的模型动画。	观察混合型组合体的模型动画，将叠加和切割两种概念融合到一个组合体当中，较好地理解和掌握了组合体的各种组合方式。

教学环节	教师活动	学生活动
	利用粉笔盒让学生自由组合出不同的组合体,并尝试画出其三面投影图。	学生通过自己的想象,组合出各种形式的粉笔盒组合体来,并且第一次尝试绘制组合体投影图。通过自己的观察能力,培养其空间想象能力。
(四) 层层 深入 承前 启后	先不对学生的练习进行讲解,而是通过展示简单组合体的动画,向学生讲授组合体的绘图步骤以及共面衔接处的画法。 简单组合体 继续向学生展示一般组合体,让学生绘制三面投影图,并在练习后利用模型动画进行讲解。 一般组合体	通过观看动画和进行实例的对比,初步掌握简单组合体的投影图的画法,并且认识到组合体表面连接处的画法。 学生在简单组合体的基础上,开始着手绘制一般组合体,提高训练难度和对组合体的认识的深度。

教学环节	教师活动	学生活动
	向学生展示复杂组合体,对比复杂组合体的三面投影图与各个组合部分的三面投影图,让学生更深入地理解组合体投影图与之前所学知识的关系,并初步向学生介绍虚线的含义。 复杂组合体	学生观看复杂组合体,对其三面投影与之前所学的简单几何体的三面投影图进行对比,初步地认识虚线的含义。
(五) 课后 作业 完成 迁移	给出本节课开始的组合体建筑图片,前后呼应,让学生再次思考。 现在同学们是否会画了呢?	通过再次观看组合体建筑图片,回顾整节课的学习过程,认识到自己从不懂到懂的过程,总结自己在本节课中所得到的收获。

教学环节	教师活动	学生活动
	布置作业： 1. 完成教材配套习题集中相关的习题。 2. 选取一个建筑物,将其看作组合体,并绘制出组合体的投影图。 3. 对照三面投影图,利用简易材料,制作建筑模型。	

七、板书设计

5.3 组合体的投影 1. 组合体的组合方式 叠加型 切割型 混合型 2. 组合体的投影图绘制 （主板书）	学生练习展示 （附板书）	多 媒 体 屏 幕

（广东省广州市建筑工程职业学校　费腾）

附:教学课件

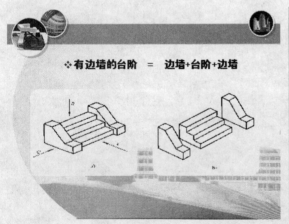

❖ 图中的建筑物是一个圆亭。如果把它看作是一个组合体，你能想象出它是由哪些简单的几何体组成的吗？

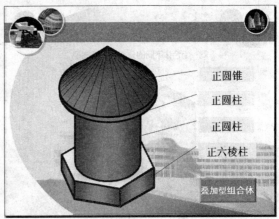

正圆锥
正圆柱
正圆柱
正六棱柱

叠加型组合体

❖ 该建筑是否可以看作是单纯地通过叠加的方式组合而成的？

挖空 切除

导入新概念

组合体的组合形式之二 切割型

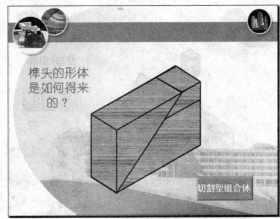

榫头的形体是如何得来的？

切割型组合体

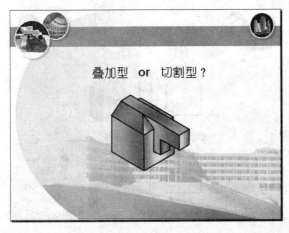

叠加型 or 切割型？

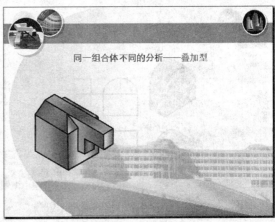

同一组合体不同的分析——叠加型

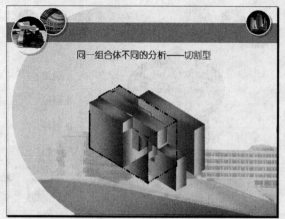

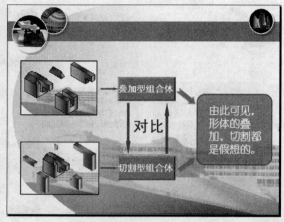

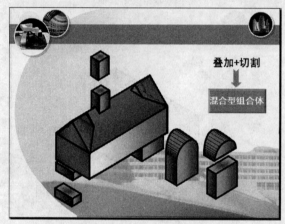

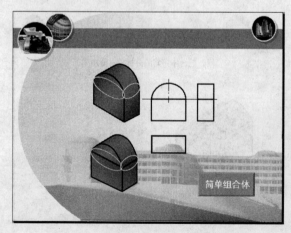

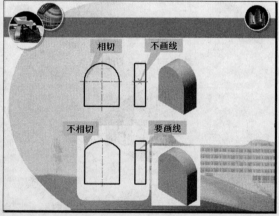

❖ 回到之前的粉笔盒组合体。同学们，请检查自己图上的共面衔接处的画法是否正确。

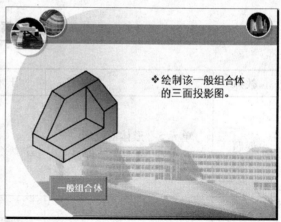

❖ 绘制该一般组合体的三面投影图。

一般组合体

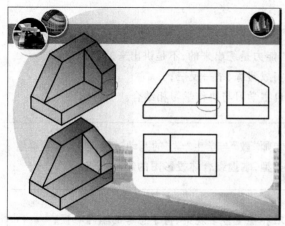

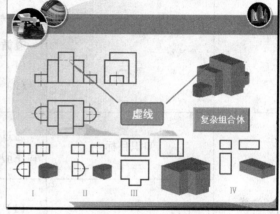

虚线

复杂组合体

Ⅰ　　Ⅱ　　Ⅲ　　Ⅳ

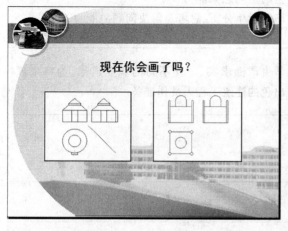

现在你会画了吗？

课后作业

1.完成教材配套习题集中的作业

2.选取一个建筑物，将其看作组合体，并绘制出组合体的投影图

3.对照三面投影图，利用简易材料，制作建筑模型

教师		科目	土木工程识图	年级	10 工民建
课题	单元 5 形体的投影 知识点:组合体的投影			课时	1 课时
				学生人数	
				授课类型	讲授、演示
教学方法	教法		主要以"项目教学与案例教学"相结合、"案例分析,项目讨论、任务驱动、分层教学"等教学方法来实现教学目标。		
	学法		遵循"能力是练出来的,不是讲出来的"。 (1)实战演练、举一反三; (2)自主学习与协作学习相结合。		
教学目标	知识目标		通过老师"教"与学生"学"的互动过程,使学生了解组合体的类型,掌握组合体投影图的绘制步骤。		
	能力目标		(1)培养学生善于观察、善于思考的学习习惯; (2)激发学生对土木工程识图的学习兴趣,有意识地培养学生的空间想象能力; (3)培养学生分析、思考及解决问题的能力。		
	德育目标		培养学生严谨求实、一丝不苟的职业道德,为将来成为一名出色的建筑工程人员作准备。		
教学重点	(1)了解组合体的类型; (2)掌握组合体投影图的绘制。				
教学难点	混合型组合体投影图的绘制				
教学准备	多媒体教室、教案、图片、授课课件、实物				

教学过程	教师活动	学生活动	设计意图	时间分配
（一）复习提问，导入新课	1．回顾已学内容 （1）常见平面体、曲面体的投影； （2）平面体、曲面体投影图的绘制。 2．轻松提问，引入新课 建筑物的形状是复杂多样的，但它们都是由一些简单的基本几何体组成的？ 出示案例——图形，回答由哪些基本形体组成？ 我们把由两个或两个以上的基本形体按一定的形式组合而成的形体叫做组合体。	对照图例轻松回答老师的提问 看图思考，分析并回答	巩固知识的良好习惯 设置悬念，引起学生的好奇心，激发学生的学习兴趣，明确学习目标	2分
（二）分析案例，理顺思路	1．教师引导 纪念碑、水塔由基本形体组合而成，那它们又是如何组合的？ 2．教师介绍 5.3.1　组合体的类型 （1）叠加型 由若干基本形体堆砌或拼合而成。 （2）切割型 由一个基本形体切除了某些部分而成。 （3）混合型 由上述叠加型和切割型混合而成。	学生思考 边听讲边仔细观察演示步骤 对比三种类型	对比学习，动画播放直观、易懂	15分

教学过程	教师活动	学生活动	设计意图	时间分配
	3．教师精讲 5.3.2　组合体投影图的绘制 （1）形体分析 　　所谓的形体分析，是指分析组合体是由哪些基本形体组成的，它们是采用什么形式组合而成的。 　　教材例5-9叠加型组合体（教材图5-12）： 　　由四个基本形体叠加而成，最下部分为四棱柱1，在它的上面依次为四棱台2、四棱柱3、四棱柱4。 　　教材例5-10切割型组合体（教材图5-14）： 　　由一圆柱体挖去一个同轴同高的小圆柱体（称为中空圆管），再在其上端切去一段半圆管而成。 　　（2）确定组合体在三面投影体系中的安放位置： 　　1）组合体与投影面之间的关系如何？ 　　2）它们之间的相对位置如何？ 　　注意以下几点： 　　1）一般应使形体的复杂而且反映形体特征的面平行于V面。 　　2）使作出的投影图虚线少，图形清楚。 　　（3）投影图的绘制 　　1）选择视图。 　　2）画投影图底稿。 　　3）加深图线。 　　（叠加型如教材图5-13所示。） 　　（切割型如教材图5-15所示。）	师生同步进行分析 学生思考基本形体的三面正投影 一名学生分析切割型组合体 学生简述叠加型组合体投影图的绘制思路，其余学生同时思考、分析自己的绘制思路 学生总结绘图规律：叠加型由下到上依次画；切割型先画整体再画切割部分	以学生为主体，培养学生自究自探的学习能力，教师精讲以突出重点，教师少讲以破解难点 提醒学生注意 锻炼学生的总结能力	

教学过程	教师活动	学生活动	设计意图	时间分配
（三）实战任务，分组指导	提出任务要求,分成小组以竞赛的方式激发学生完成混合型组合体投影图的绘制。 任务一:读教材例5-11,分析由哪些基本形体组合而成? 该组合体投影图的绘制步骤? 教师分组巡视、了解学生自学情况,接受学生提出的疑难问题,辅导学生。 教师讲解: 分析(教材图5-16): 该组合体最下部分是四棱柱1,在它的上面叠加四棱柱2和三棱柱3,而四棱柱1中又挖去了圆柱4。 作图过程如教材图5-17。	1)在组长的指导下,完成任务,巩固投影图的绘图步骤; 2)自学—自查—互查—组内评价; 3)检查内容: 任务是否完成,完成的质量,组长验收并做记录	培养学生自觉动手的能力,激发学生的学习兴趣,增强学生的团队意识,互帮互助,取长补短,突破难点	13分
（四）拓展任务，探索创新	任务二:独立完成,分析并绘制组合体投影图,思考并提出疑义? 教师巡回检查,讲解。 注:对齐共面衔接处无线。 练习:根据直观图找投影图。	明确拓展任务,主动研究、创新学习 学生提问? 师生共同完成	理论联系实际,培养学生开阔思路和随机应变的能力,在实践中探索,发展和更新	6分

教学过程	教师活动	学生活动	设计意图	时间分配
（五）查遗补漏，总结任务	1. 学生实战中存在的共同性问题答疑 2. 引导归纳 完成2个案例,2个任务,2个练习,主要强化组合体投影图的绘制。 3. 学习效果评价 评价各组完成情况,提出改进措施。引申组内交流、合作,发扬团队精神。 小结: （1）要了解组合体的类型。 （2）要掌握组合体投影图的绘制。 （3）要注意: 形体分析法是假想把形体分解为若干基本几何体或简单形体,只是化繁为简的一种思考和分析问题的方法,实际上形体并非被分解。	学生相互查看操作结果,巩固本节课的知识要点,掌握技能;明确组合体投影图在实际生活中的应用	养成巩固知识的习惯,加深记忆,积累经验,提高能力 提醒学生注意	2分
（六）提升能力，布置作业	教师鼓励: 思考如何根据三面正投影图想象形体的空间形状? 课后作业: 习题集:P54、P56、P65	课余时间思考、讨论	趁热打铁,理论与实践相结合	2分

板书设计	5.3 组合体的投影 5.3.1 组合体的类型 1. 叠加型 由若干基本形体堆砌或拼合而成。 2. 切割型 由一个基本形体切除了某些部分而成。 3. 混合型 由上述叠加型和切割型混合而成。 5.3.2 组合体投影图的绘制 1. 形体分析 把复杂的形体分解成简单形体。 2. 确定组合体在三面投影体系中的安放位置 3. 投影图的绘制
教学后记	（1）从教学准备上来看,采用了多媒体教学课件,避免了空洞说教,充分调动了学生的积极性、好奇心、优化了学习效果。 （2）从教学设计上来看,案例教学清楚、明了;项目教学创造了学生主动参与、自主协作、探索创新的氛围;任务驱动提高了学生的自学效率;分层教学的实现,让每个学生都有不同的收获。 （3）从教学过程和成果来看,学生通过自主学习与协作学习方式,结合了解任务、实战任务与交流任务,完成了本节课的教学目标,掌握了相关的绘图技能。 不足之处:在进行巡辅时,一对一辅导占用较长时间,造成部分学生辅导不到位。 改进之处:对相同问题,集中学生讲解;多举生活实例,有利于激发学生的学习兴趣。

（陕西省榆林市职教中心　余萱）

附:教学课件

第五单元 形体的投影
第三节　组合体的投影

基本形体的投影

一、常见平面体的投影

平面体：由平面图形围成的形体。

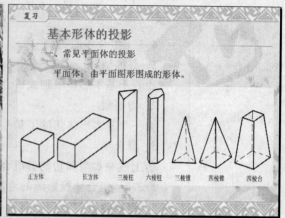

正方体　长方体　三棱柱　六棱柱　三棱锥　四棱锥　四棱台

基本形体的投影

二、常见曲面体的投影

曲面体：由曲面或曲面与平面所围成的形体。

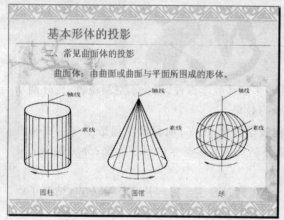

圆柱　　　　圆锥　　　　球

在建筑工程中，建筑物（如：房屋、水塔）及其构配件（如：基础、梁、柱等）的形状是多种多样的，但经过分析都可以看作是由一些基本几何体按一定的组合形式组合面成的。

（a）纪念碑　　　（b）水塔

我们把由两个或两个以上的基本形体按一定的形式组合面成的形体叫做组合体。

5.3.1 组合体的类型

1. 叠加型
由若干基本形体堆砌或拼合面成，这是组合体最基本的形式。

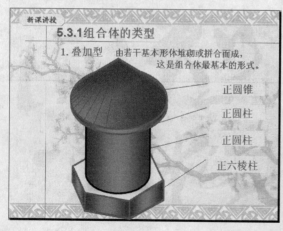

正圆锥
正圆柱
正圆柱
正六棱柱

2. 切割型
由一个基本形体切除了某些部分面成。

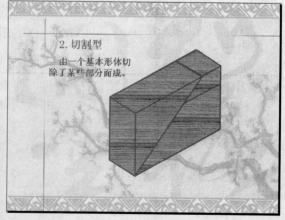

· 104 ·

3. 混合型 由上述叠加型和切割型混合而成。

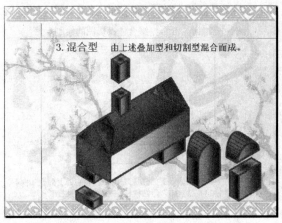

5.3.2 组合体投影图的绘制

1. 形体分析

所谓的形体分析，是指分析组合体由哪些基本形体组成，它们是采用什么形式组合而成的。

2. 确定组合体在三面投影体系中的安放位置

1）组合体与投影面之间的关系如何？

2）它们之间的相对位置如何？

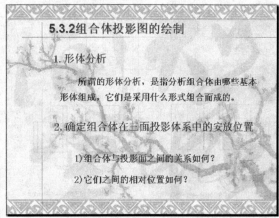

※ 注意以下几点：

1) 一般应使形体的复杂而且反映形体特征的面平行于V面。

2) 使作出的投影图虚线少，图形清楚。

3. 投影图的绘制

1) 选择视图。

2) 画投影图底稿。

3) 加深图线。经检查无误后，按要求加深图线。

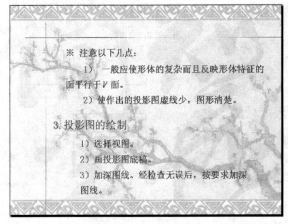

例 题

例一 叠加型组合体投影图的绘制

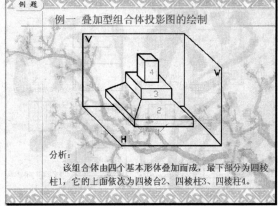

分析：

该组合体由四个基本形体叠加而成，最下部分为四棱柱1，它的上面依次为四棱台2、四棱柱3、四棱柱4。

作图过程如图所示：

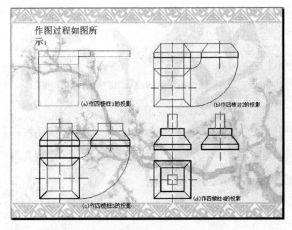

(a)作四棱柱1的投影

(b)作四棱台2的投影

(c)作四棱柱3的投影

(d)作四棱柱4的投影

例二 切割型组合体投影图的绘制

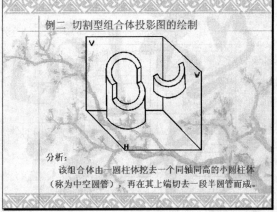

分析：

该组合体由一圆柱体挖去一个同轴同高的小圆柱体（称为中空圆管），再在其上端切去一段半圆管而成。

· 105 ·

作图过程如图
所示：

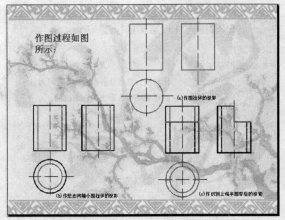

(a)作圆柱体的投影

(b)作挖去两端小圆柱体的投影

(c)作切割上端半圆管后的投影

任务一　分组讨论混合型组合体投影图的绘制

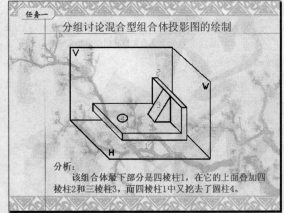

分析：

　　该组合体最下部分是四棱柱1，在它的上面叠加四棱柱2和三棱柱3，而四棱柱1中又挖去了圆柱4。

作图过程如图所示：

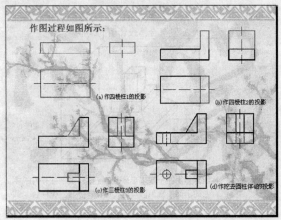

(a)作四棱柱1的投影

(b)作四棱柱2的投影

(c)作三棱柱3的投影

(d)作挖去圆柱体4的投影

任务二　独立完成：分析并绘制组合体投影图，思考并提出疑议？

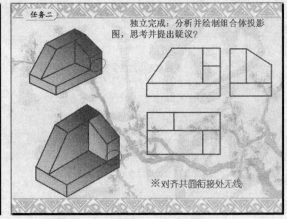

※对齐共面衔接处无线

练习　师生共同完成：根据直观图找投影图

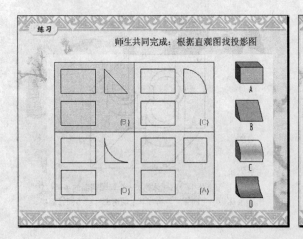

(B)　(C)

(D)　(A)

小结

（1）要了解组合体的类型。

（2）要掌握组合体投影图的绘制。

（3）要注意：

　　形体分析法是假想把形体分解为若干基本几何体或简单形体，只是化繁为简的一种思考和分析问题的方法，实际上形体并非被分解。

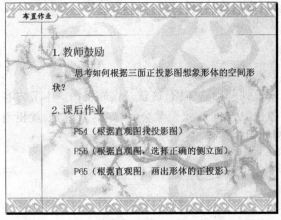

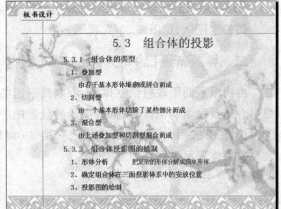

土木工程识图教案——组合体投影图的识读

1	授课人			
2	课　题	单元5　形体的投影 5.3.3　组合体投影图的识读		
3	授课日期			
4	班级	学生人数:		专业:建筑工程
5	课次	第 4 次课	累计学时 6	本讲 2 学时
6	教　学 目　的	(1)会应用形体分析法和线面分析法识读组合体投影图。 (2)根据三视图想象出组合体的立体形状。		
7	重　点 与 难　点	重点:形体分析法和线面分析法识读组合体投影图。 难点:投影基本知识在形体分析法和线面分析法识读组合体投影图中的综合运用。		
8	教　具	教具:三角板一套,教学课件,计算机。 教学准备:将课堂练习题印刷并发给学生,多媒体演示准备。		
9	主要 教学方法	(1)传统讲解与多媒体教学相结合; (2)讲练结合,互动教学。		
10	学习拓展	试读私人别墅建筑施工图(教材附录),将所学知识与实践应用相结合。		
11	作　业	习题集第 17 页:1、3、4 习题集第 18 页:2、3、5		

一、旧课复习(约 5 分钟)

1. 组合体的类型

叠加型、切割型、混合型。

2. 组合体投影图的绘制

(1)分析形体。对形体进行形体分析,弄清各组成部分的形状、相对位置、组成方式及各表面间的连接关系。

（2）选择视图。正立面图应能较多地反映各组成部分的形状特征和相互关系。

（3）定比例，选图幅，布置视图。

二、导入新课（约 3 分钟）

由房屋平面图联想到立体图、由基础平面图联想到基础立体图，这就是读施工图。本节内容是组合体投影图的识读，是根据物体的投影图想象出其空间形状。学会、学好本节内容，就相当于会读施工图，因为读图的原理是一样的。（展现知识拓展）

多媒体演示举例：

例 1　建筑平面图与立体图

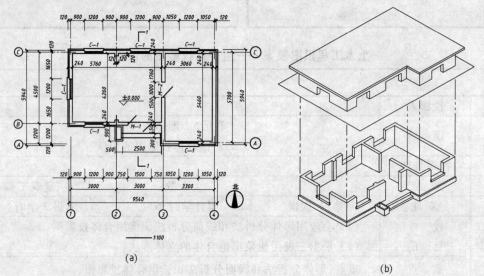

例 2　混凝土条形基础平面图与立体图

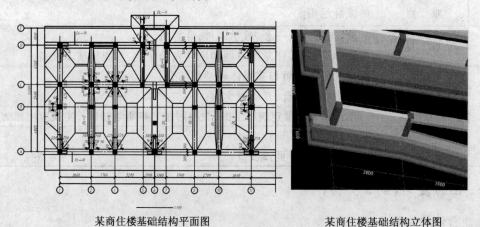

某商住楼基础结构平面图　　　　某商住楼基础结构立体图

三、组合体投影的识读（新课　约 30 分钟）

组合体投影的识读的方法有形体分析法、线面分析法。

1. 形体分析法(重点讲解)

形体分析法是看组合体视图的基本方法。以基本形体的投影特点为基础,把比较复杂的视图分成几个部分的基本图形,运用三视图的投影规律,分别想出基本图形的形体,并分清基本形体的位置及相互组合方式,最后综合起来想出整体。

看图的一般步骤:

(1) 看视图,明关系。

(2) 分部分,想形状。

(3) 综合归纳想整体。

例题讲解:多媒体演示。

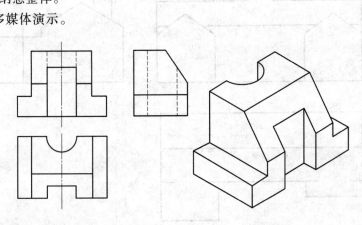

2. 线面分析法 (重点讲解)

运用线、面的投影规律,分析视图中图线和线框所代表的意义和相互位置,从而看懂视图并明确其空间形状的方法,称为线面分析法。这种方法主要用来分析视图中的局部复杂投影。

看图时要注意:物体上投影面平行面的投影具有实形性和积聚性,投影面垂直线的投影具有实长性和积聚性,投影面垂直面和一般位置平面的投影具有类似性。

例题讲解:多媒体演示并讲解。

线面分析的方法:

步骤:(1) 分析平面的形状;

　　　(2) 分析平面的相对位置。

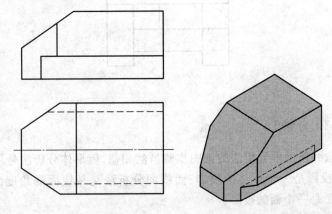

（第一节课结束）

四、组合体视图识读练习方法 （难点突破）

先让学生自己画图,巡回观察画图情况,个性问题及时解决,共性问题统一讲解;然后再以多媒体演示练习过程。

1. 补画视图中的漏线(约 15 分钟)

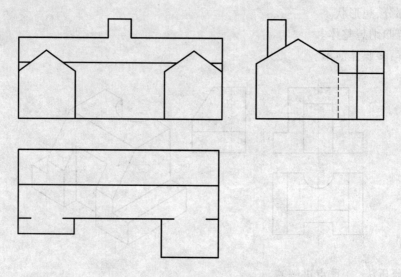

2. 读图——补绘第三投影(约 15 分钟)

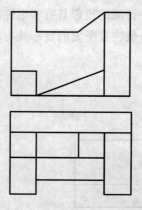

五、小结(约 10 分钟)

（1）形体分析法和线面形分析法的读图步骤虽然相似,但形体分析法是从体的角度出发,划分视图所得的三个投影是一个形体的投影;而线面分析法是从线面的角度出发,"分线框对投影",所得的三个投影是一个面的投影。

（2）形体分析法较适合于以叠加方式形成的组合体，线面分析法较适合于以切割方式形成的组合体。

（3）由于组合体的组合方式往往既有叠加又有切割，所以看图时一般不是独立地采用某种方法，而是两者综合使用，互相配合，互相补充。

（4）几个视图联系起来看确定其形状。一个视图不能唯一地确定物体的形状。正立面图、平面图形状相同，但物体的形状不一定相同。（多媒体演示）

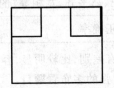

物体的正立面图

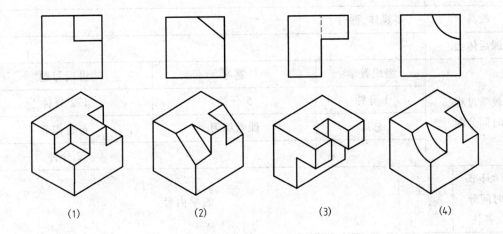

（1）　　　　　（2）　　　　　（3）　　　　　（4）

六、布置作业

（第二节课结束）

七、教学反思

本节课内容教材中对组合体视图的识读方法是简要讲述，如何提高识读能力讲述不足。在教学中，增加了对组合体视图识读的练习及互动，学生对本讲内容的掌握较理想。

许多教材在讲本部分内容时，基本没有与视图读图的应用结合，学生学习时易产生枯燥心情。在本节课中，把组合体视图的识读与建筑工程图的识读相结合，使学生将本讲知识与实际应用联系起来，对知识的实用性有强烈认知，增强了学习兴趣与热情，收到了良好的教学效果。

（河南省漯河水利技工学校　李永定）

课题	平面体习题课	4 课时
教学目标	通过学习平面体的投影图,使学生更进一步了解三面正投影图的画法。	
教学重点	投影规律"长对正、高平齐、宽相等"的具体运用。	
教学难点	平面体投影图的正确率。	
学情分析	学生的接受能力有差别,比较明显,容易造成两极分化,注意关注接受能力弱的群体,对接受能力强的多布置题目。	
教学方法		
教具	多媒体、课件。	
课后体会		

教学过程 时间分配	组织教学	复习	讲授习题
	1 分钟	5 分钟	172 分钟
	总结	课堂练习	布置作业
			2 分钟

教学环节及时间分配、备注	师生活动	教学内容
组织教学、复习 (6 分钟) 学生在黑板上画、学生纠正、老师讲解习题 (172 分钟)		平面立体习题课及讲解: 1. 根据立体图画三面正投影图 后低 前高 注意:这是个斜面,斜面后低前高

教学环节及时间分配、备注	师生活动	教学内容
		2. 补画图中缺漏的图线 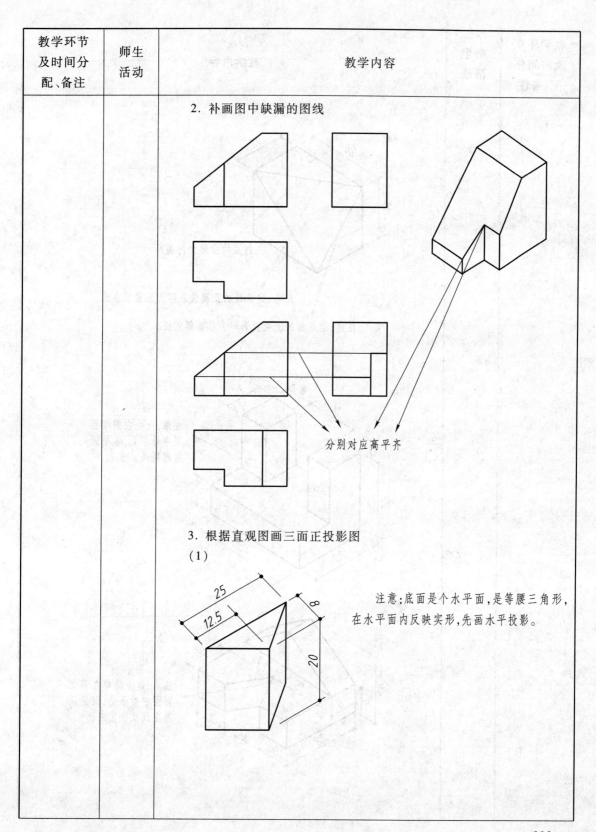 分别对应高平齐 3. 根据直观图画三面正投影图 （1） 注意：底面是个水平面，是等腰三角形，在水平面内反映实形，先画水平投影。

<table>
<tr><th>教学环节
及时间分
配、备注</th><th>师生
活动</th><th>教学内容</th></tr>
<tr><td></td><td></td><td>

(2)

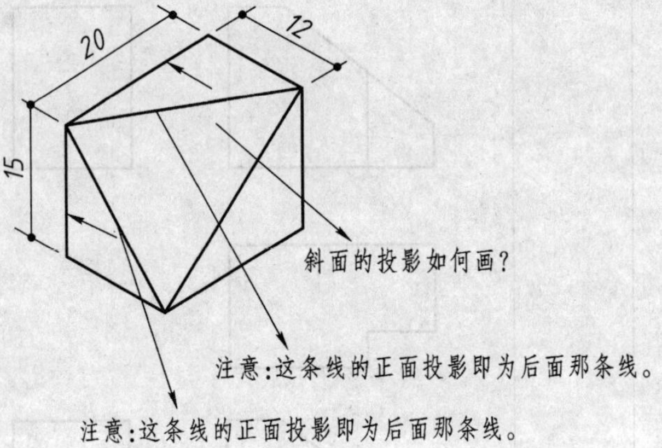

20
12
15
斜面的投影如何画?
注意:这条线的正面投影即为后面那条线。
注意:这条线的正面投影即为后面那条线。

(3)

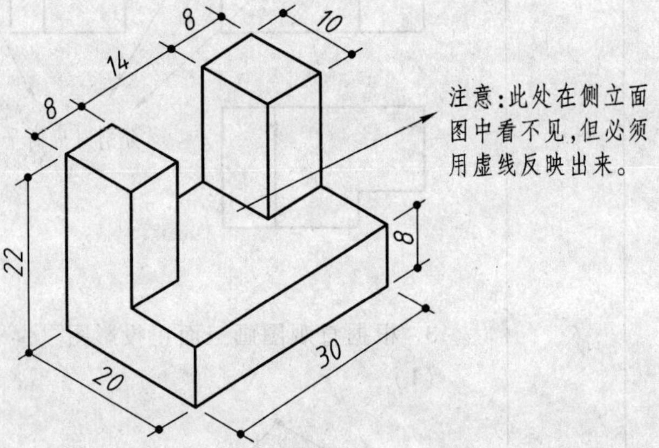

8
10
14
8
注意:此处在侧立面图中看不见,但必须用虚线反映出来。
22
8
20
30

(4)

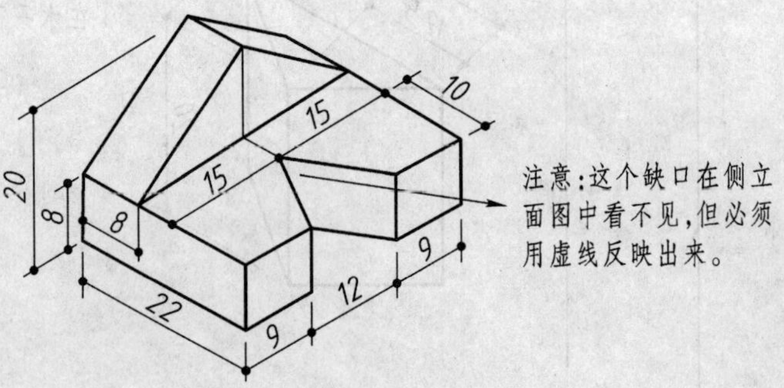

10
15
20
8
8
15
注意:这个缺口在侧立面图中看不见,但必须用虚线反映出来。
9
12
22
9

</td></tr>
</table>

教学环节及时间分配、备注	师生活动	教学内容

（5）

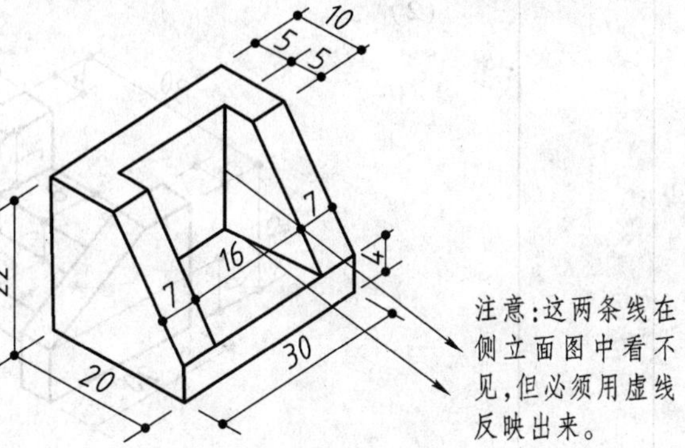
10
5
5
7
16
4
22
7
30
20
注意：这两条线在侧立面图中看不见，但必须用虚线反映出来。

4. 根据复杂平面直观图，补画图中缺漏的图线

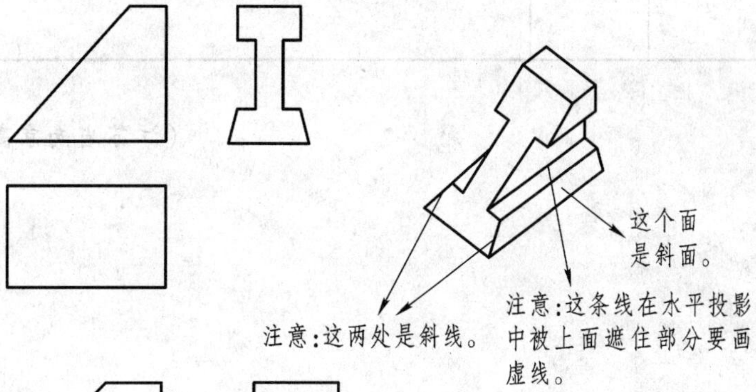
这个面是斜面。
注意：这条线在水平投影中被上面遮住部分要画虚线。
注意：这两处是斜线。

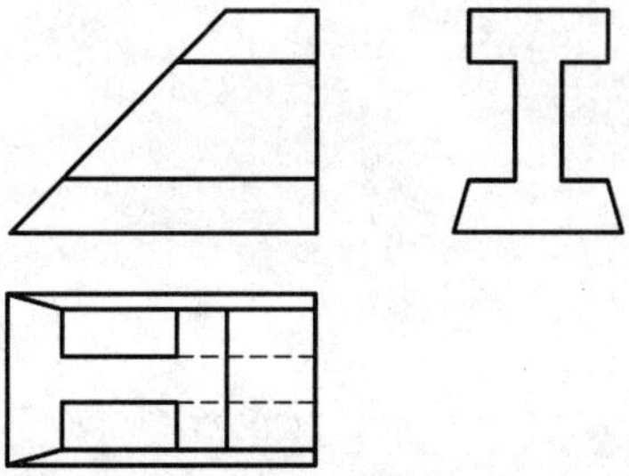

5. 根据直观图画三面正投影图

（1）

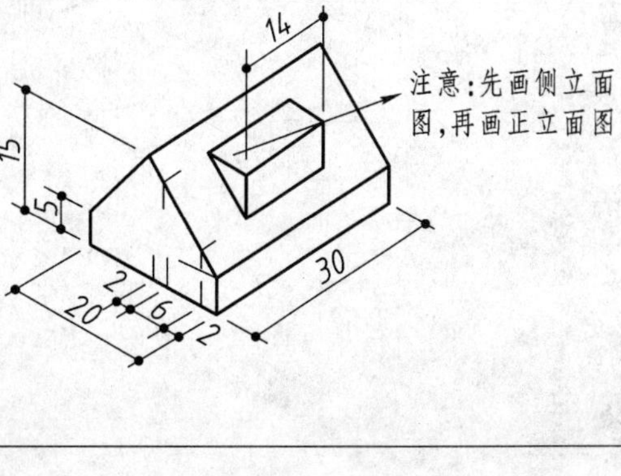
14
注意：先画侧立面图，再画正立面图
15
5
30
2
6
2
20

教学环节及时间分配、备注	师生活动	教学内容
		（2）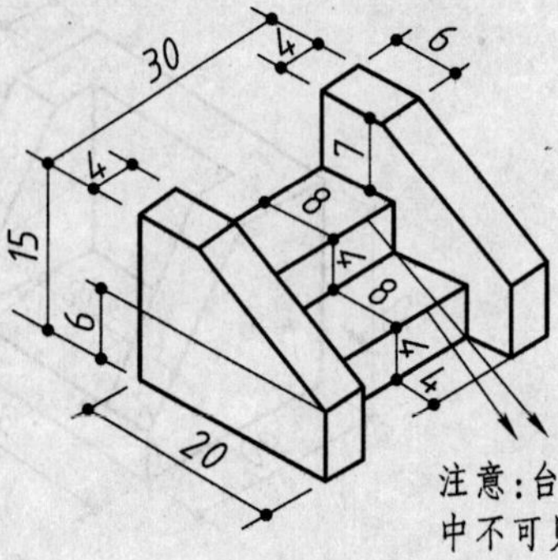30 4 6 4 7 15 8 4 8 6 4 4 20 注意：台阶在侧立面图中不可见，要画虚线。

（江苏省南京高等职业技术学校　陈炜）

土木工程识图教案——曲面体习题课

课题	曲面体习题课	2课时
教学目标	通过学习曲面体的投影图，使学生更进一步了解三面正投影图的画法。	
教学重点	投影规律“长对正、高平齐、宽相等”的具体运用。	
教学难点	三面正投影图的正确率。	
学情分析	学生的接受能力有差别，这时比较明显，容易造成两极分化，注意关注接受能力弱的群体。对接受能力强的多布置题目。	
教学方法		
教具	多媒体、课件。	
课后体会		

教学过程时间分配	组织教学	复习	习题讲解
	1分钟	1分钟	87分钟
	总结	课堂练习	布置作业
			1分钟

教学环节及时间分配、备注	师生活动	教学内容
组织教学、复习 (2分钟) 学生在黑板上画、学生纠正、老师讲解习题 (87分钟)		曲面立体习题课及讲解： 1. 根据立体图画下列曲面立体的三面正投影图 (1) 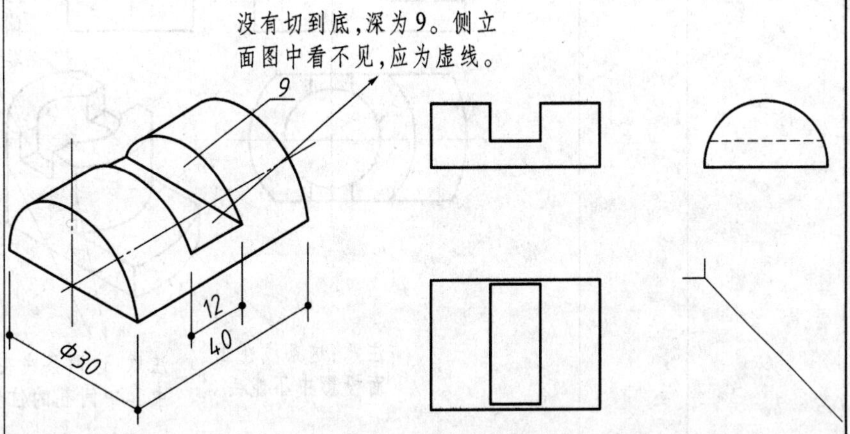没有切到底，深为9。侧立面图中看不见，应为虚线。 9 12 40 φ30

教学环节及时间分配、备注	师生活动	教学内容
		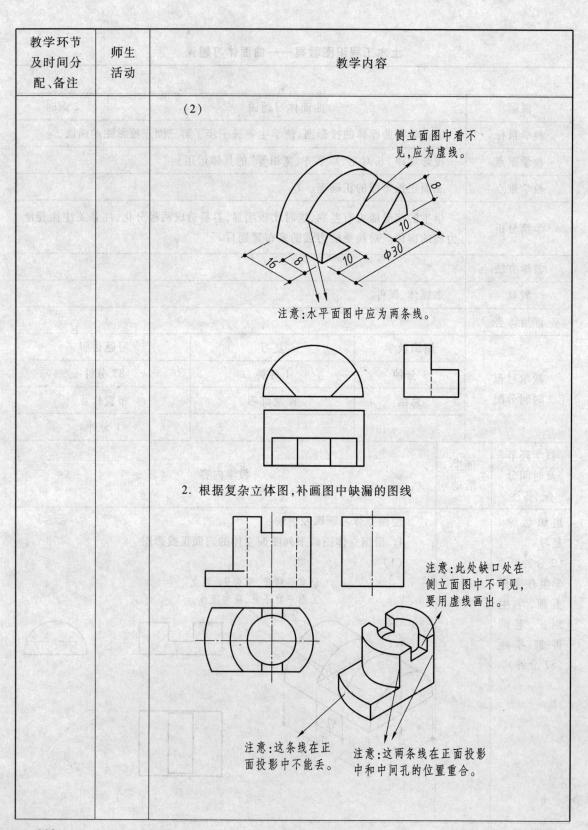 （2） 侧立面图中看不见，应为虚线。 8　10　Φ30 16　8　10 注意：水平面图中应为两条线。 2. 根据复杂立体图，补画图中缺漏的图线 注意：此处缺口处在侧立面图中不可见，要用虚线画出。 注意：这条线在正面投影中不能丢。 注意：这两条线在正面投影中和中间孔的位置重合。

教学环节及时间分配、备注	师生活动	教学内容
		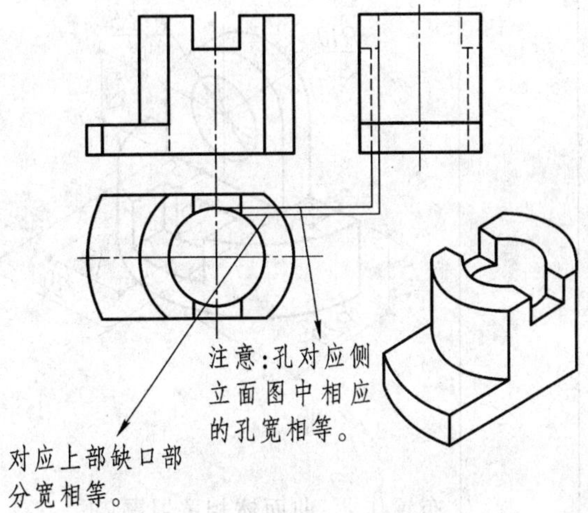 注意:孔对应侧立面图中相应的孔宽相等。 对应上部缺口部分宽相等。
		3. 画三面正投影图 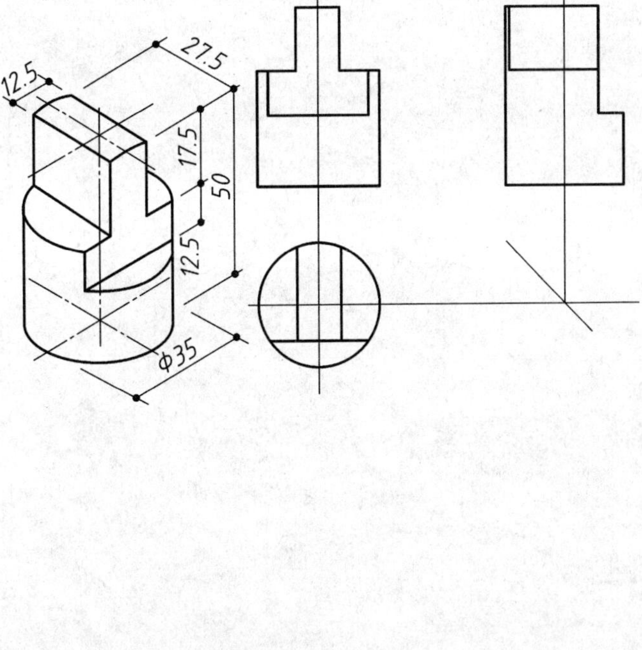 27.5 12.5 17.5 50 12.5 φ35

教学环节及时间分配、备注	师生活动	教学内容
		4. 画三面正投影图 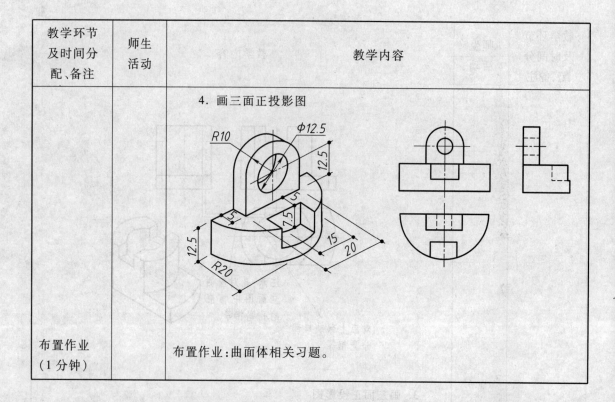
布置作业 (1分钟)		布置作业:曲面体相关习题。

（江苏省南京高等职业技术学校　陈炜）

课题	5.4　截切体和相贯体的投影	2 课时
教学目标	通过学习平面体的截交线,进一步学习被截切平面立体的复杂图形。	
教学重点	棱柱体的截切。	
教学难点	求棱线的交点。	
学情分析	该部分较难,多练习、多讲解。	
教学方法		
教具	多媒体、课件。	
课后体会		

教学过程 时间分配	组织教学	复习	讲授新课和习题讲解
	1 分钟	1 分钟	72 分钟
	总结	课堂练习	布置作业
	5 分钟	10 分钟	1 分钟

教学环节 及时间分 配、备注	师生 活动	教学内容
组织教学、 复习 (2 分钟) 新课 (15 分钟)		**5.4 截切体和相贯体的投影** **5.4.1 截切体的投影**

教学环节及时间分配、备注	师生活动	教学内容
		截平面——切割立体的平面。 截断体——被平面截切的立体。 截交线——立体被平面切割后在立体表面上产生的交线。 截交线的两个性质: (1)截交线为立体表面上的交线。 (2)截交线为一封闭的平面图形。 平面立体截交线上的点可以分为: (1)棱线的断点(棱线与截平面的交点),如图所示六棱柱和三棱锥的截切中的1、2、3、4点,作图时此类点比较容易确定。 (2)截平面与立体表面交线的两个端点,如图所示六棱柱的截切中的5、6点。作图时一般要根据视图确定点的位置。 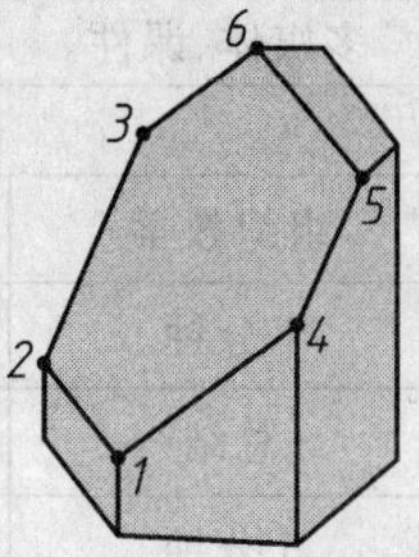 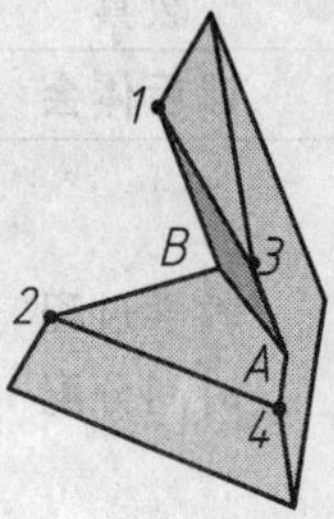 (3)两截平面交线在立体表面上的两个端点,如图所示三棱锥的截切上的A、B点。
习题讲解 (57分钟)		例1 如图所示,补出切割六棱柱侧立面图中的漏线,并画出其平面图。 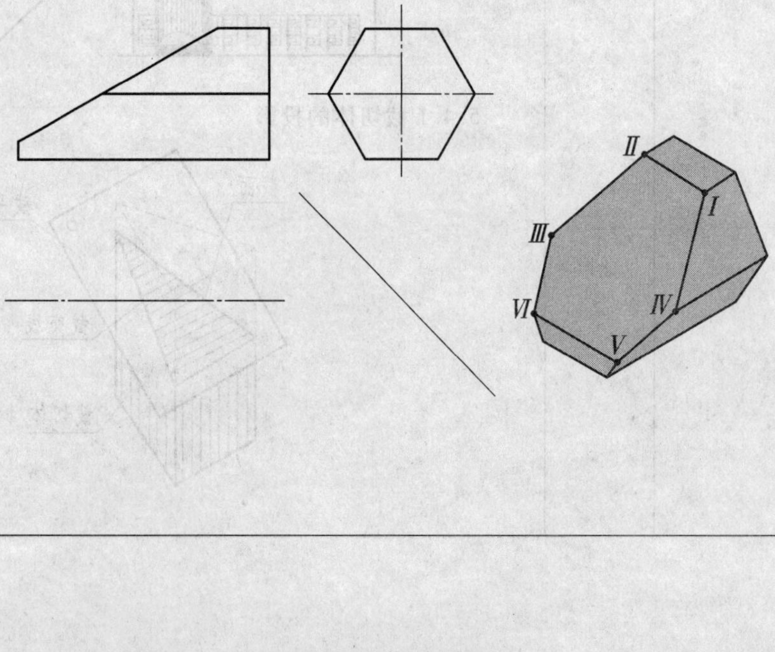

教学环节及时间分配、备注	师生活动	教学内容
		作图步骤如下：
		（1）补画侧立面图中的漏线。
		（2）作被截切前的平面图。
		（3）找到六个棱线的交点在正、侧立面图中的投影位置。

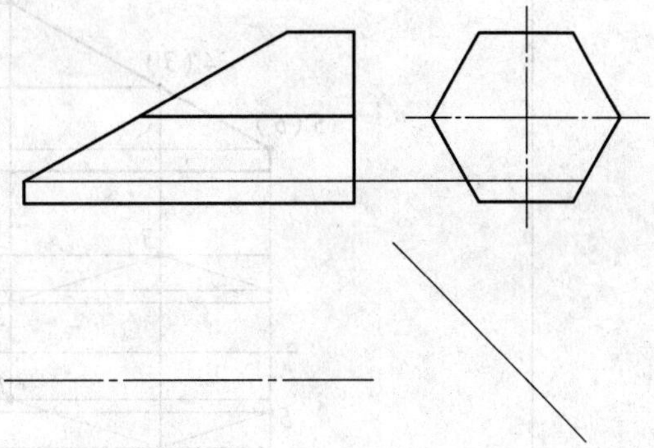

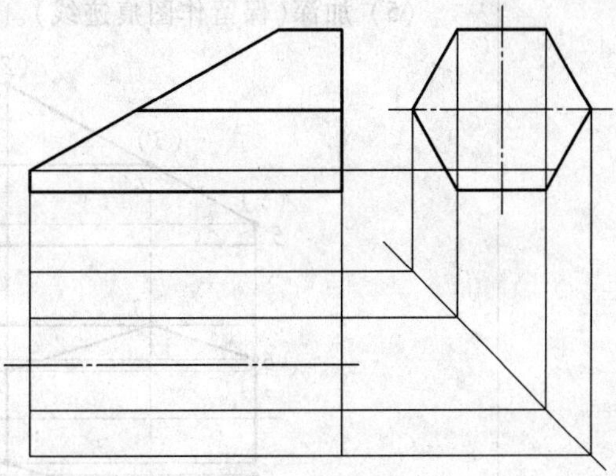

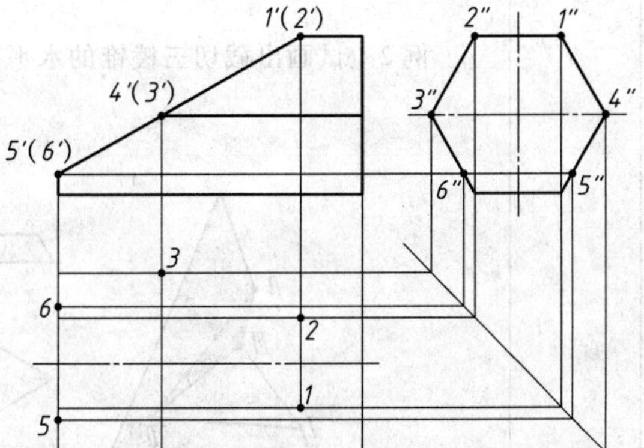

·123·

教学环节及时间分配、备注	师生活动	教学内容
		（4）连接在平面图中六个点的投影。

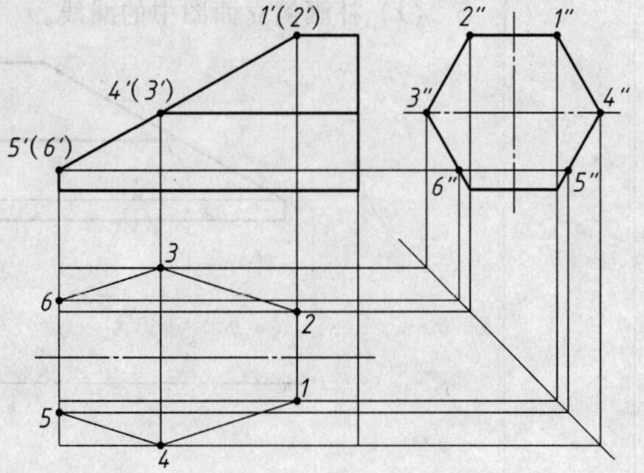

（5）加深（保留作图痕迹线）。

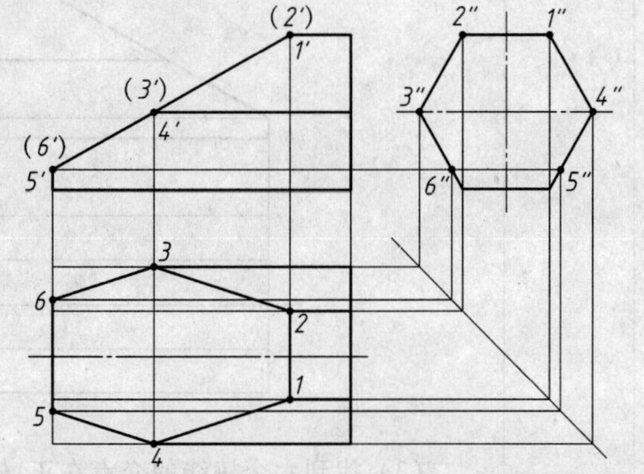

例2　试画出截切三棱锥的水平投影和侧面投影。

教学环节及时间分配、备注	师生活动	教学内容
		作图步骤如下： （1）在正立面图中找四个交点的投影。 （2）在其余的视图中找四个交点的投影。 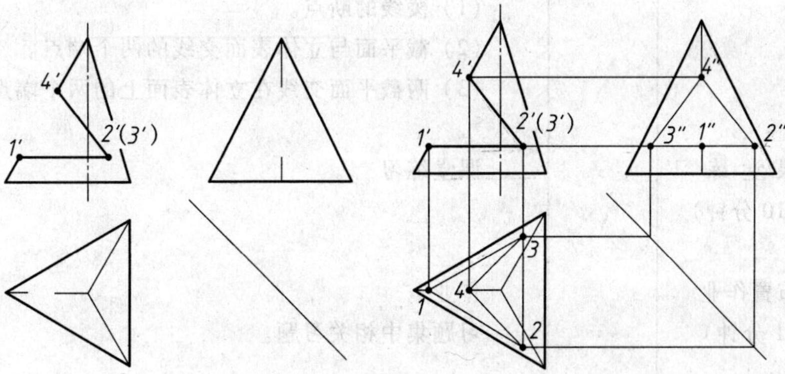 （3）加深（保留作图痕迹线）。 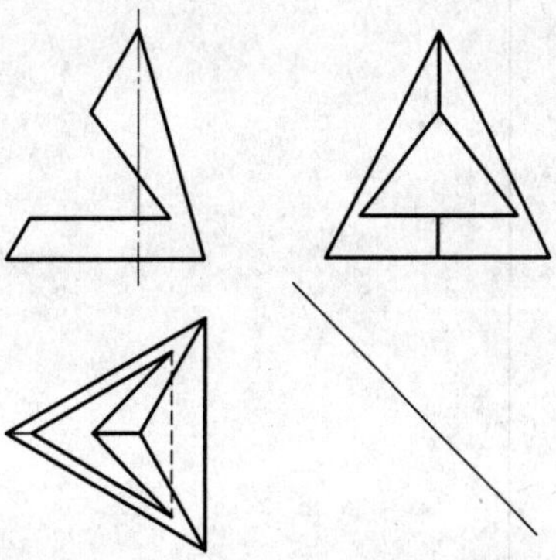
总结 （5分钟）		总结： 1. 什么叫截平面？ 切割立体的平面。 2. 什么叫截断体？ 被平面截切的立体。 3. 什么叫截交线？ 立体被平面切割后在立体表面上产生的交线。

教学环节 及时间分 配、备注	师生 活动	教学内容
		4．截交线的两点性质是什么？ （1）截交线为立体表面上的交线。 （2）截交线为一封闭的平面图形。 5．求平面立体的截交线。 （1）棱线的断点。 （2）截平面与立体表面交线的两个端点。 （3）两截平面交线在立体表面上的两个端点。
课 堂 练 习 （10 分钟）		课堂练习
布置作业 （1 分钟）		作业： 习题集中相关习题。

（江苏省南京高等职业技术学校　陈炜）

【课题】同坡屋面的投影

【授课班级】高一 工程施工班

【课时】1 课时(45 分钟)

【教学目标】

1. 认知目标

(1)通过模型,了解同坡屋面的概念,同坡屋面相交线的位置和种类。

(2)在模型制作过程中,通过模型和投影的对照掌握同坡屋面的投影特性。

(3)利用三面正投影图的规律和同坡屋面的投影特性,掌握同坡屋面三面正投影图的绘制方法和步骤。

2. 能力目标

(1)通过模型制作,培养动手能力、与同学间的相互协作能力以及一定的空间想象能力。

(2)通过分析模型和投影之间的关系,培养分析问题、解决问题的能力。

(3)培养一定的识图能力。

3. 情感和价值目标

在模型制作和学习过程中,激发学生的学习兴趣,树立自信心,培养对专业的热爱和认真严谨的工作态度。

【教学重点、难点、关键点】

同坡屋面的投影在符合三面正投影图的规律下,有它自身的规律和特点,结合学生的学习状况,确定本节的重点、难点及关键点。

重点:同坡屋面交线的名称和位置;同坡屋面交线的投影特性;同坡屋面三面正投影图的作图方法和步骤。

难点:同坡屋面交线的投影特性;同坡屋面三面正投影图的作图方法。

关键点:同坡屋面三面正投影图的作图方法。

【教材处理】

本节课以理论知识为主,内容抽象,如果按照传统的灌输式的教学方法,学生会感到枯燥乏味,甚至产生厌学的情绪。所以,授课时需要激发学生的学习兴趣,加强课堂互动,创设有意义而符合实际的学习任务,并通过实践操作的自我评价和教师总评来激励学生你追我赶、积极向上的学习热情。因此,对教材做以下处理:

自制同坡屋面的模型,利用模型,将"静"的理论知识用"动"的方法来学习。通过动手、动口、动脑,将同坡屋面的概念、同坡屋面的投影特性及投影图的绘制等知识具体化、形象化,实现在"动中学"、在"做中教"。

【教法】

1. 直观演示

对于抽象的概念和难点内容,借助模型和多媒体动画,进行直观演示,加深学生对知识点的理解和掌握。

2. 创设情境

围绕模型创设出一个个任务情境,通过模型制作增强对同坡屋面的直观认识;通过对模型进行模拟投影及对其投影的特性探寻,将抽象的知识具体化;通过对模型投影图的绘制,在提高绘图和识图能力的同时,培养空间想象能力。完成以上情境任务,不仅可以使学生加深对概念、规律的理解,而且有利于培养学生的探索、创造精神以及严谨的科学态度,更有利于学生主体作用的发挥。

3. 启发引导

从模型制作到同坡屋面投影规律的探究,通过设置假设、提出问题,一步步引导、启发学生从中独立思考、自主学习,提高学生分析问题、解决问题的能力。

【学法】

1. 自主学习

利用亲手制作的模型,模拟同坡屋面投影的过程,自主探寻其投影规律及其绘制步骤,体验劳动的快乐,体会成功的喜悦。

2. 小组学习

通过小组间成员的配合,完成模型的制作和探索过程,使学生学会欣赏他人、学会与人沟通和合作,善于吸取他人对事物的看法和观点,并敢于发表自己的意见,实现自主学习。同时,通过小组间的比赛竞争,增强竞争意识和责任意识,培养团队合作精神。

【教具】

多媒体课件、同坡屋面模型、幻灯机。

【课前准备】

(1)制作模型用工具:同坡屋面模型半成品、双面胶、剪刀、直尺、铅笔。

(2)课堂练习纸及课后作业纸。

(3)课前分组,指定组长,共分为六个小组,布置形式如下图:

第四组	第三组
第五组	第二组
第六组	第一组

展示区

讲 台

【教学环节设计】

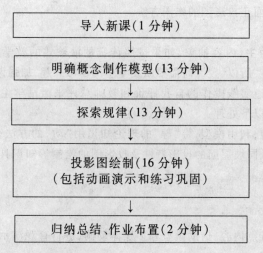

导入新课(1分钟)

↓

明确概念制作模型(13分钟)

↓

探索规律(13分钟)

↓

投影图绘制(16分钟)
(包括动画演示和练习巩固)

↓

归纳总结、作业布置(2分钟)

【教学过程】

教学环节	教师活动	学生活动
（一）开门见山，导入新课	1. 开场白 屋顶是建筑物不可缺少的重要组成部分,按照外形可以分为平屋顶和坡屋顶。在坡屋顶设计中,同坡屋面的应用非常广泛,请同学们观赏一组图片。 2. 图片观赏 使同学们从直观上认识同坡屋面。 3. 导入新课 同坡屋面是房屋建筑设计中应用非常广泛的坡屋顶屋面形式,今天我们就来学习"同坡屋面的投影"。	观赏图片。 重点观看建筑物的屋面。 明确今天的任务。
	【设计思想】 以开门见山的方式提出坡屋顶的概念,从中引出同坡屋面,直入主题,引出新课,明确任务,使同学们对今天的学习任务一目了然。	
（二）明确概念，制作模型	1. 模型及图形展示,引出概念 同坡屋面:当屋面由若干个与水平面倾角相等的平面组成时,称为同坡屋面。 2. 根据给定材料,制作同坡屋面的模型 （1）每个小组制作两个同坡屋面模型; （2）引导制作过程,帮助学生顺利完成模型。 3. 评比及欣赏劳动成果 展示同学们制作的同坡屋面模型,比一比,进行评价。 4. 利用模型,明确屋面交线的名称 各种交线:檐口线、屋脊线、斜脊线、天沟线。	通过模型与图片对照,直观认识同坡屋面。 根据给定的材料,以小组合作的方式,明确每个人的任务,互相合作,动手制作同坡屋面模型。从中进一步认识同坡屋面的概念,并体会劳动的快乐。 认识屋面上各种交线的名称和位置。
	【设计思想】 （1）通过模型展示,结合多媒体三面正投影图,对抽象的概念有一个形象的认识,便于学生理解和掌握。 （2）通过模型制作过程,使学生学会与人合作。在汲取别人长处的同时,敢于发表自己的见解;锻炼动手能力的同时,培养合作意识,树立自信心,提高学习的兴趣,形成你追我赶的学习氛围。 （3）利用制作的模型来探究其投影的特性。为探究活动提供道具。	

教学环节	教师活动	学生活动
（三）明确任务，探索规律	1．明确屋面在三面投影体系中的放置位置 （1）较为复杂能反映形体主要特征的一面平行于 V 面。 （2）做出的投影虚线少，简洁明了。 2．根据模型，对学生进行启发和引导，探索同坡屋面投影的规律 （1）设置问题（填空题）： ① 相邻檐口线相交的 H 面投影成_____角。 ② 屋脊线的 H 面投影与相应屋面檐口线_____。 ③ 斜脊线、天沟线的 H 面投影为相邻两檐口线夹角的_____。 ④ H 面投影中，如果有两条脊线交于一点，必有第_____条脊线与之相交。 ⑤ 在 V 面和 W 面投影中，与投影面垂直的屋面投影积聚成直线，其与檐口线的投影夹角反映了_____的大小。 （2）归纳各个小组的答案。 解决问题，得出同坡屋面的投影规律（5条）： ① 相邻檐口线相交的 H 面投影成90°角。 ② 屋脊线的 H 面投影与相应屋面檐口线<u>等距且平行</u>。 ③ 斜脊线、天沟线的 H 面投影为相邻两檐口线夹角的<u>角平分线</u>。 ④ H 面投影中，如果有两条脊线交于一点，必有第<u>三</u>条脊线与之相交。 ⑤ 在 V 面和 W 面投影中，与投影面垂直的屋面投影积聚成直线，其与檐口线的投影夹角反映了<u>屋面坡度</u>的大小。	利用手中的模型，确定摆放位置，标出前、后、左、右。 （1）根据老师提出的几个问题，对照自制的同坡屋面模型，在老师的启发和引导下，自主学习，寻找答案，小组内发挥相互协作的精神，共同探索，最终得出结论。 （2）各个小组派代表填写答案。 （3）树立空间想象能力，掌握 5 条投影规律。

【设计思想】

（1）以自制的模型为例，设置问题，在老师的启发和引导下，让学生积极主动地参与到教学活动中来，让学生的自主探索、独立思考，发挥学生的主观能动性，激发学习的兴趣。

（2）通过自主学习，提高分析问题、解决问题的能力，同时培养学生认真严谨的工作作风和实事求是的科学态度。

教学环节	教师活动	学生活动
（四）根据规律绘制投影	1. 动画演示，总结绘制方法步骤 在 PPT 上演示绘制同坡屋面模型的三面正投影图的绘制过程；总结绘制同坡屋面投影图的绘制步骤与方法（3 步骤）。 2. 实战操作，独立绘制投影图 布置练习纸，要求学生以小组为单位共同完成。 3. 抽查练习题 利用幻灯机，将被抽查同学的作品进行展示，教师点评。	在 PPT 上观看教师动画演示同坡屋面投影图的绘制步骤与方法。了解 3 步骤。 自己动手绘制练习中同坡屋面的三面正投影图。掌握 3 步骤。 学习别人优点，找出自己的不足。
	【设计思想】 （1）通过这一环节，巩固新知识，有效突破重点内容（同坡屋面的投影规律和绘图方法和步骤），有效突破关键点（同坡屋面投影图的绘制）。 （2）通过小组学习和作品展示，使学生看到别人的优点，学会欣赏他人，同时发现自己的不足，及时纠正。 （3）通过模型和平面图形的对照比较，使学生树立三维空间的概念，培养空间想象能力。	
（五）归纳总结，作业布置	1. 课堂小结 （1）同坡屋面的概念； （2）同坡屋面上的投影特性（5 条）； （3）同坡屋面投影图的绘制（3 步骤）； 2. 布置作业（分两类） 书面作业： （1）何谓同坡屋面？同坡屋面上有哪些交线？ （2）简述同坡屋面的规律。 （3）整理练习，完成作业纸中的作业。 3. 课后思考 在生活中观察坡屋面，同时观察屋面上开设的老虎窗，研究其形式和作用。	同教师一起回忆、总结本节课的重点内容，对知识点进一步了解和巩固。 整理课上练习。 完成书面作业。 在生活中观察身边的坡屋面及其上开设的老虎窗。根据问题进行思考。
	【设计思想】 （1）对所学知识进行梳理归纳，使学生养成善于总结的学习习惯。 （2）深入生活，观察身边的建筑物，体会建筑给人带来的快乐。	

【板书设计】

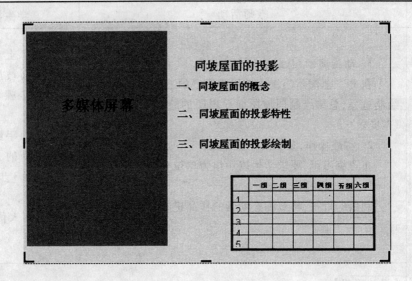

多媒体屏幕

同坡屋面的投影
一、同坡屋面的概念
二、同坡屋面的投影特性
三、同坡屋面的投影绘制

	一组	二组	三组	四组	五组	六组
1						
2						
3						
4						
5						

【教学反思】

（1）本节课从同坡屋面的概念、同坡屋面的投影特性到同坡屋面投影图的绘制，都是围绕"模型"来展开的。模型的制作和利用，使静的理论知识动了起来，抽象的知识形象化、具体化。通过一系列实实在在的活动，充分体现了学生的主体地位。

（2）本节课除了制作同坡屋面的模型外，还制作了同坡屋面投影规律以及同坡屋面投影图绘制步骤的动画过程，这种表现方式符合中职学生的认知规律，生动形象的教学方式使同学们更加乐意去学习，激发了学习的兴趣。就连基础比较差的同学也能投入其中，在课堂中表现积极。

（3）以小组为单位的学习方式，更有利于学生之间的交流和合作，使每一位同学在一个小集体中都能找到自己的位置。以小组为单位的探究活动，使学生在自主学习的基础上，相互学习，取长补短。

教学是一门艺术，这门艺术不仅在于知识的传授，更在于善于激励和唤醒。本节课通过运用多种教学手段，在做中学，在做中教，激发了学生的学习热情和表现欲，树立了自信心，在培养学生分析问题的能力的同时使学生逐步树立严谨、认真的工作态度，达到了本节课预期的教学效果。

（浙江省宁波第二高级技工学校　张玉乔）

三、习题集参考答案

单元5 形体的投影

1. 已知四棱锥的V、W面投影，完成四棱锥的三面投影。

2. 已知正五棱柱的底面正五边形的外接圆直径是30 mm，底面与H面平行，且距离为5 mm，高为25 mm，有一侧表面平行于V面，作正五棱柱的投影。

3. 已知正三棱柱底面边长22 mm，高30 mm，底面与W面平行，距离W面为5 mm，且有一侧底边平行于V面，作正三棱柱的投影。

4. 已知正六棱锥底面正六边形的外接圆直径是30 mm，底面与H面平行，且距离为5 mm，高为20 mm，作正六棱锥的投影。

形体的投影（一）	班级	姓名	学号	日期

单元5 形体的投影

补画形体的第三面投影，并求出体表面上点的另外两面投影。

(1)

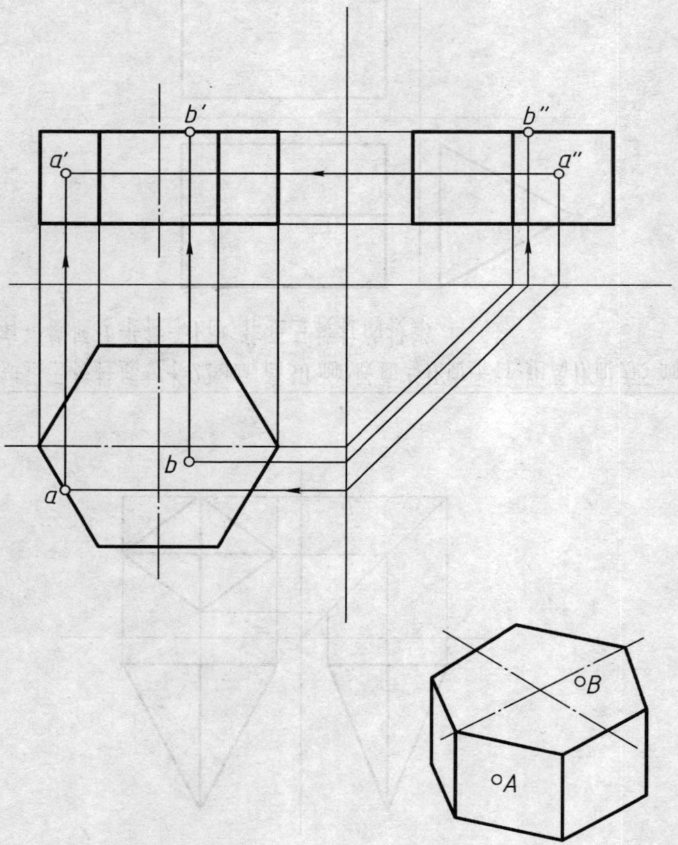

(2)

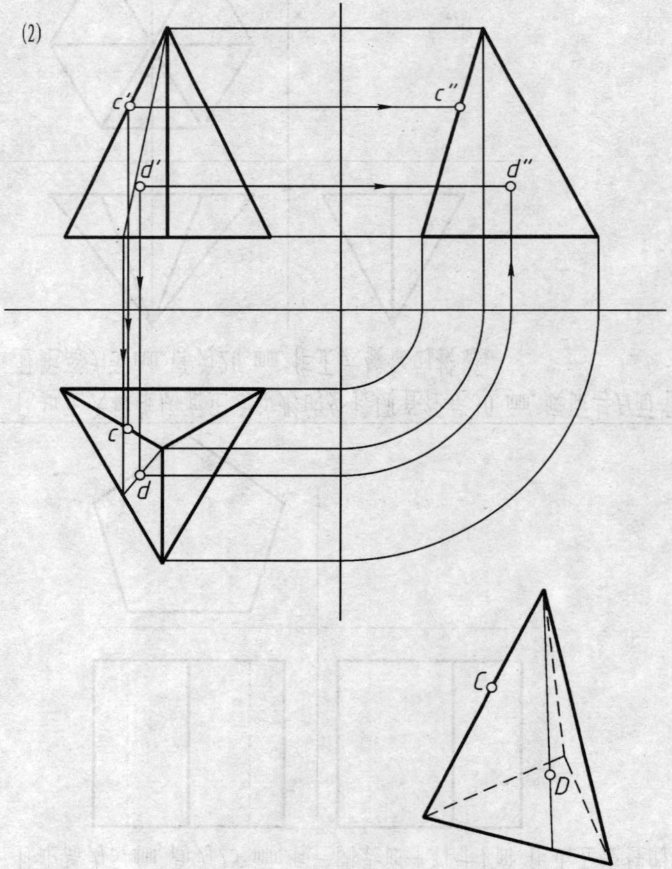

形体的投影（二）

日期　学号　姓名　班级

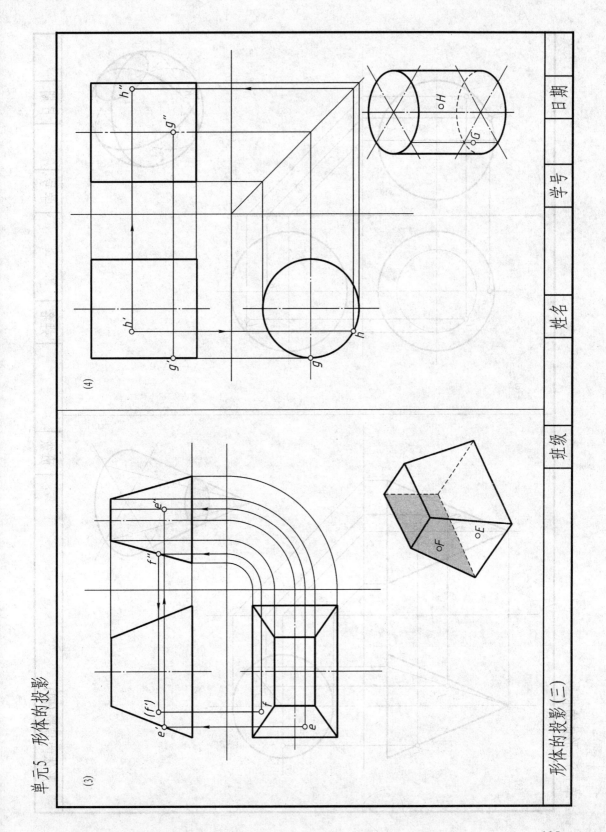

单元5 形体的投影

(3)

(4)

形体的投影(三)

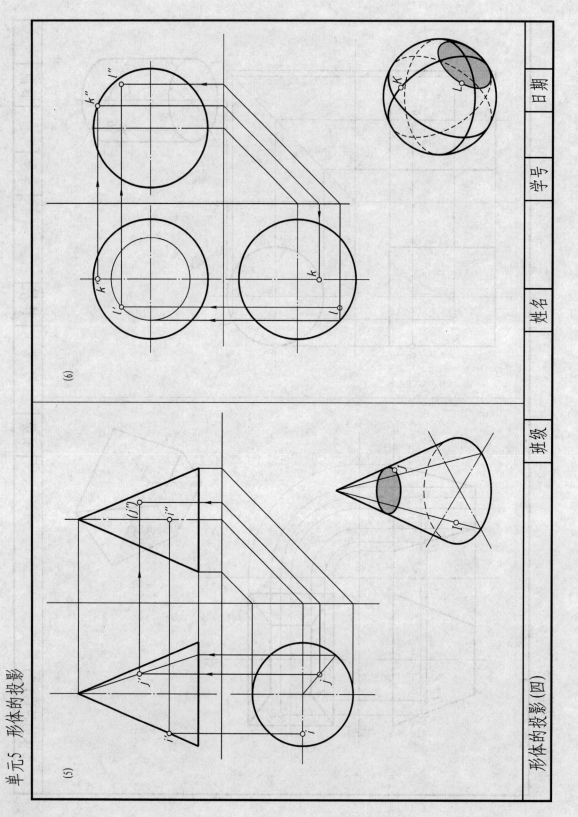

单元5　形体的投影

(5)

(6)

形体的投影（四）

班级　　姓名　　学号　　日期

単元5 形体的投影

补画形体的第三面投影，并求出体表面上直线的另外两面投影。

(1)

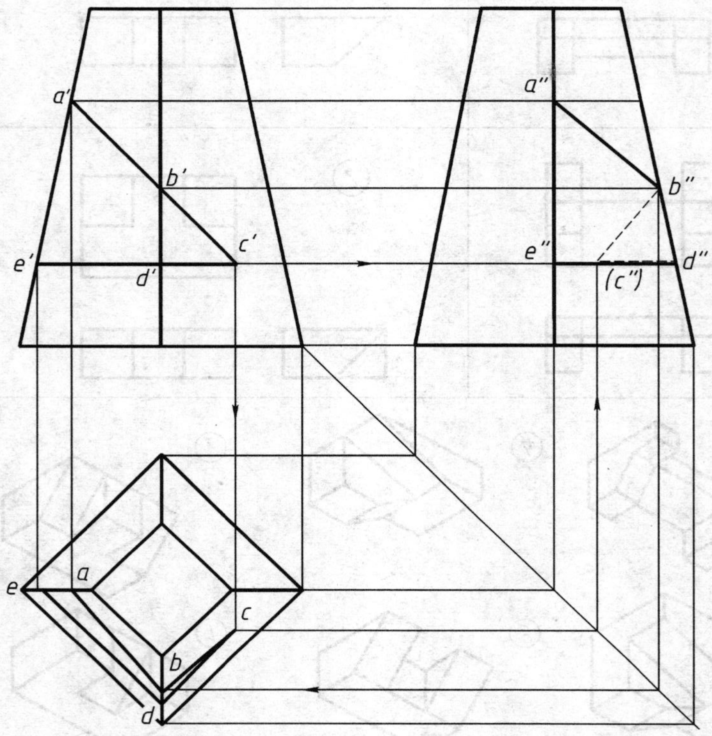

(2)

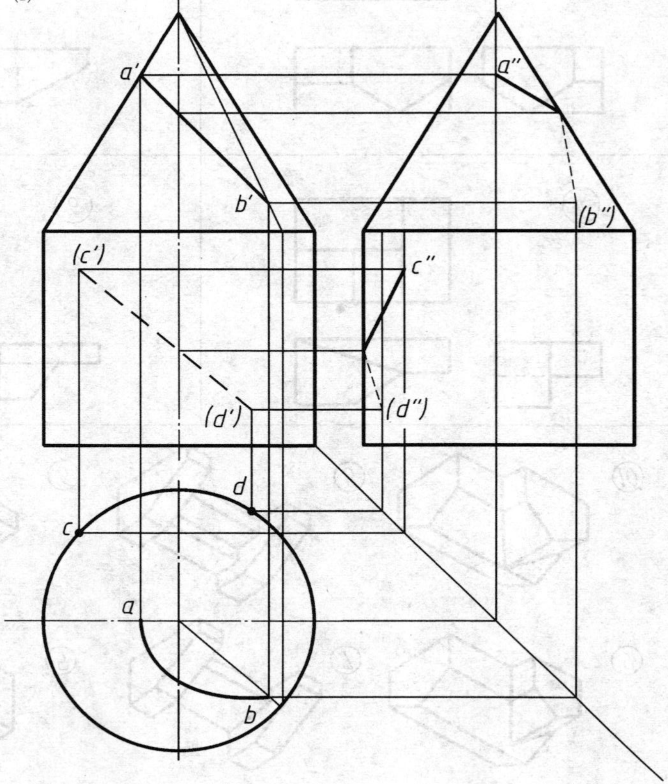

形体的投影（五）

班级　　姓名　　学号　　日期

単元5 形体的投影

根据直观图找投影图。

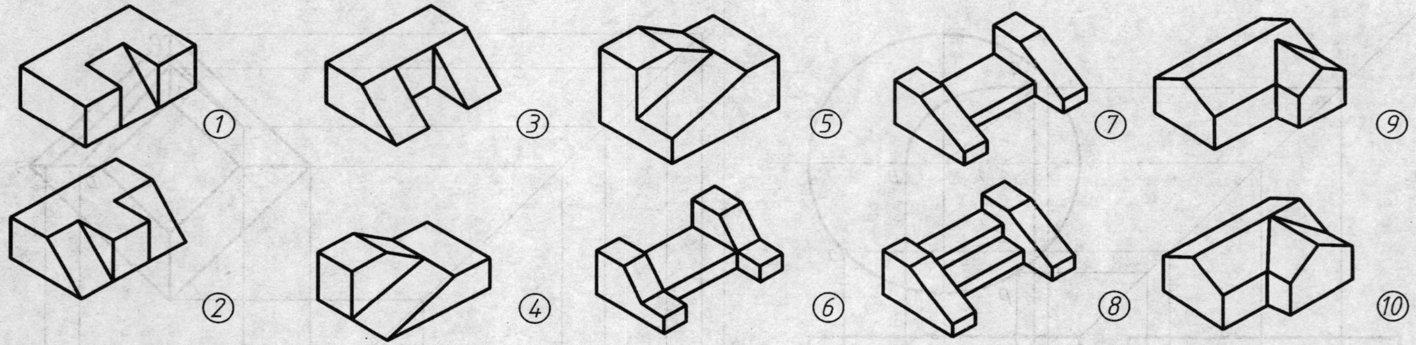

① ② ③ ④ ⑤ ⑥ ⑦ ⑧ ⑨ ⑩

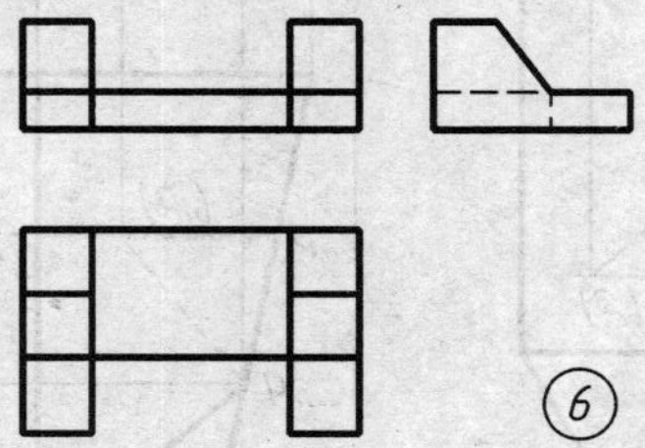

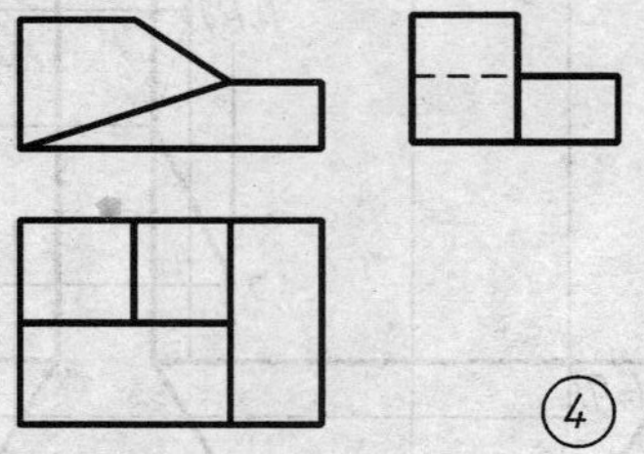

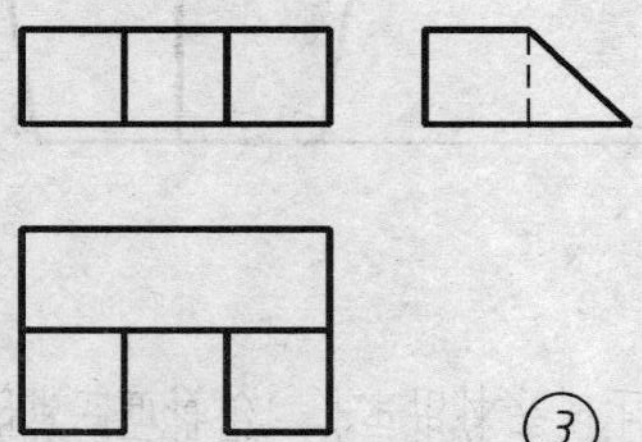

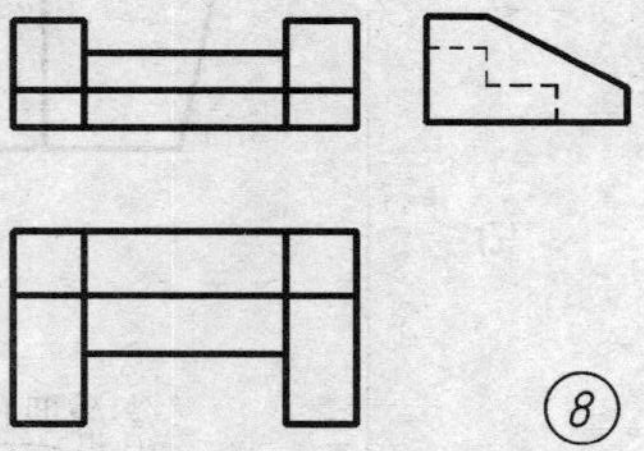

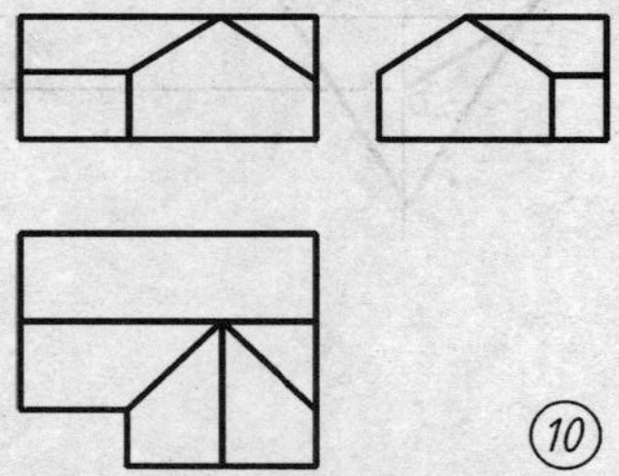

形体的投影(六)

② ③ ④ ⑥ ⑧ ⑩

日期　学号　姓名　班级

· 138 ·

单元5 形体的投影

根据直观图找投影图。

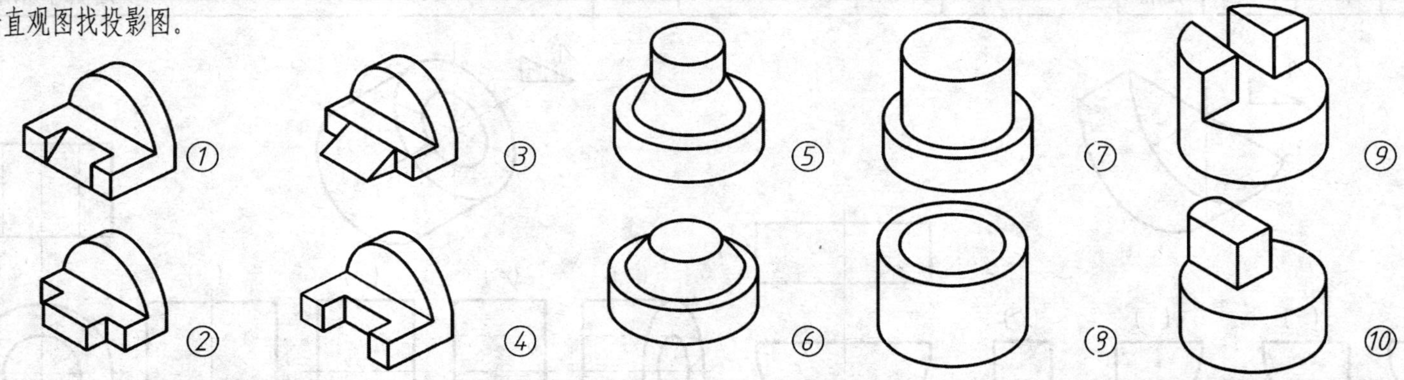

① ② ③ ④ ⑤ ⑥ ⑦ ⑧ ⑨ ⑩

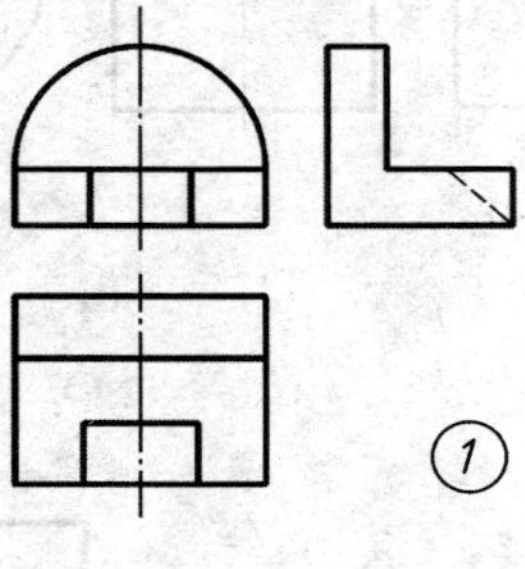

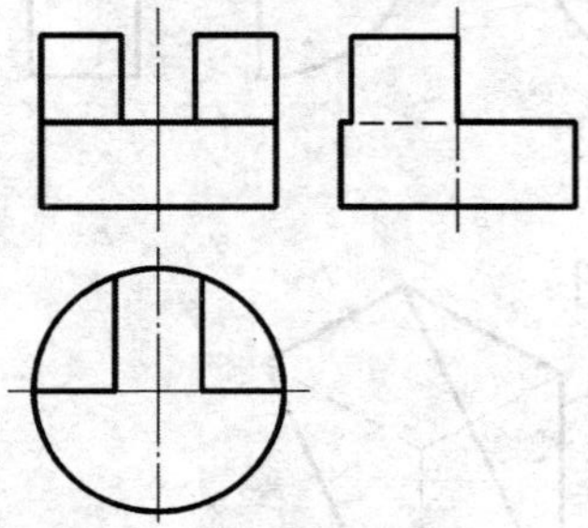

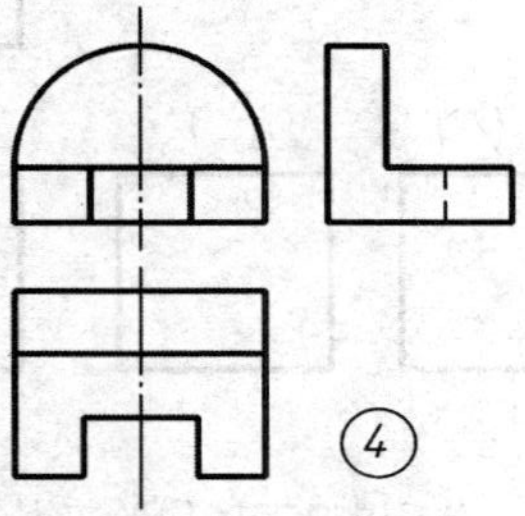

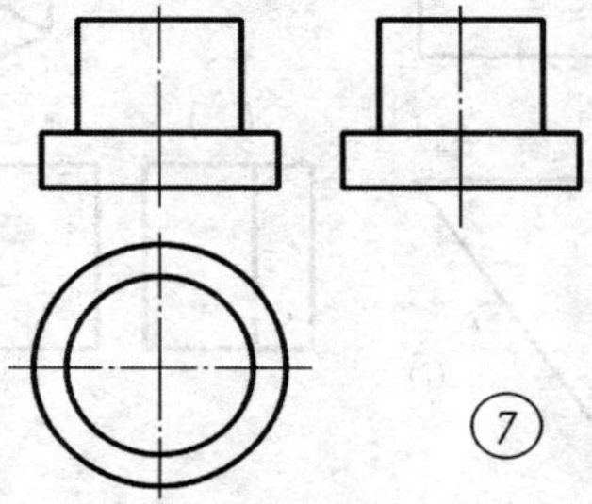

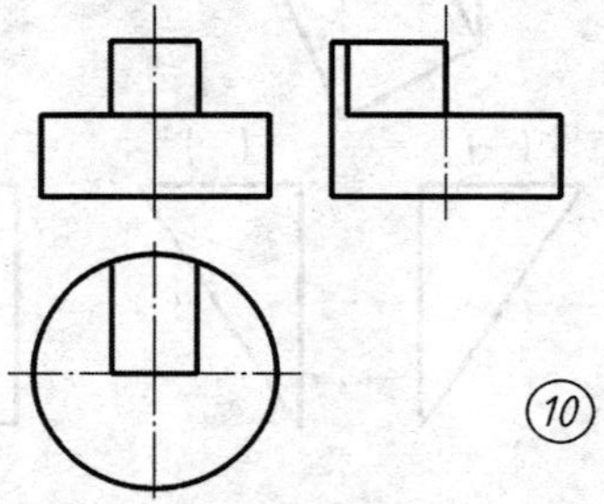

① ② ④ ⑤ ⑦ ⑨ ⑩

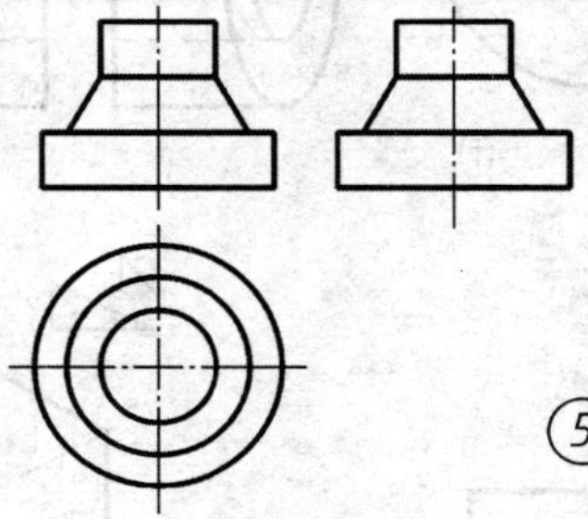

形体的投影（七）

日期　学号　姓名　班级

· 139 ·

单元5 形体的投影

根据直观图，选择正确的侧立面图。

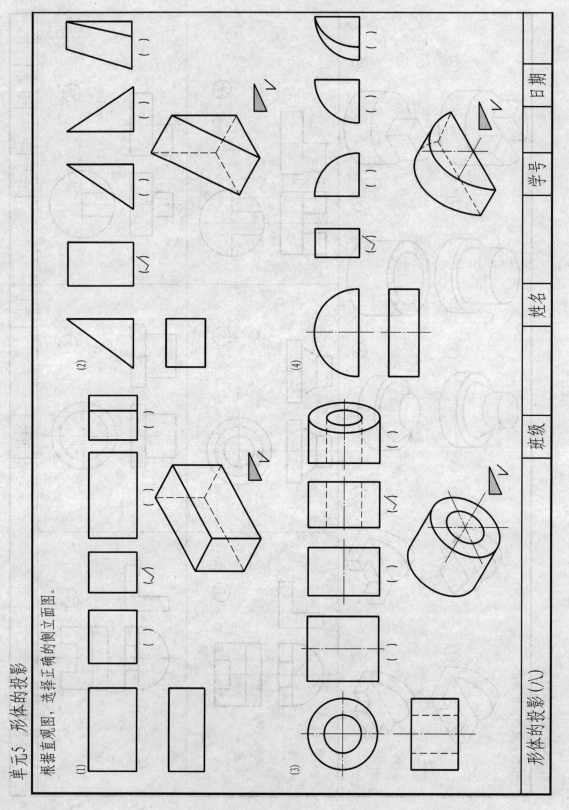

形体的投影（八）

单元5　形体的投影

根据直观图，选择正确的平面图。

(1)

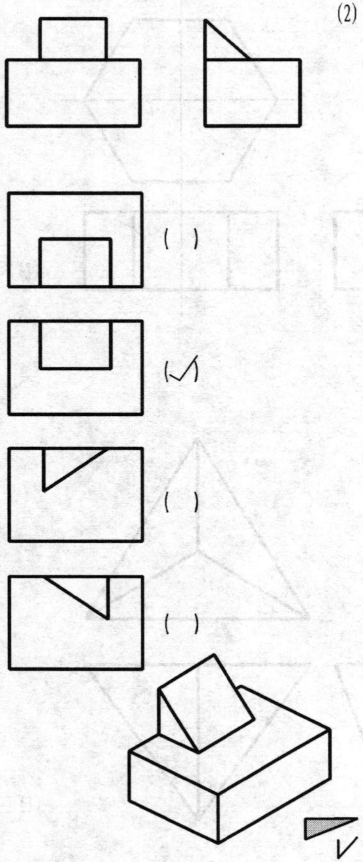

( )　( )　(√)　( )

(2)

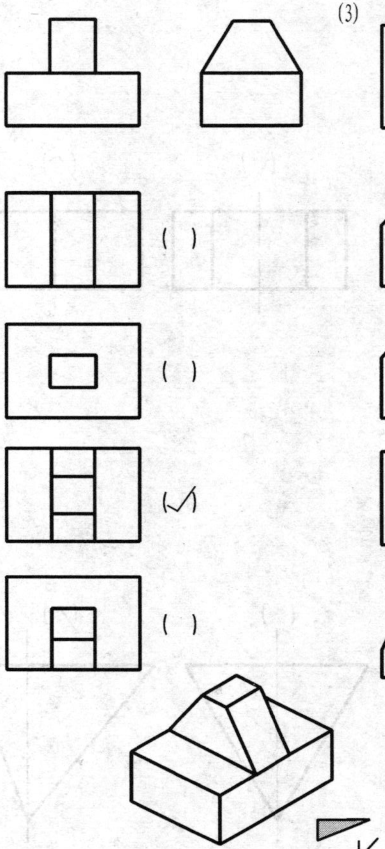

( )　( )　(√)　( )

(3)

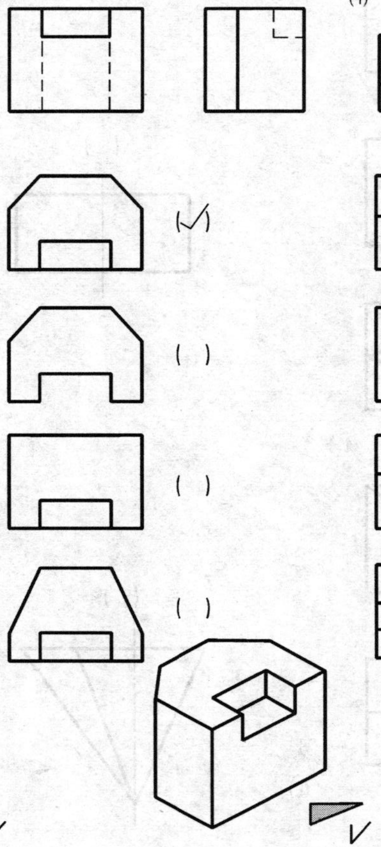

( )　( )　( )　(√)

(4)

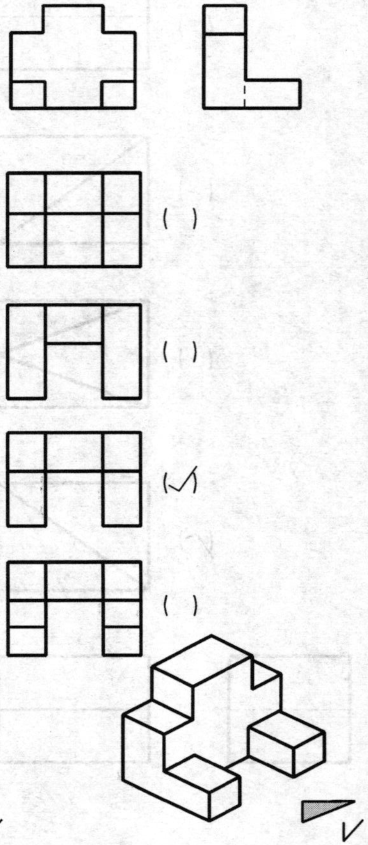

( )　( )　(√)　( )

单元5 形体的投影

根据形体的两面投影，选择正确的第三面投影。

(1)

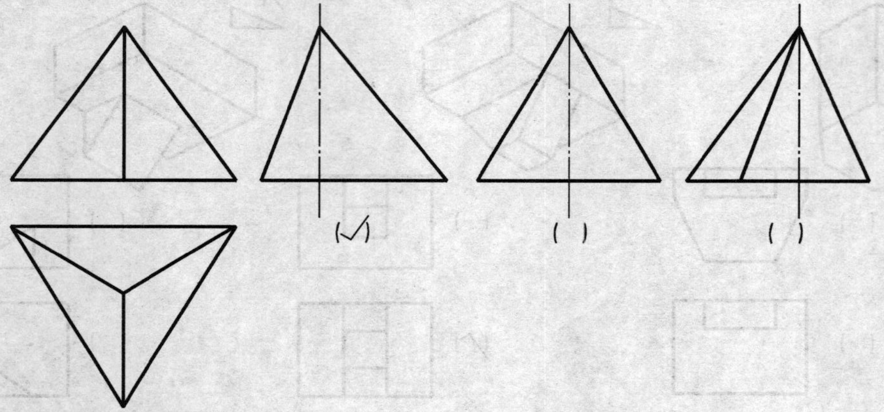

(   )　　(∨)　　(   )　　(   )

(2)

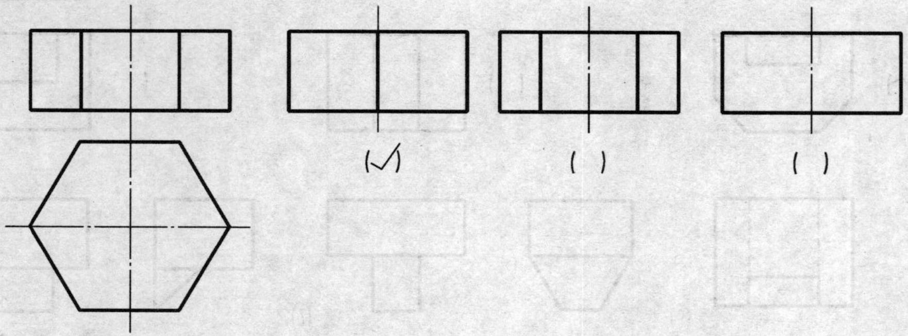

(   )　　(∨)　　(   )

(3)

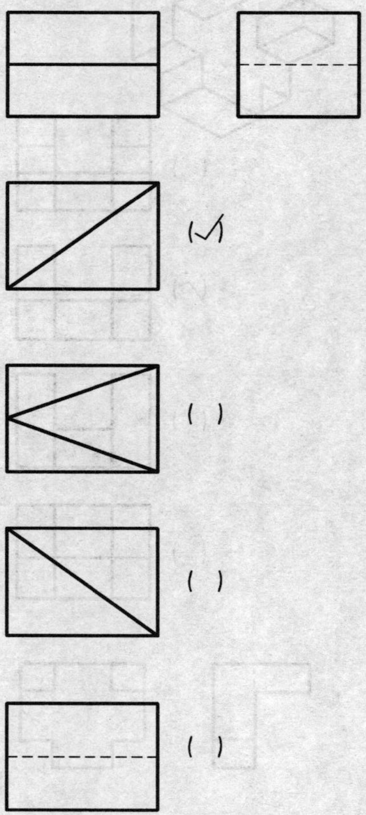

(∨)　　(   )　　(   )　　(   )

形体的投影(十)

班级　　姓名　　学号　　日期

単元5 形体的投影

(6)

(4)

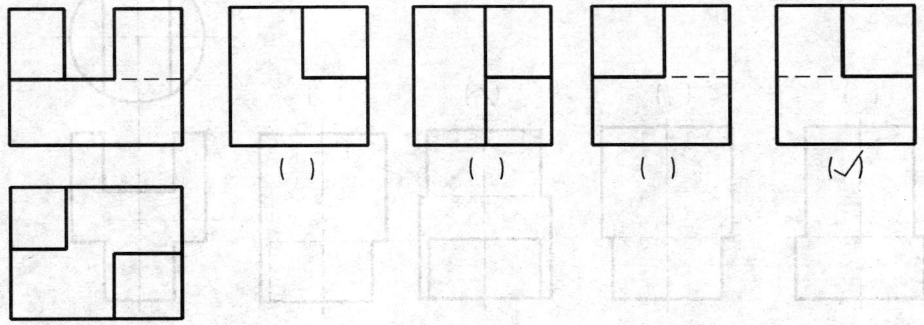

(5)

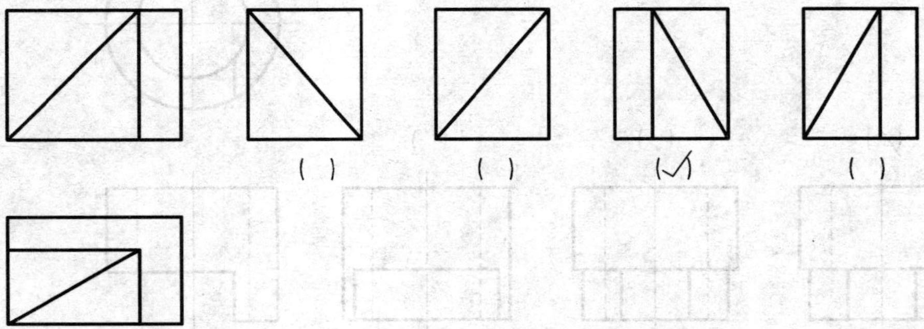

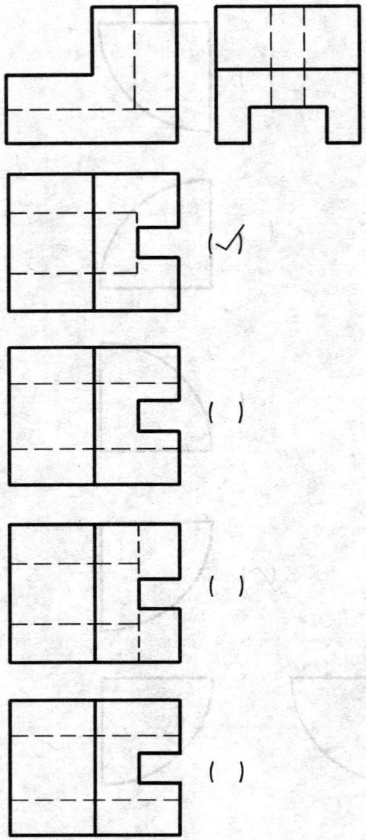

形体的投影(十一)

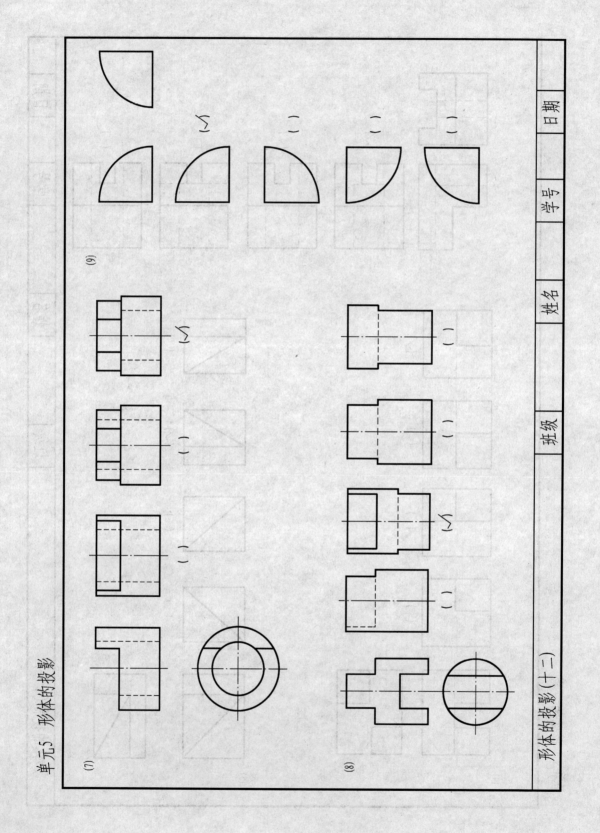

单元5 形体的投影

(7)

(8)

(9)

形体的投影(十一)

单元5 形体的投影

1. 选择下列四组视图中正确的一组。

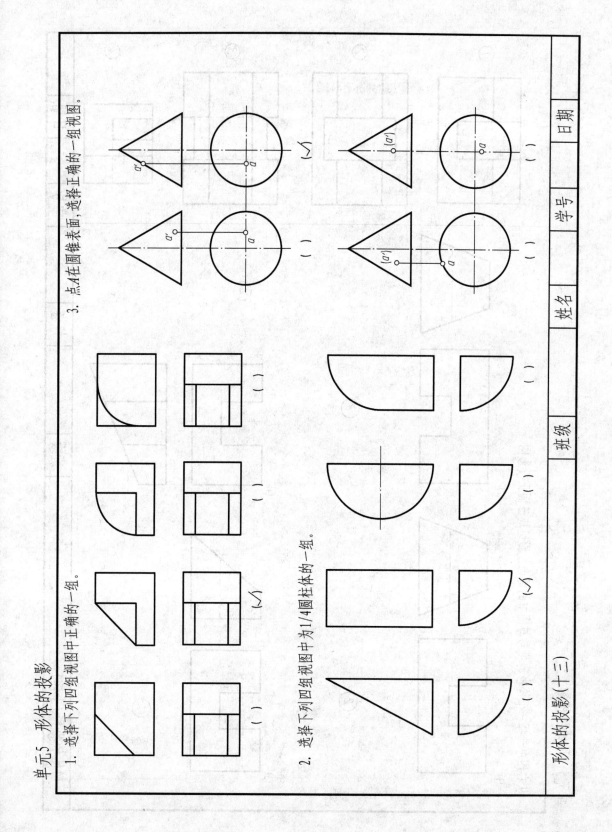

2. 选择下列四组视图中为1/4圆柱体的一组。

3. 点A在圆锥表面，选择正确的一组视图。

形体的投影（十三）

班级　　姓名　　学号　　日期

· 145 ·

单元5 形体的投影

从右图中选择一个恰当的投影与图中的投影组成三面正投影图。

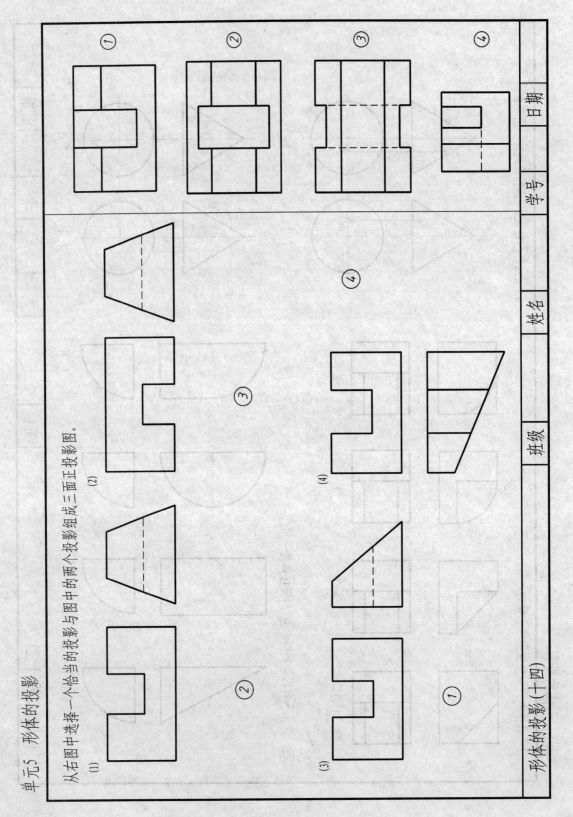

形体的投影（十四）

单元5 形体的投影

从右图中选择一个恰当的投影与图中的两个投影组成三面正投影图。

(1)

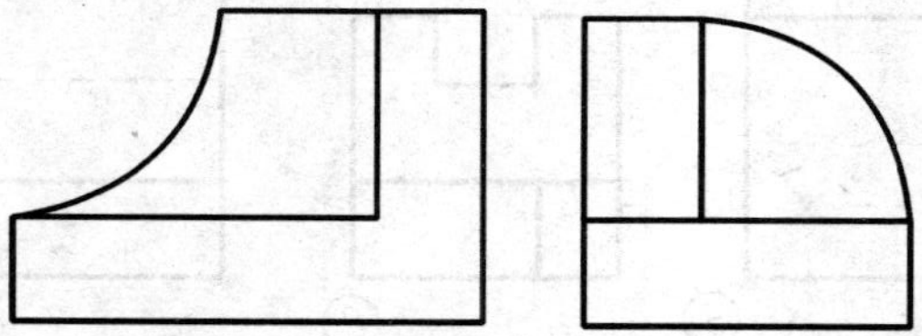

(2)

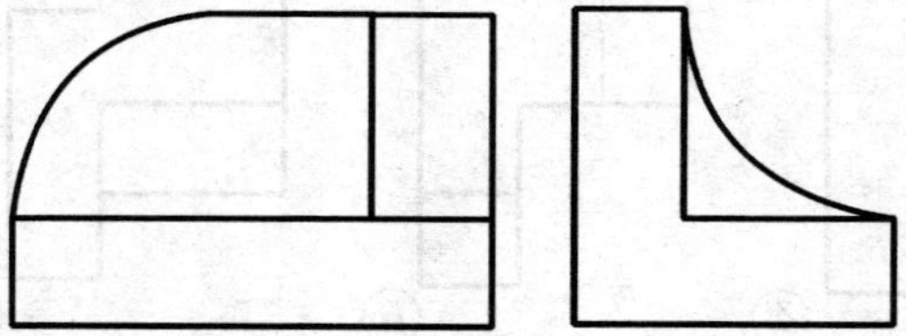

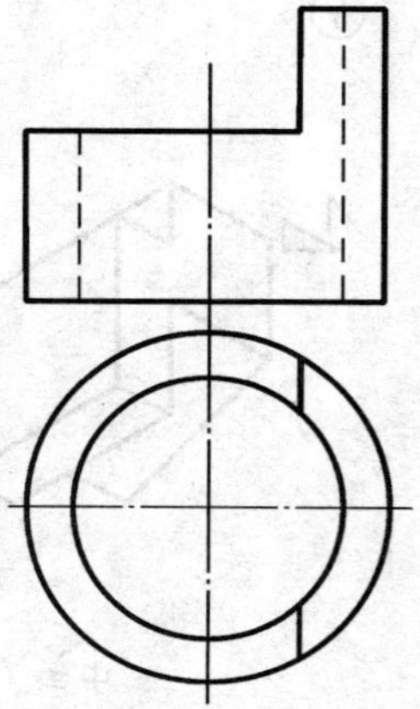

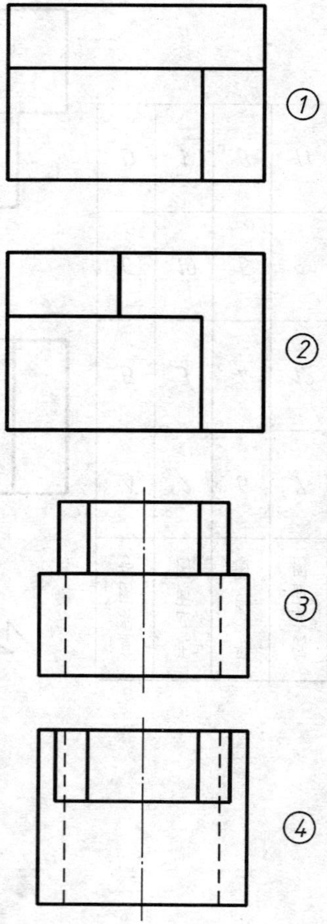

① ② ③ 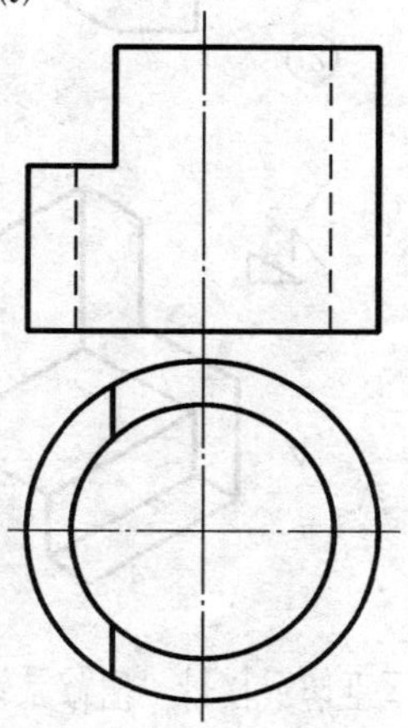 ④

形体的投影（十五）

日期　学号　姓名　班级

单元5 形体的投影

对照直观图，将对应的正立面图、平面图、侧立面图的图号填入表中。

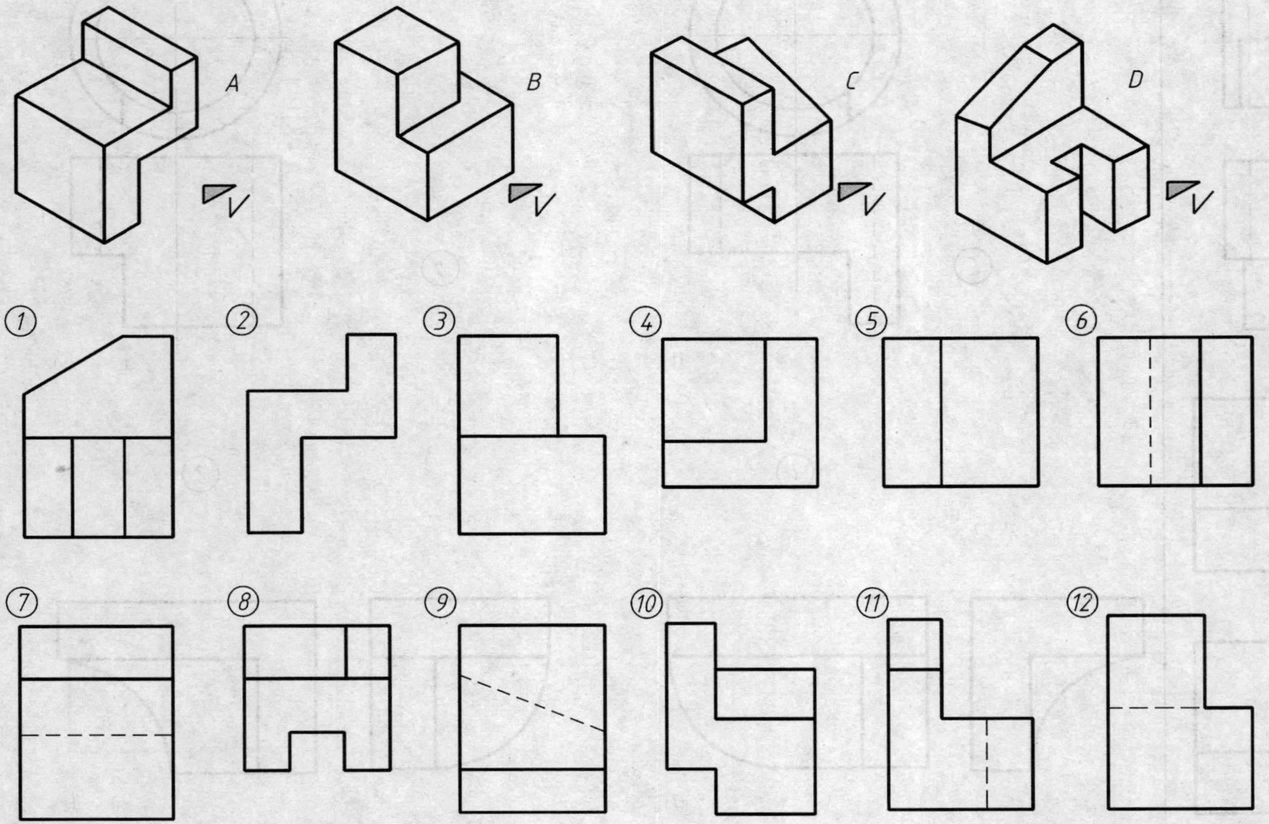

直观图号	正立面图	平面图	侧立面图
A	2	6	7
B	3	4	12
C	10	5	9
D	1	8	11

形体的投影（十六）

班级　　　姓名　　　学号　　　日期

根据直观图，画出形体的正投影图。

(1)

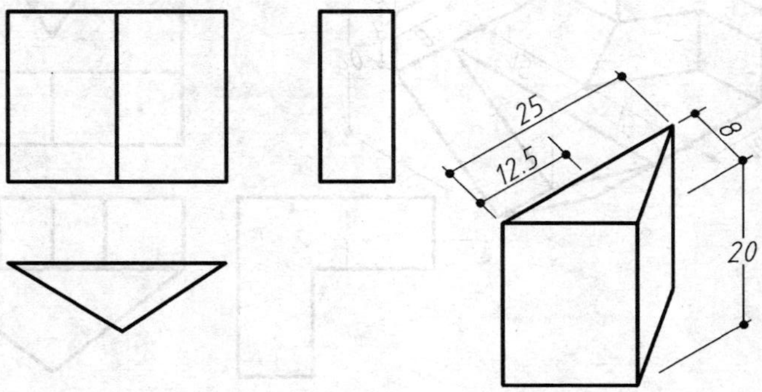

(2)

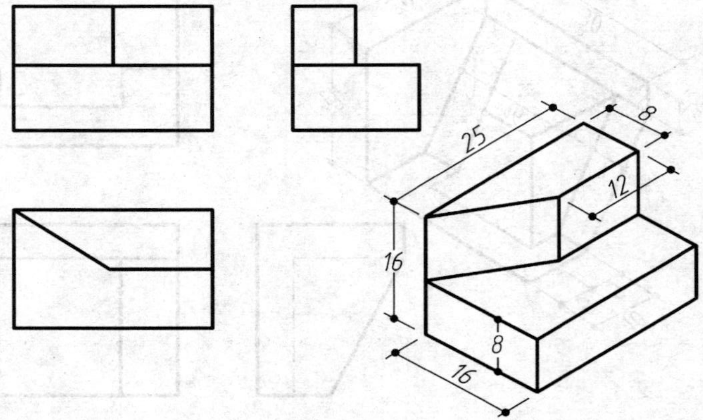

(3)

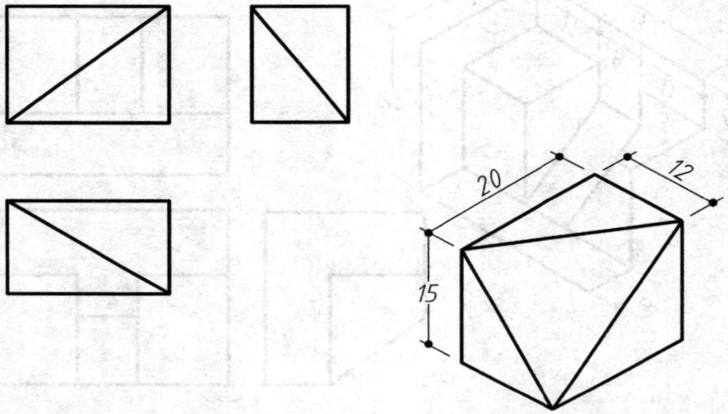

(4)

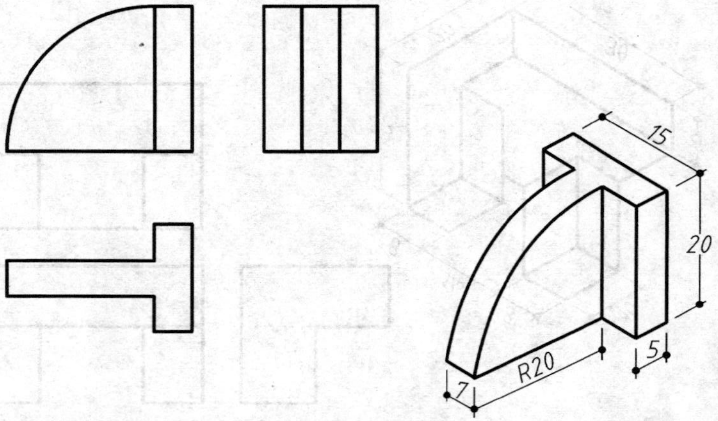

形体的投影(十七)	班级		姓名		学号		日期	

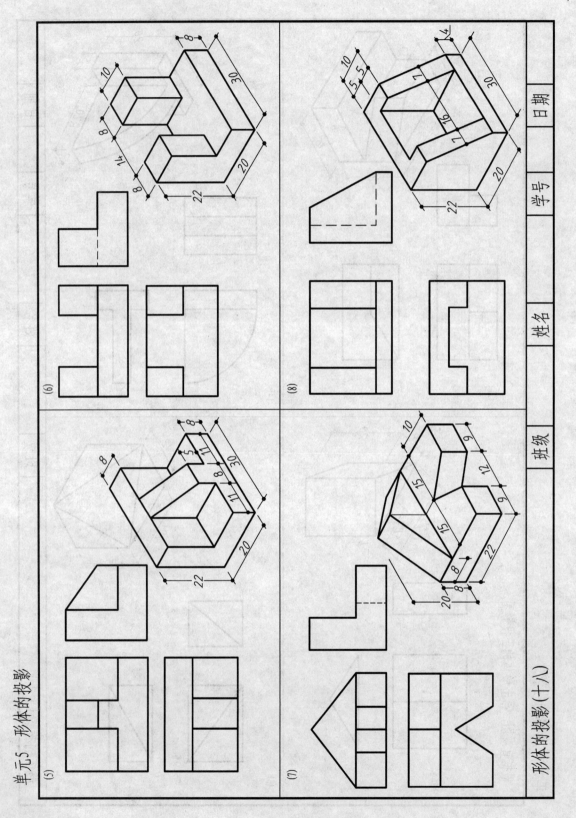

单元5 形体的投影

(5)

(6)

(7)

(8)

形体的投影(十八)

班级　　　　姓名　　　　学号　　　　日期

· 150 ·

单元5 形体的投影

(9)

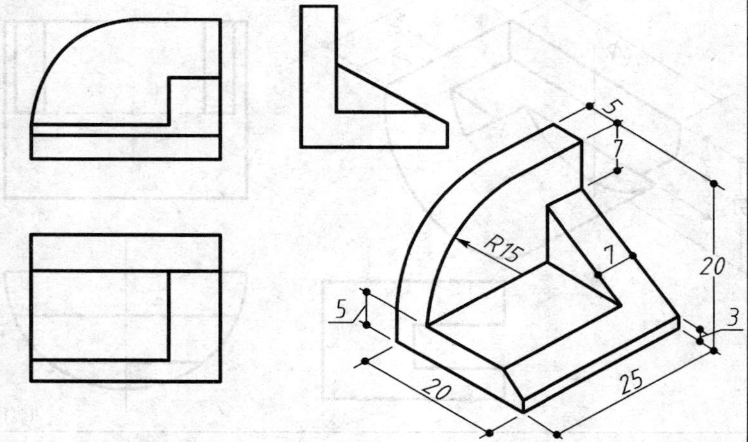

(10)

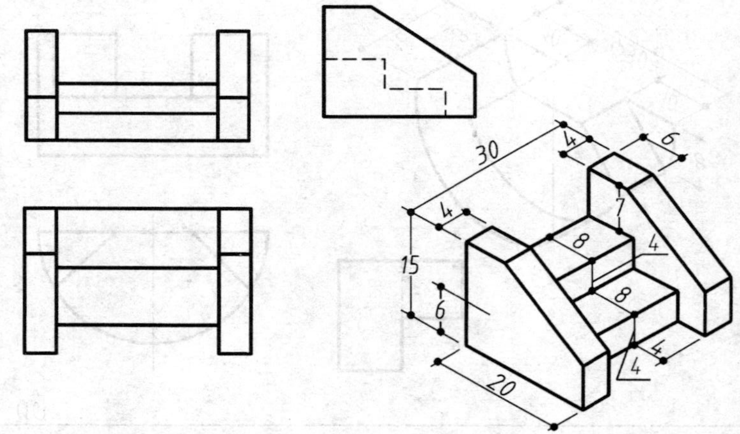

(11)

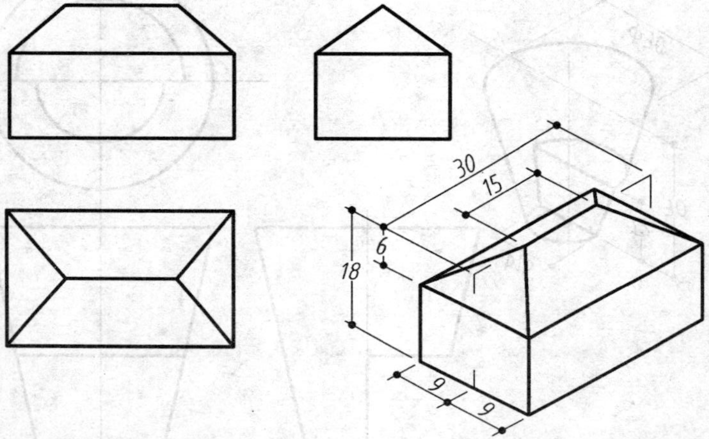

(12)

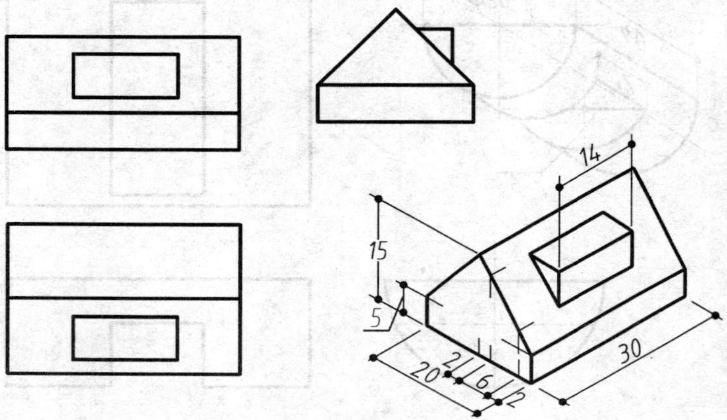

形体的投影（十九）

日期　学号　姓名　班级

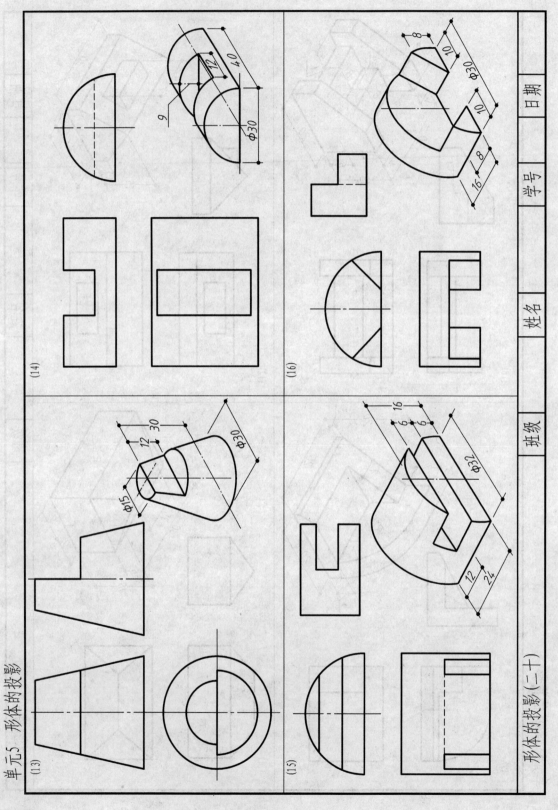

单元5 形体的投影

(13)

(14)

(15)

(16)

形体的投影(二十)

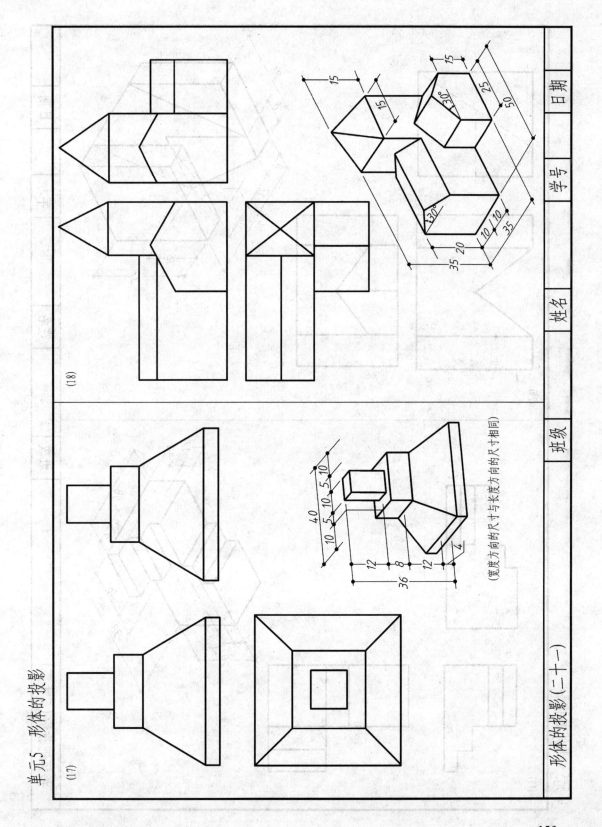

单元5 形体的投影

(17)

(18)

形体的投影 (二十一)

（宽度方向的尺寸与长度方向的尺寸相同）

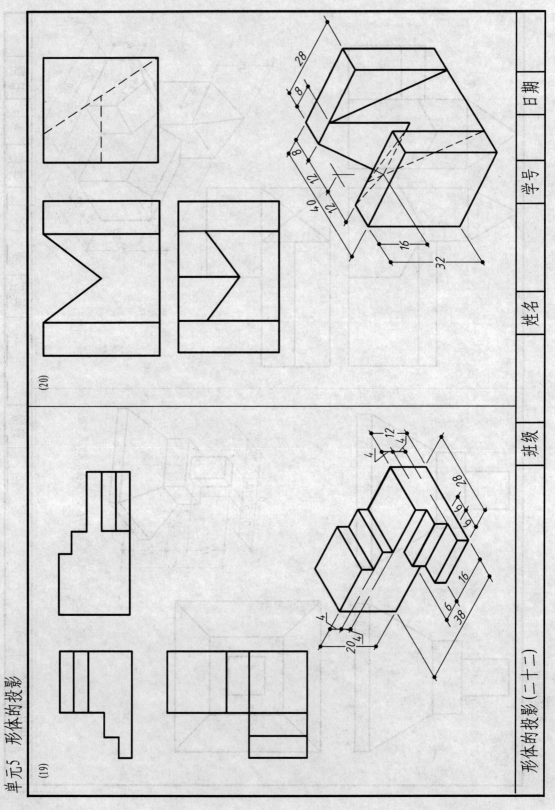

单元5 形体的投影

(19)

(20)

形体的投影 (二十一)

班级　　　姓名　　　学号　　　日期

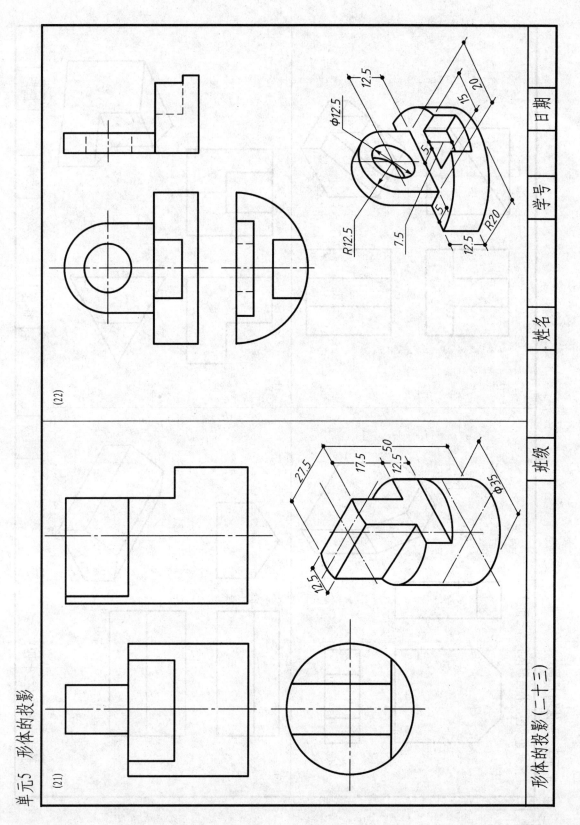

单元5 形体的投影

(21)

(22)

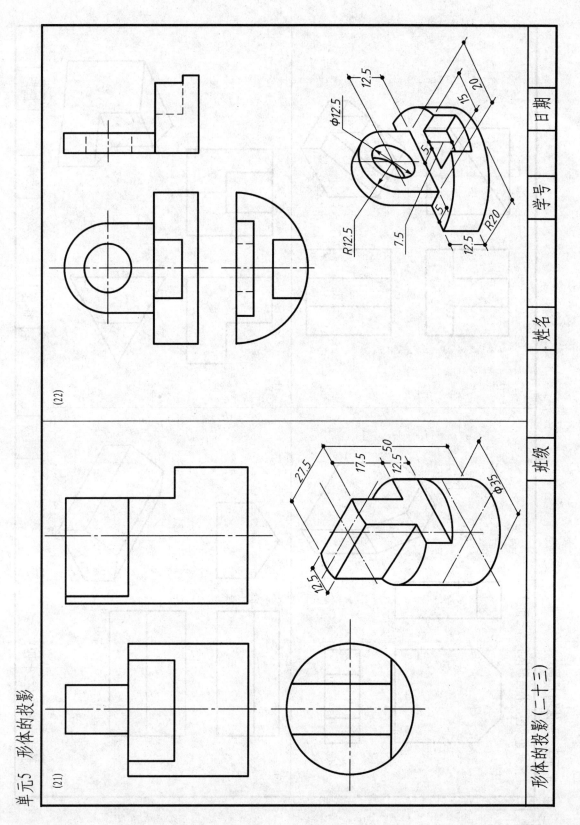

Φ12.5

12.5

R12.5

R20

15

20

5

5

7.5

12.5

27.5

17.5

50

12.5

Φ35

12.5

形体的投影（二十三）

班级　　姓名　　学号　　日期

· 155 ·

单元5　形体的投影

根据直观图，补画形体的第三面投影。

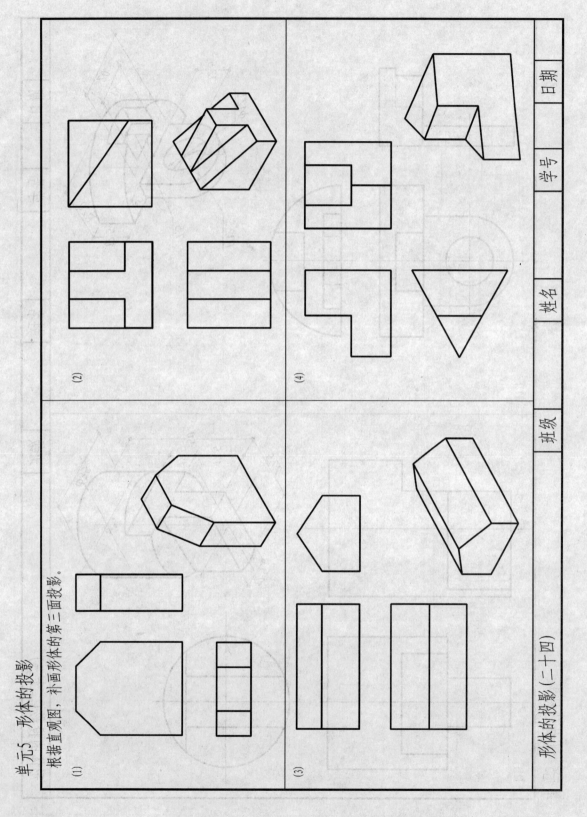

(1)

(2)

(3)

(4)

形体的投影（二十四）

日期　　学号　　姓名　　班级

· 156 ·

(5)

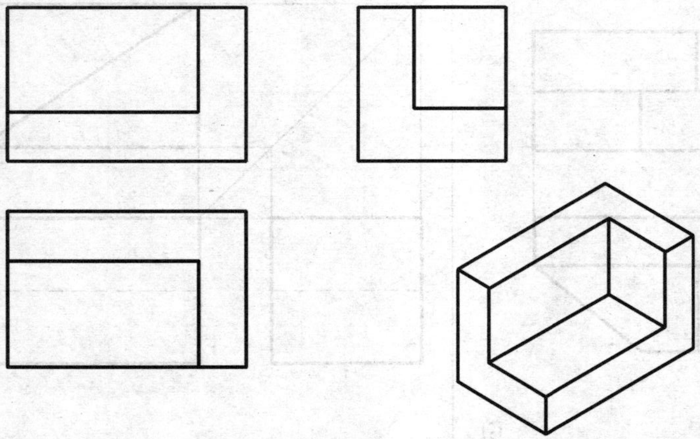

(6)

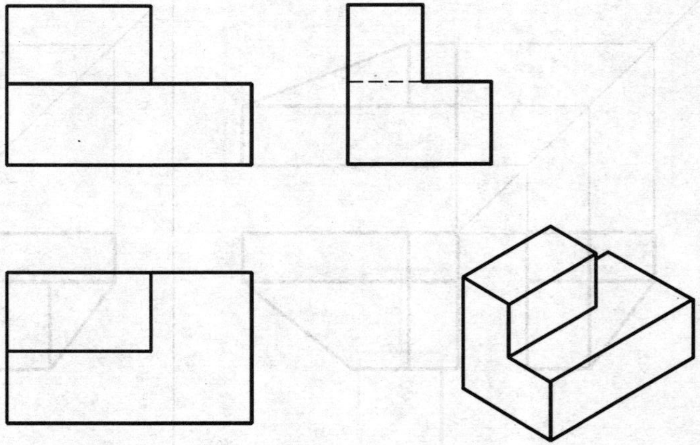

(7)

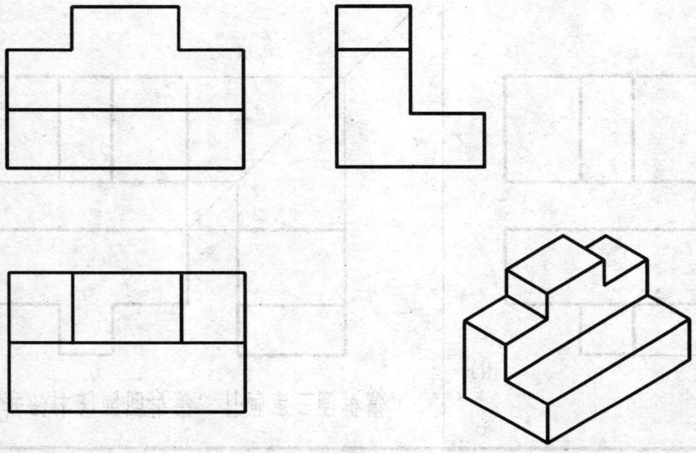

(8)

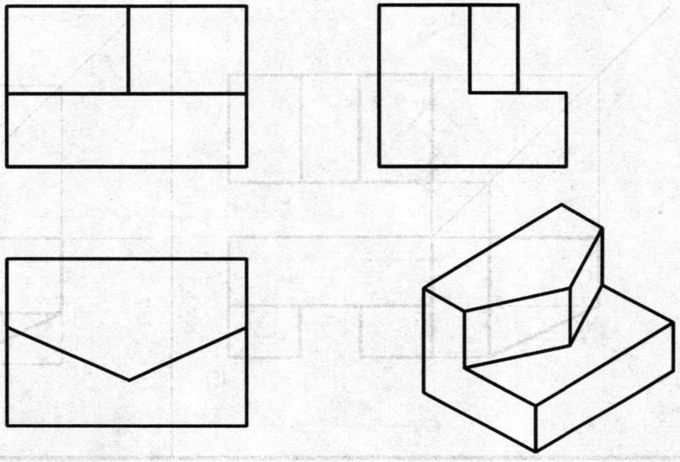

日期

学号

姓名

班级

单元5 形体的投影

根据形体的两面投影，补画第三面投影。

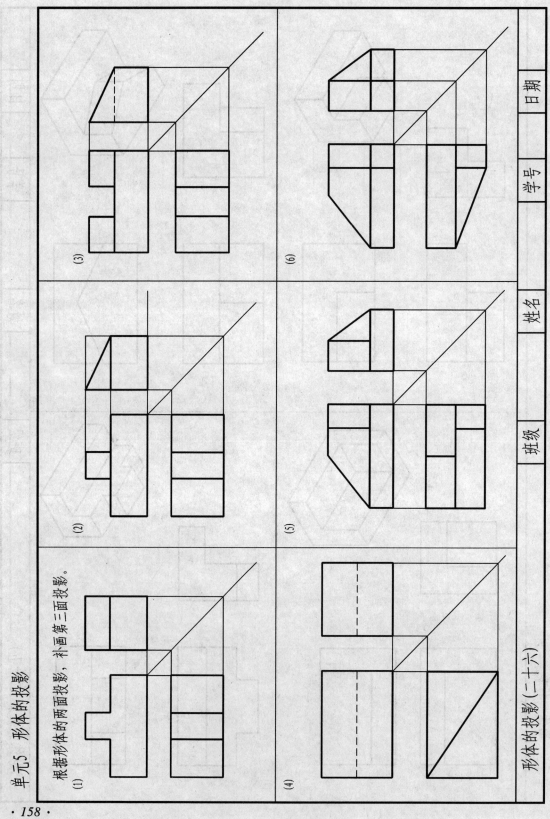

形体的投影(二十六)

日期　学号　姓名　班级

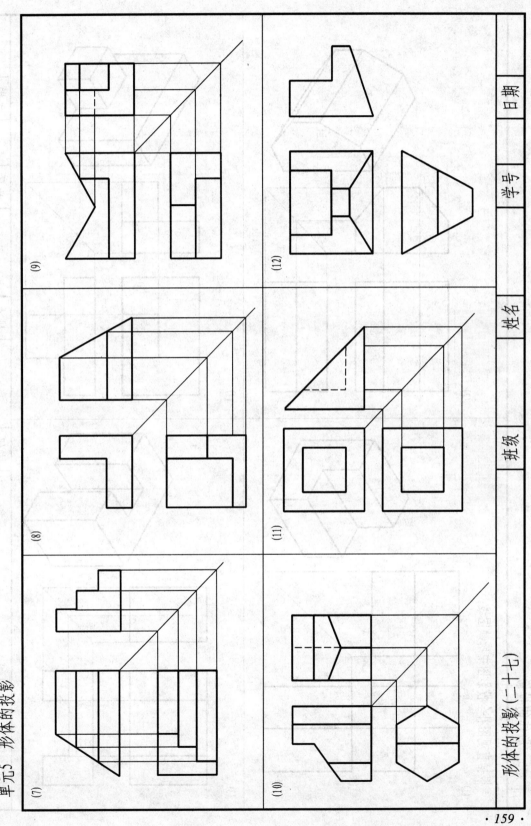

单元5 形体的投影

(7)　(8)　(9)

(10)　(11)　(12)

形体的投影（二十七）

日期　学号　姓名　班级

单元5 形体的投影

根据直观图补全投影图中所缺图线。

(1)

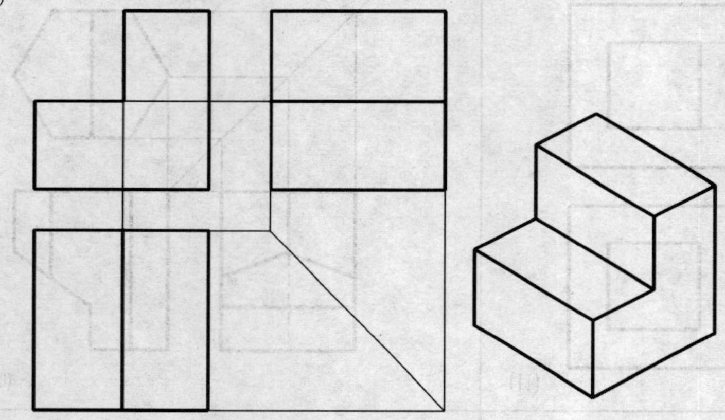

(2)

(3)

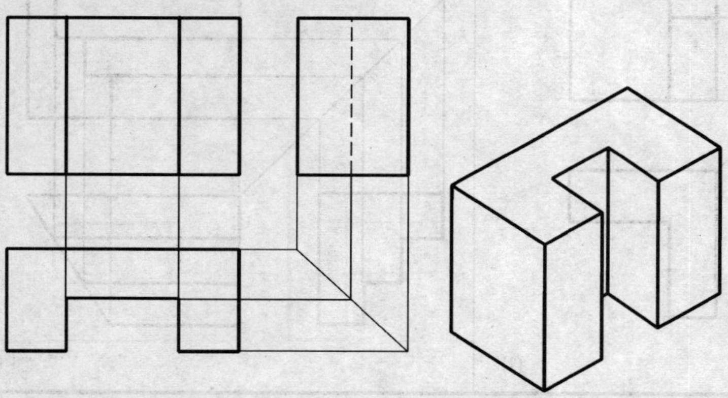

(4)

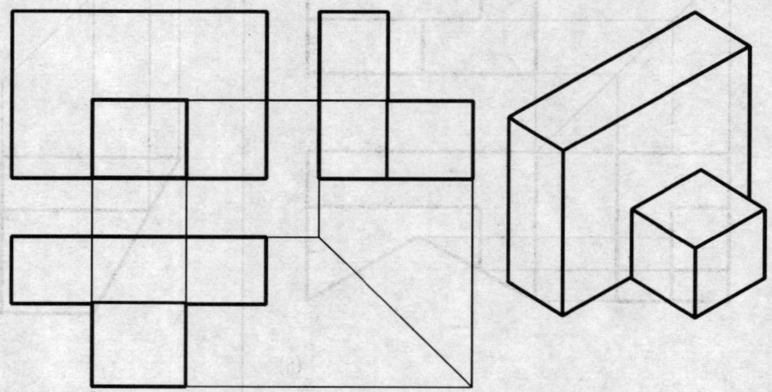

形体的投影（二十八）

日期　学号　姓名　班级

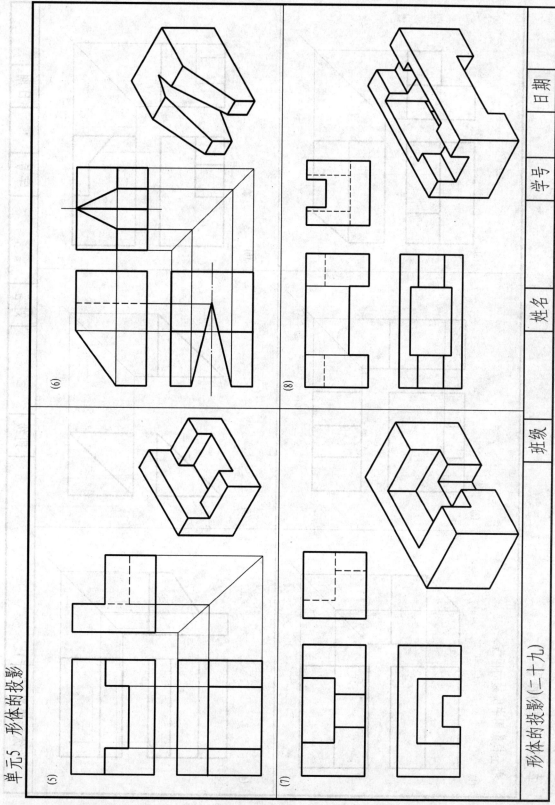

单元5 形体的投影

(5)

(6)

(7)

(8)

形体的投影（二十九）

班级　　姓名　　学号　　日期

补全投影图中所缺的图线。

(1)

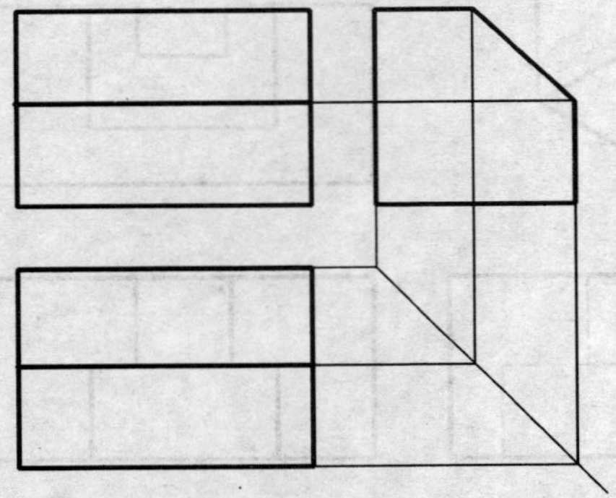

(2)

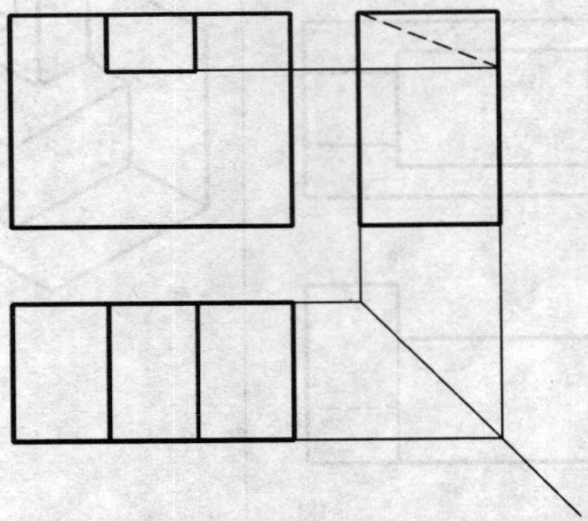

(3)

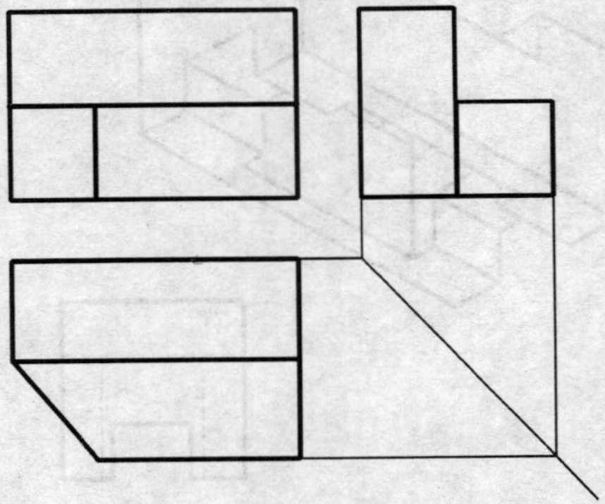

(4)

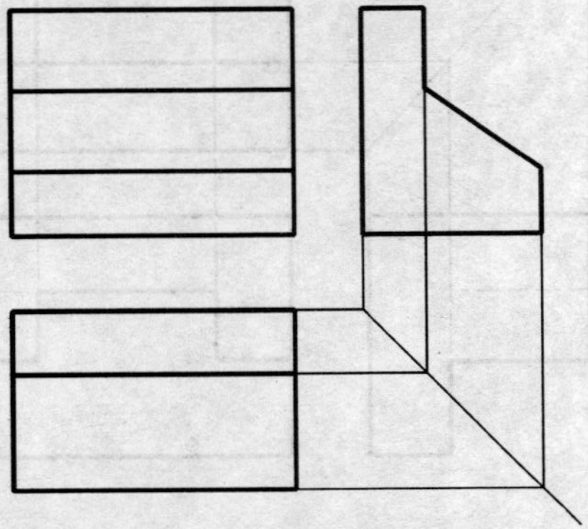

(5)

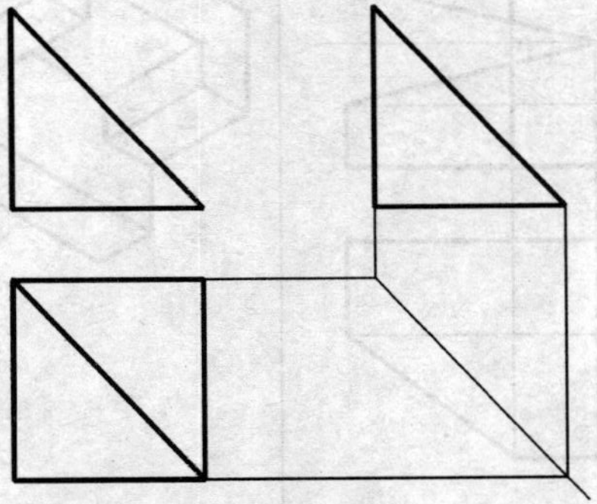

(6)

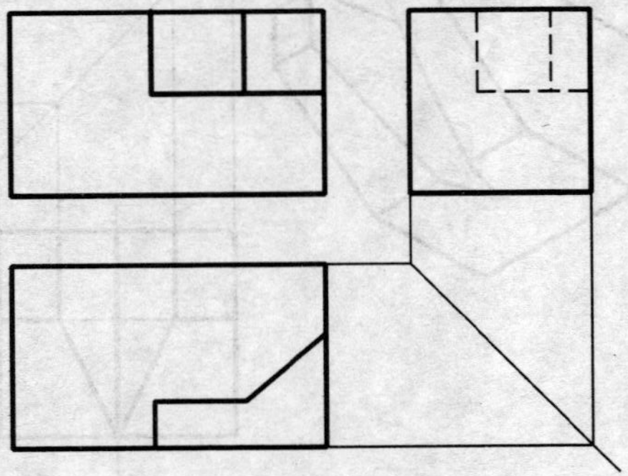

形体的投影（三十）

班级　　姓名　　学号　　日期

· 162 ·

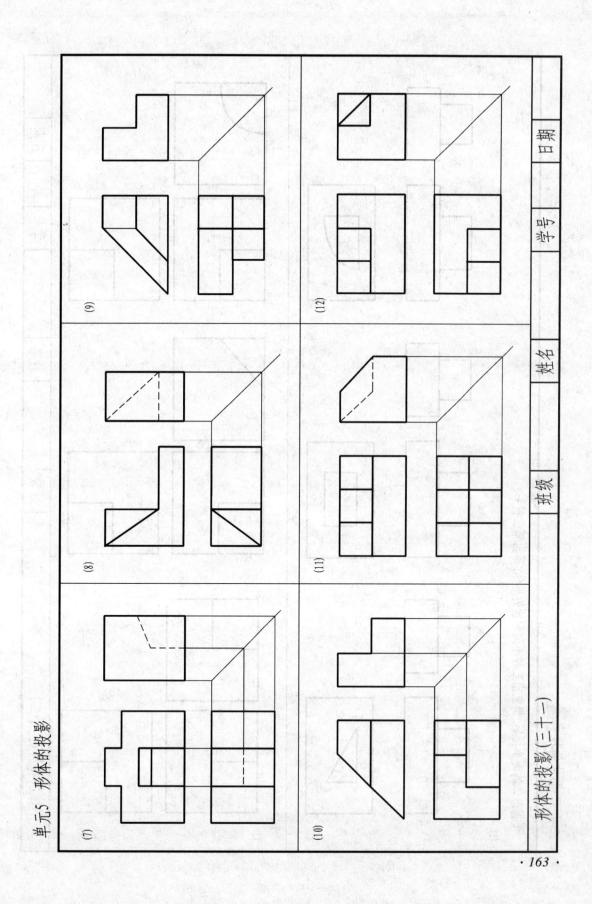

单元5 形体的投影

(7) (8) (9)

(10) (11) (12)

形体的投影(三十一)

班级　　姓名　　学号　　日期

· 163 ·

单元5 形体的投影

根据形体的两个投影，想象出三种不同形状的形体，画出第三投影。

(1)

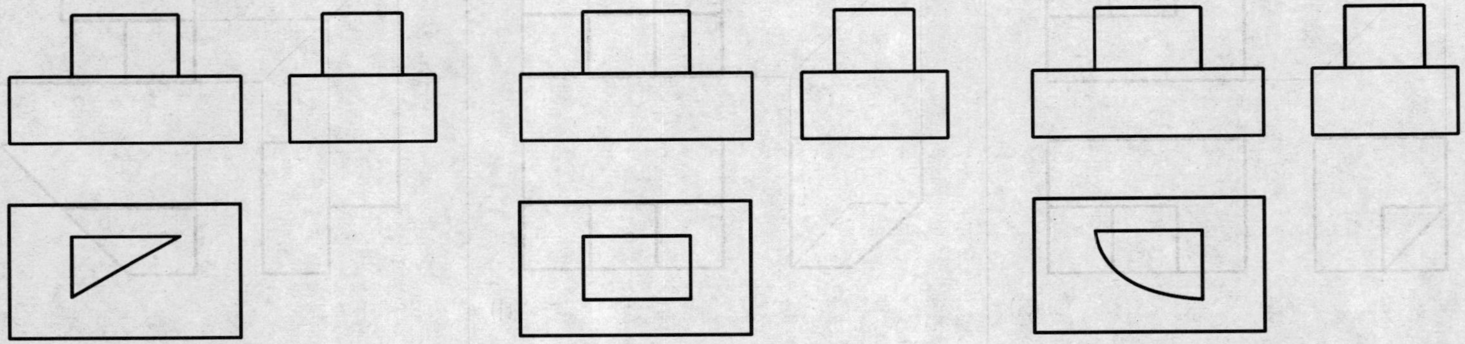

(2)

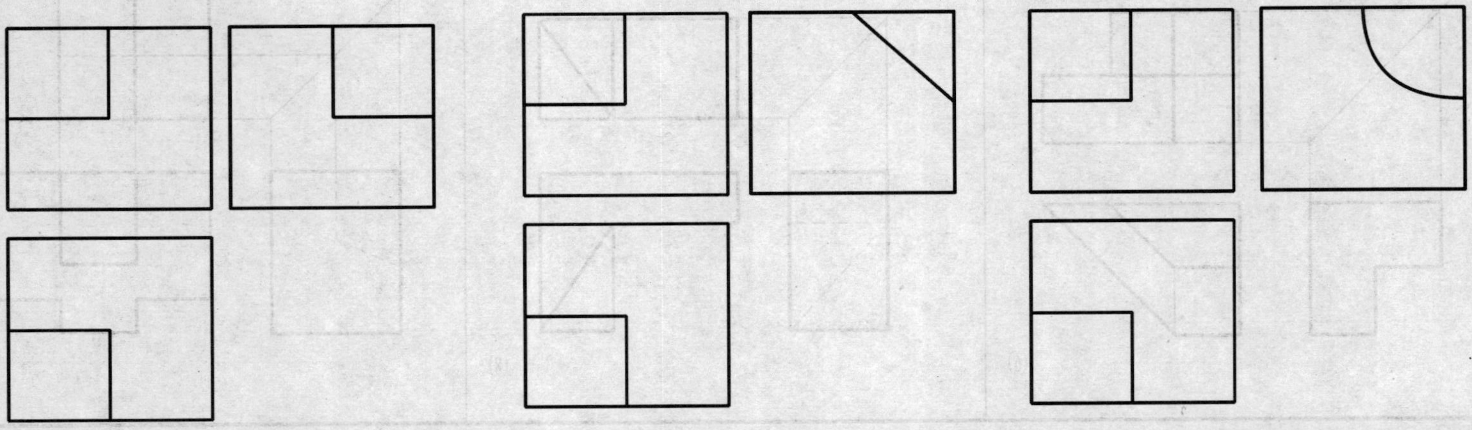

形体的投影（三十二）

(3)

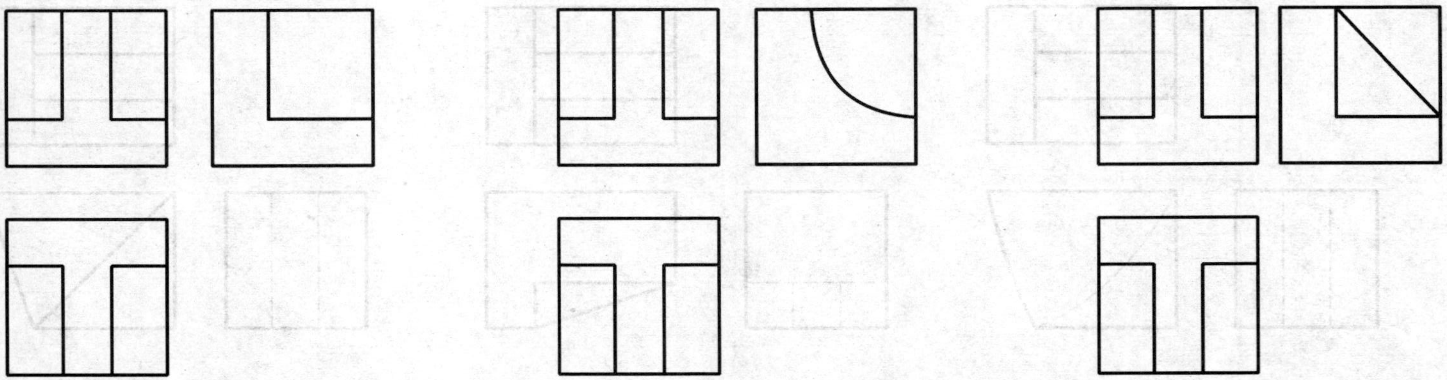

根据形体的一个投影，想象出三种不同形状的形体，画出其他两个投影。

(1)

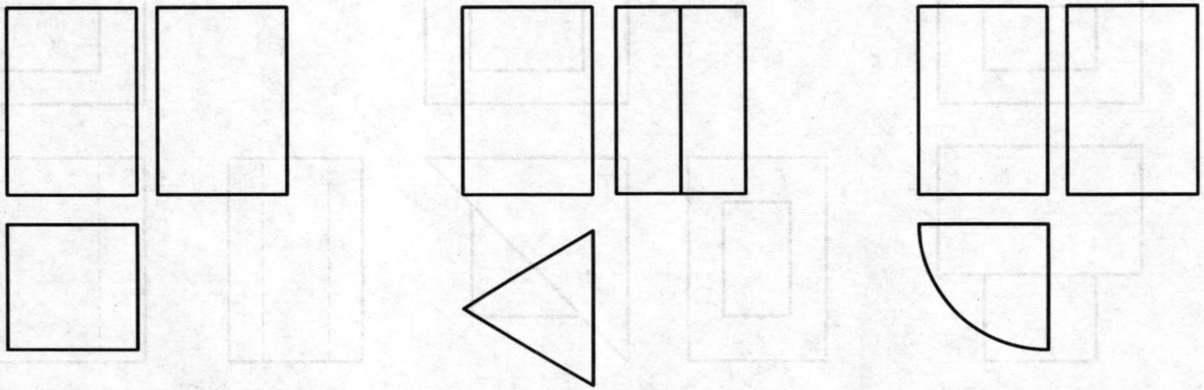

形体的投影（三十三）

单元5 形体的投影

(2)

(3)

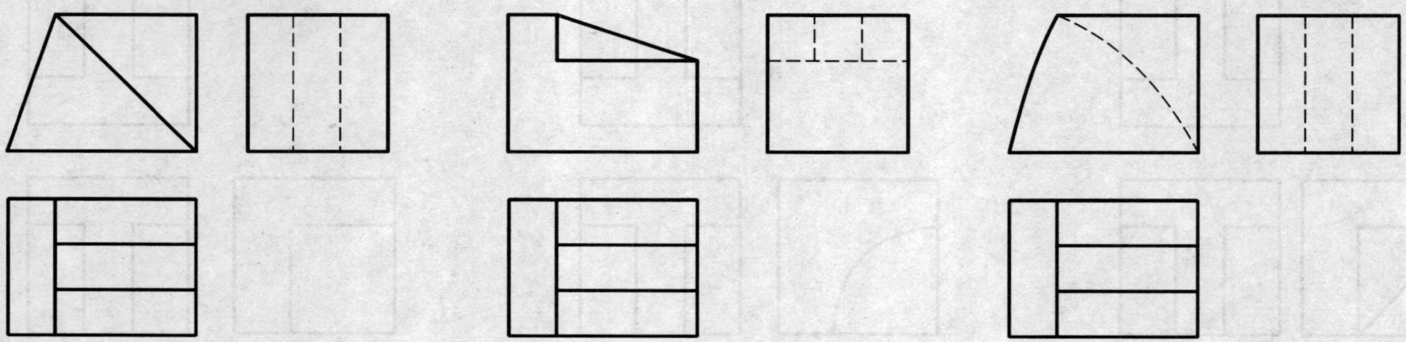

形体的投影（三十四）

班级　　姓名　　学号　　日期

单元5 形体的投影

求作平面体的截交线。

(1)

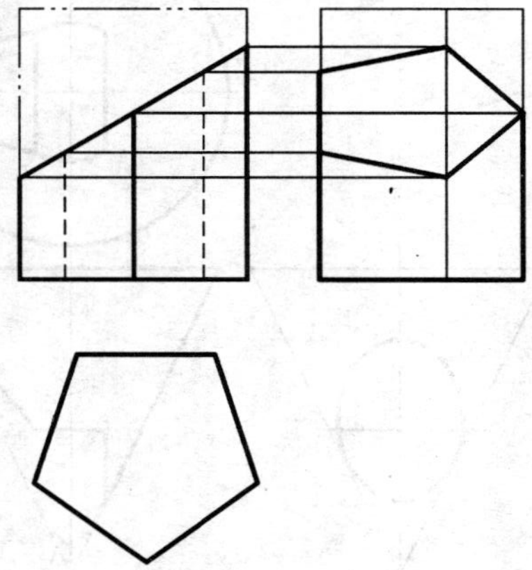

(2)

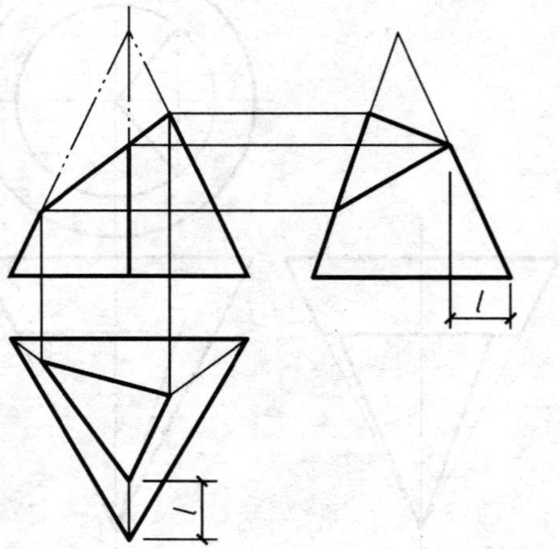

(3)

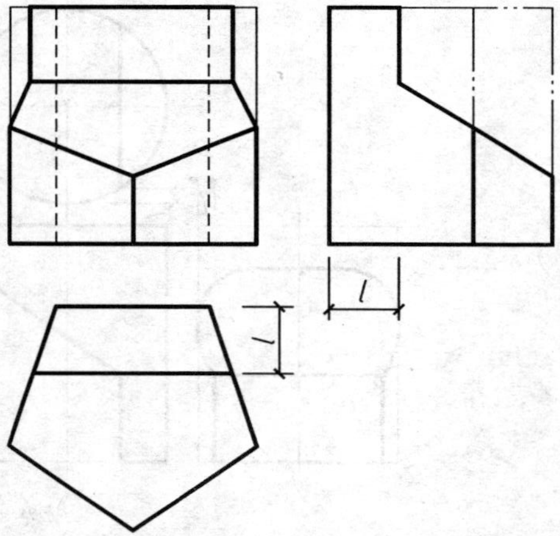

(4)

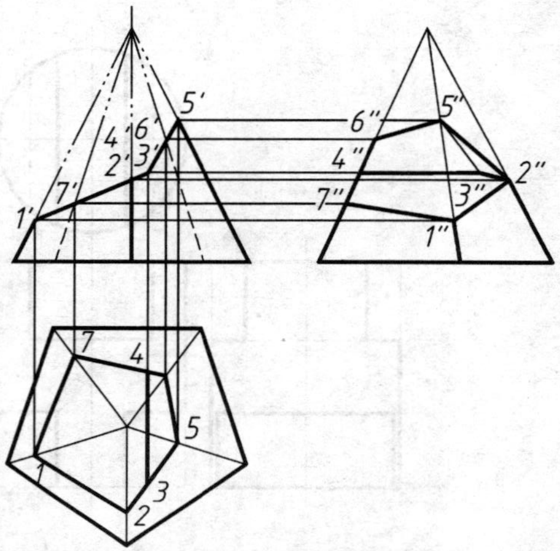

班级　　　姓名　　　学号　　　日期

单元5　形体的投影

求作曲面体的截交线。

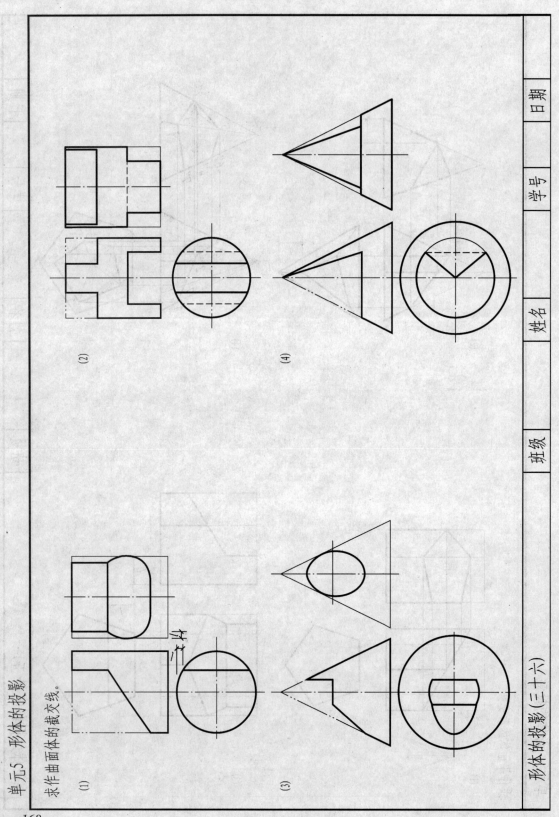

(1)　　　(2)　　　(3)　　　(4)

形体的投影(三十六)

班级　　姓名　　学号　　日期

单元5 形体的投影

选择正确的圆锥截切体的 W 面投影。

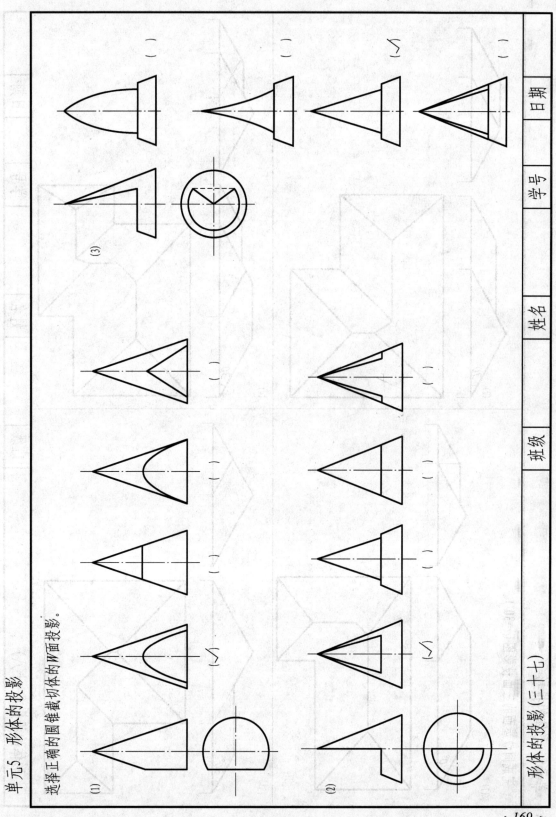

单元5 形体的投影

完成同坡屋面的三面投影图（α=30°）。

(1)

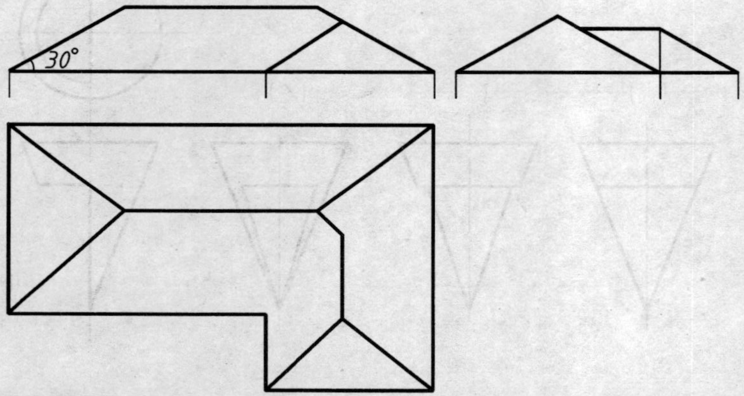

(2)

(3)

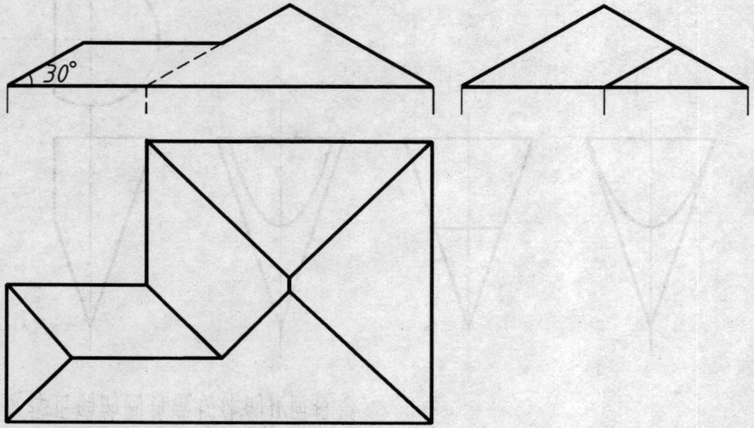

(4)

形体的投影（三十八）

日期　　学号　　姓名　　班级

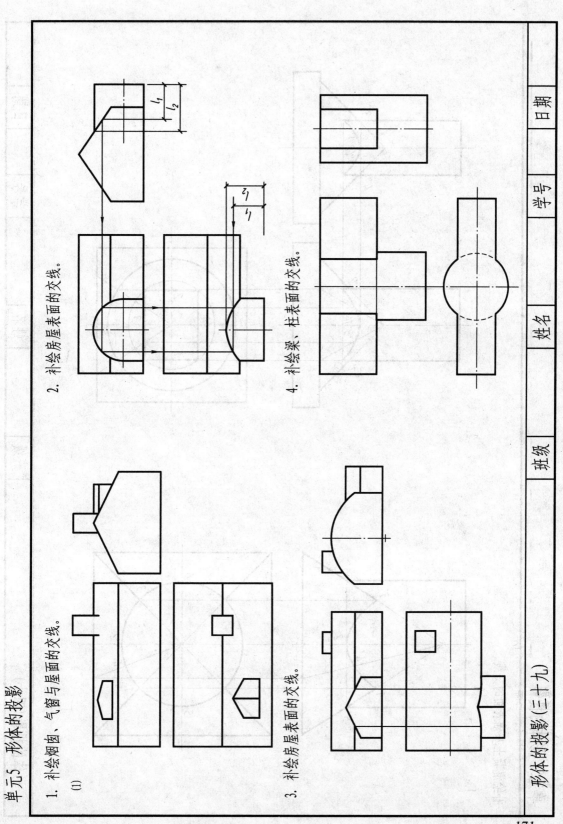

单元5 形体的投影

1. 补绘烟囱、气窗与屋面的交线。
(1)

2. 补绘房屋表面的交线。

l_1
l_2

l_1
l_2

3. 补绘房屋表面的交线。

4. 补绘梁、柱表面的交线。

形体的投影（三十九）

班级　姓名　学号　日期

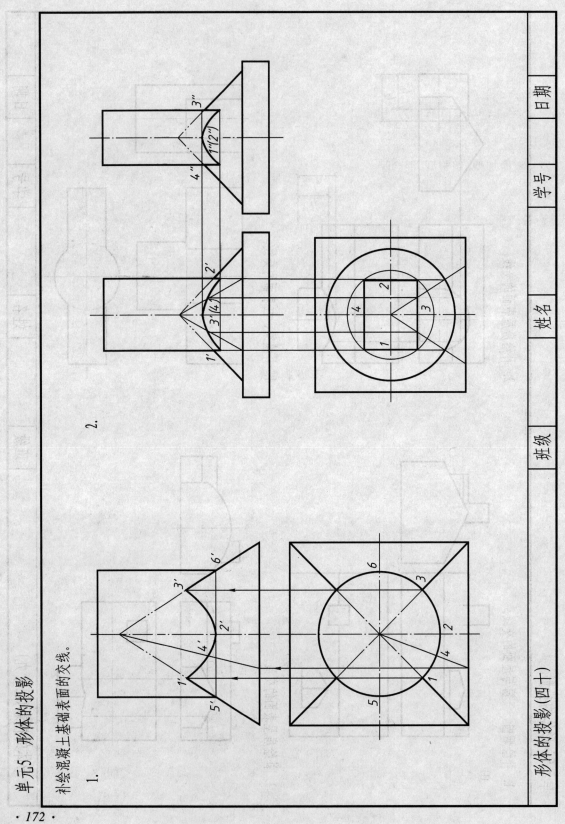

单元5 形体的投影

补绘混凝土基础表面的交线。

1.

2.

形体的投影 (四十)

班级	姓名	学号	日期

· 172 ·

综合练习

一、填空题

1. 平面体,曲面体
2. 运动,素线
3. 素线法,纬圆法、纬圆法
4. 叠加型、切割型,混合型
5. 形体分析法,线面分析法
6. 截切体,截平面,截交线
7. 平行
8. 圆、椭圆,矩形
9. 曲线加直线
10. 相贯,相贯体,相贯线

二、选择题

1. D   2. D   3. D   4. B   5. A

6. D   7. D   8. C   9. B   10. B

三、判断题

1. ×   2. √   3. √   4. ×   5. ×

6. ×   7. ×   8. √   9. ×   10. √

轴 测 投 影

一、大纲解析及教材编写说明

这一单元新、老大纲没有什么变化,仅在教材的编写上增加了轴测草图,这是因为轴测草图是单元 3 徒手作图的最直接的应用。会画轴测草图是每个工程技术人员必须掌握的基本技能,对提高空间想象能力有很大的帮助。

在教材的编写中增加了轴测图的工程实例,帮助学生了解轴测图的实际应用,特别是建筑的鸟瞰图,大多数学生一定会很有兴趣的。

二、教学内容、教学要求、教学重点、教学难点、教学活动与教学时数

教学内容	知识点	教学要求			教学重点	教学难点	教学活动	教学时数
		了解	理解	掌握				
轴测投影的基本知识	轴测投影的形成		✓				1. 绘制正等轴测图 2. 绘制斜轴测图	2
	轴测投影的特点	✓						
	轴测投影的分类	✓						
	常用的几种轴测图		✓		✓			
轴测图的画法	正等轴测图的画法			✓	✓			4～6
	斜轴测图的画法		✓					
	圆的轴测图的画法	✓				✓		
	轴测草图	✓						
轴测图的工程实例		✓						

三、教学建议

轴测图在建筑工程图中虽不多见,但对轴测图在教学中的重要性要有足够的认识,轴测图对提高学生的空间想象力有很大的帮助。补图、补线是教学中的一大难点,如果学生在补图、补线的练习中想象不出形体的空间形状,可以先画出轴测图,再根据轴测图去补图、补线。在教学的安排上,补图、补线这一部分内容如果放在轴测图以后去讲、去练习将会收到事半功倍的效果。

四、教案选编

土木工程识图教案——轴测投影图

课程名称轴测投影图　学校_____　设计者_____　授课班级_____

课题	轴测投影		学时	1
教学目标	知识目标:掌握轴测投影的特性,掌握轴测图成图原理及规律。 能力目标:培养学生的观察力,提高学生对简单图样的识读及绘制能力。 情感目标:形成科学的思维方式,养成细致、严谨的学习态度。			
学生特征	已掌握三面正投影图的识读与基本画法,对教具、模型、绘图工具有一定程度的认识;学生思维活跃,但动手能力较弱。			
教学重点	能够识读及绘制简单的轴测图。			
教学难点	掌握轴测图的特性、特点。			
教学准备	1. 多媒体课件的准备; 2. 电脑、投影仪等多媒体硬件设施的准备; 3. 三角板、模型等教学道具的准备。			
教学方法	演示、任务驱动、分组教学、分层教学。			

教学过程

教学环节	教师活动	学生活动
一、任务导入（4分钟） 通过猜谜游戏，激发学生的学习兴趣，并复习前几节课的内容。利用启发思维的方法引导学生更好地认识物体的形态特点，从而过渡到新课程内容的讲授。 　　今天我们来做一个游戏，大家请看大屏幕，你能根据这张图猜到它是什么吗？（答案"楼梯"）猜到的同学平时成绩加10分。 　　（1）三面正投影图的复习。 　　（2）三面正投影图与本节课导出的轴测图的联系与区别。 　　（3）引出任务。	启发诱导、提问	猜谜、识图、回忆以前所学知识。
二、解决任务（20分钟） 1. 讲授本节课的知识点 　　（1）轴测图的定义； 　　（2）轴测图的基本特性； 　　（3）轴测投影的种类：正轴测图、斜轴测图。 　　（4）轴测图的特点。 2. 分步演示、讲授轴测图的绘制方法 　　（1）四棱台轴测图的基本画法。（教材图例） 　　（2）六棱柱轴测图的基本画法。（PPT图例） 　　　　（结合PPT教学，结合实物模型。）	讲授理论知识，演示成图过程，突破教学重点	观察教师演示，理解制图方法
三、任务训练（16分钟） 任务一　四棱台轴测图的绘制（参考教材上内容） 　　　　　（普通组） 任务二　六棱柱轴测图的绘制（参考PPT演示步骤） 　　　　　（加强组） 【例】　根据模型及三面正投影图画出六棱柱的正等轴测图。 第一步：画轴测轴，并根据六边形对角线长度及对边宽度分别得出 A、D、1、2 四点。 第二步：根据 1、2 两点求出六棱柱顶面其余各点，并连接得到六棱柱顶面。 第三步：画出六棱柱高及底面并去掉多余线条，得到六棱柱的正等轴测图。 　　一、二两组做不同难度的轴测图，完成后首先学生互评，然后教师进行点评，发现问题并纠正错误。	点评学生作业，纠正学生错误	熟悉绘图步骤，制作简单轴测图

教学环节	教师活动	学生活动
四、课堂总结(3分钟) 1. 通过本节课的学习,我们学到了哪些知识? 　（学生总结,教师补充不足部分。） 2. 实际生活中的哪些实例能用我们今天所学的轴测投影表现出来?	教师启发、提问、总结	学生思考、总结
五、布置作业(2分钟) 一般性作业(满分80分): 完成本节课六棱柱轴测图的制作。 目的:巩固本节课所学知识点。 提高性作业(满分100分): 制作工业用零件的正等轴测图。 目的:在原有知识的基础上稍加提高,掌握正等轴测图的画法。 挑战性作业(满分120分): 制作楼梯的正等轴测图。 要求:结构合理、详细标注尺寸。 目的:探究本节课所学知识的实用性,并为以后课程"轴测图的工程实例"打下基础。	教师布置作业	学业分层完成

板书设计

一、轴测投影图的特性

二、轴测投影的分类:

　　正轴测图:正等测、正二测

　　斜轴测图

三、轴测投影的画法

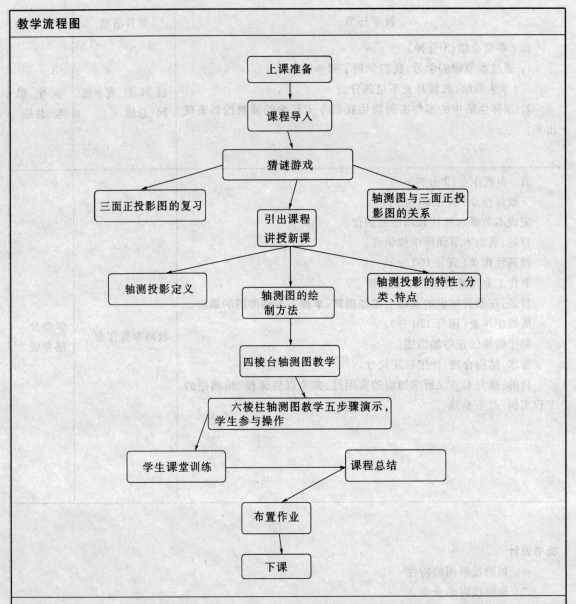

上课准备

课程导入

猜谜游戏

三面正投影图的复习

引出课程
讲授新课

轴测图与三面正投影图的关系

轴测投影定义

轴测图的绘制方法

轴测投影的特性、分类、特点

四棱台轴测图教学

六棱柱轴测图教学五步骤演示，学生参与操作

学生课堂训练

课程总结

布置作业

下课

总结和反思

　　通过师生互动、创设情境等方法，不仅使学生掌握了轴测图的基本知识，并且更加熟练地掌握了正等轴测图的画法。学生对课程内容的同步训练正确率能够达到90%左右；基础比较薄弱的学生也能通过本节课的学习和实训，掌握最基本的理论知识和相关操作能力，从而对建筑制图产生较高的兴趣，也因此实现了"从学中练，从做中学"的教学目标。

（辽宁省锦州市财经学校　郭振中）

一、教学目标

1. 知识目标

掌握轴测投影图的画法：坐标法、切割法、叠加法。

2. 能力目标

通过任务驱动,合作学习、练习,努力培养学生的空间想象能力以及读图、作图能力。

3. 情感目标

(1) 通过合作学习,让学生体会到学习的乐趣,树立自信心,学会合作。

(2) 发挥学生的主观能动性。

(3) 养成严谨细致的学习态度。

二、重点、难点及其解决办法

1. 重点

轴测投影的三种作图方法——坐标法、切割法、叠加法。

2. 难点

针对三视图进行总体分析。

3. 解决办法

多媒体动画演示;小组合作探究,强化练习;适时点拨;评价激励。

三、教法设计

1. 任务驱动

在进入学习新课之前,提前探讨本节课的学习任务,学生试着完成将要学习掌握的内容,让学生带着学习任务在探索中学习。

2. 情境教学

借助多媒体,将颜色和音乐引入教学,激发学生的求知欲,提高学生的空间想象能力,进行创造性学习。

四、学法设计

1. 讨论分析

根据学习任务,通过小组讨论的形式对任务进行分析、判断,从而得出解决问题的方法。(引导中理解,讨论中学习。)

2. 比较、归纳整理知识

根据学习任务,通过比较,找出不同知识点间的内在联系;通过归纳整理,形成层次分明的知识结构。(学习中合作,对比中掌握。)

五、教学准备

（1）多媒体课件。

（2）作图工具：三角板、圆规。

（3）模型。

六、课时安排

1 课时

七、教学过程

四个环节： 激趣→质疑→活动→巩固。

八个程序：问题引出、回顾奠基，确定任务、完成任务、巩固练习、归纳总结、知识应用、布置作业。

教学环节	教学程序设计	学生活动	备注
激趣 引出新课	1．用图引出新课 2．在疑问中复习轴测投影画法的相关知识  3．对比中导入新课 §6-2 轴测投影的画法	学生讨论总结出所要学习的内容，并带着任务复习相关内容	温故知新
导入新课	由"下面我们就依据轴测投影的这些特性来求作正等测投影图"导入	转入新课的学习	

教学环节	教学程序设计	学生活动	备注
质疑中试着完成任务(活动)活动中解决质疑	1. 师生共同完成形体的正等测 2. 例题讲述 例1 （模型）	按照步骤，作出长方体的正等测投影图，掌握第一种作图方法——坐标法。 学生听讲述，看模型，并随之思考、回答问题，得出结论。 根据例1得出切割法的作图要点及适用情况。	考查学生的预习情况，并为学习下面的内容打下基础。 思考中学习

教学环节	教学程序设计	学生活动	备注
	例2 总结作图步骤,并提出本节课的难点。	根据例2得出叠加法的作图要点及适用情况。	
巩固强化练习	3. 确定练习题目 练习1	学生讨论,做练习,相互交流,展示。在看演示时对照自己所做题目。	检测学习效果

教学 环节	教学程序设计	学生 活动	备注
	练习 2（模型） 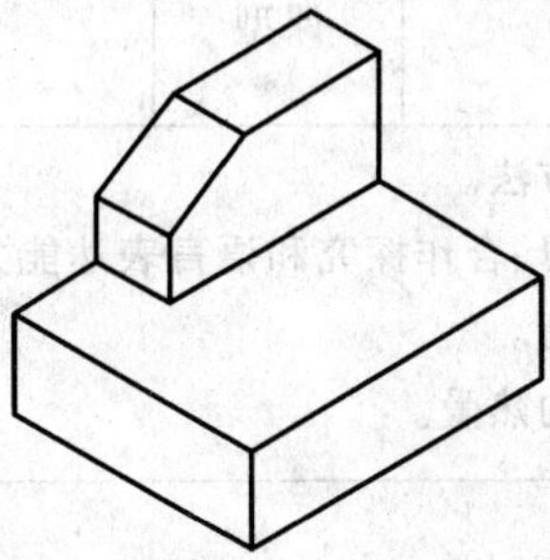 总结作图步骤,提出本节课的难点。		
巩固 应用	用多媒体展示图片,教师简单表述。	看图思 考,明确轴 测图的应 用。	
巩固 小结	出示小结	思考总结	总结概括
引出下节 课的学习 内容		明确课下 预习任务	知识衔接
巩固 布置课 下作业	出示作业内容并提出作业要求	明确作 业内容	巩固 应用

八、教学反思

所谓"教无定法,贵在得法",本节课以任务为主线,教师为主导,学生为主体,以期收到更好的教学效果。

（山东省泰安市岱岳区职业中专　白春华）

计划学时	3课时(讲1学时+做2课时)	课型	实训课
教学目的	1. 知识目标:掌握轴测图的绘制方法。 2. 能力目标:培养学生的自主学习、合作探究和语言表达能力,使学生的绘图能力和职业素养得到全面提高。 3. 情感目标:加深学生对本专业的热爱。		
教学方法	1. 案例教学 2. 演示 3. 总结评价		
课前准备	(1) 课前师生共同查阅有代表性的建筑。 (2) 学生课前准备绘图工具,固定图纸,并将台阶的两面正投影图画在图纸上。 (3) 准备积木、双面胶、即时贴、剪刀、吹塑板、儿童组装玩具等材料。		

内容	项目	解决措施
教学重点	轴测图的正确画法	利用形象直观的多媒体进行演示教学,采用自主学习、小组合作探究方式掌握本节教学重点。
教学难点	知识的综合运用	通过小组讨论,实践,教师的有效引导和师生互动点评来解决教学难点

	教学环节	时间	活动说明
课堂教学过程设计	**环节一 贴近生活,感知艺术** 利用投影展示不同风格,具有代表性的建筑,如2008年奥运会场馆鸟巢、水立方、2010年世博会的中国馆,然后展示典型的正投影施工图与之对比。	1分钟	建筑是一门学科,也是一门艺术,是一种文化,是一种无声的语言,是美的一种体现。 通过观看不同风格的建筑,体会建筑艺术美。 将两种图形比较,形成鲜明对比。 设疑提问:假如你是一名设计师,为某个房地产公司做设计,你将

教学环节	时间	活动说明
		怎么表明你的设计意图,如何让人了解你的设计构想,来采用你的设计方案呢。今天老师就教你们表达构思的一种方法,那就是用轴测图。 　　下面老师带你们学习画基本形体轴测图——台阶。
环节二　激发兴趣,导入新课 　　展示台阶的轴测图和正投影图,让学生通过观察感知建筑的魅力,认真学习建筑专业,从而轻松自然地导入本节新课。		明确学习内容,激发学生的求知欲,让他们带着兴趣走入情境。此时,学生们情绪高涨,跃跃欲试,想一展身手,从而很自然地导入新课。 　　你想不想也画画呢? 　　明确作图的步骤,直截了当。
环节三　示范讲解,掌握要点 ❈❈❈❈❈❈❈❈❈❈❈❈ ❈　　轴测图的画法　　❈ ❈❈❈❈❈❈❈❈❈❈❈❈ （1）形体分析; （2）选择视图方向,在形体或者三视图上建立坐标系; （3）画出轴测轴; （4）按坐标关系画出物体的轴测图(坐标法、切割法、叠加法); （5）修整图形,加深图线,完成正轴测图。 采用教师演示、多媒体演示和学生演示等多种方法进行讲解,加深学生印象。 坐标法: （1）分析正投影图,可知台阶是由若干踏步组成的; （2）建立坐标系; （3）画轴测轴; （4）根据尺寸要求,画出台阶的轴测图; （5）修整图形,加深图线,完成轴测图。 叠加法: 教师提到叠加法,让学生独立思考,说出自己的画图思路,并由一名学生到黑板前面来板演。	25 分 钟	主要是调动学生学习的积极性,由被动学习变成学习的主人,而教师只是一个组织者、合作者。

（行标题）**课堂教学过程设计**

教学环节	时间	活动说明
师生共同检查学生画图的结果,对已学知识进行复习。 　小结:刚刚我们一起学习了两种轴测图的画法,两种方法由易到难,它们是建筑制图的最基本的作图法,我相信同学们都已经掌握得很好了,现在我们就试试身手,亲手画一画。 　**环节四　小组探究,突破重点** ◇◇◇◇◇◇◇◇◇◇◇◇◇◇◇◇◇ 　　同学们练练身手吧 ◇◇◇◇◇◇◇◇◇◇◇◇◇◇◇◇◇ 　练习教材例 6-1 中基础的正等测画法。	10分钟	以小组形式来练习。 　中间两行学生采用坐标法画图。 　两侧学生运用叠加法完成。 　目的是提高学生的绘图能力和合作探究能力,增强职业素养。 　教师只对几个学生指导,对学生出现的各种问题做好详细记录,以便后期点评。
环节五　合作探究,总结评价 ◇◇◇◇◇◇◇◇◇◇◇◇◇◇◇◇◇ 　　今天,我是评委 ◇◇◇◇◇◇◇◇◇◇◇◇◇◇◇◇◇ **评　分　表** 	评分标准	自评	互评	师评
---	---	---	---
轴测轴　（10分）			
轴间角　（10分）			
图线　　（10分）			
图形　　（50分）			
综合能力（20分）			| 　总结:同学们表现都很好,个别不熟悉的地方我们课下一定要认真补上,前面在说作图方法的时候,老师列举了三种方法,切割法是不是没有说呢?我知道你们是很聪明的孩子,课下能不能自己先动手画画呢?	3分钟	学生之间的讨论、研习,调动学生学习的积极性,提供学生独立思考和互相交流、讨论的机会,从而培养学生的合作探究能力。 　依据学生练习结果,来了解对本节课内容的巩固情况。为了使学生在学习中养成良好的学习习惯和以后工作中互相合作的工作作风,进行了习题的互评,以利于学生共同进步。
环节六　学以致用,重在实践 　分析教材例 6-11 正等测在工程中的应用实例和例 6-12 斜轴测图在工程中的应用实例。	5分钟	让学生明确,轴测图在建筑工程图中虽然不是主要图样,但在工程运用中有着非常重要的作用。

左侧纵排：课堂教学过程设计

教学环节	时间	活动说明
环节七　布置作业,拓展延伸 作业: 1. 布置习题集中画轴测图作业。 2. "我的作业我做主"。 3. 实战演练。 　　利用已经准备的积木、双面胶、即时贴、剪刀、吹塑板、儿童组装玩具等材料,充分发挥自己的想象力,将轴测图运用到实践中。 (课下2课时。)	5分钟	在总结本节课内容的同时,为下课布置预习内容,把主动权交给学生,为此来激发学生的学习兴趣。 　　(1)提高学生的作图能力,培养学生的想象力。 　　(2)通过知识的前后贯通,提高学生学习本专业的兴趣。 　　(3)"我的作业我做主"作业没有固定模式,而且作业内容都是自己命题,题型不一。作业的导演和演员都是学生,而教师只是一名观众。

课堂教学过程设计

课后反思

　　本节课采用了案例教学,让学生在案例实施过程中,实践应用,创新思维。用合作探究的方式树立合作意识,使学生学会利用团队的力量攻克难关;总结发言,锻炼语言表达能力;在整个过程中,注重学生能力的培养,养成良好的职业素养,同时提高学生的空间想象力,为学生学习CAD制图打下良好的基础。

　　从职业学校的特点和社会发展来看,思维能力、合作意识和表达能力在今后的社会工作中比知识水平更为有用,而真正的学有所用,能够将知识拓展到实际应用中去,更是学生不可缺少的综合素质。因此,在教学中采用相关的教学方法,对学生加以培养,使之更加适应社会发展的需要。

　　对于本节课,成功之处有二,一是在整个过程中,始终以学生为主体,运用了"做中教,做中学"的新的职教理念,让学生在做中加以理解;二是"我的作业我做主",学生作为学习的主人,充分发挥自身优势,在学习中发现问题、分析问题和解决问题。

　　不足之处就是学生在学习过程中,合作意识较差,不敢表达自己的意图,绘图速度慢,课堂没有真正地活起来,没有达到预想效果。在以后的教学中,要因材施教,多尝试合作探究方法,以提高学生的综合素质,培养合作意识、团队精神。

　　　　　　　　　　　　　　　　　　　　　　　　(河北省徐水职教中心　徐淑贤)

课题	正面斜二轴测图的画法	2 课时
教学目标	通过正面斜二测的学习,使学生掌握常用轴测图的画法。特别注意 $q=0.5$。	
教学重点	学会将圆放在 XOZ 平面内(即正立面内),用圆规画圆。	
教学难点	将圆放在 XOZ 平面内(即正立面内),用圆规画圆。	
学情分析	学生从三面正投影图进入轴测图,需要时间消化和接受。	
教学方法		
教具	多媒体、课件。	
课后体会		

教学过程 时间分配	组织教学	复习	讲授新课
	1 分钟	2 分钟	50 分钟
	总结	课堂练习	布置作业
	6 分钟	30 分钟	1 分钟

教学环节及时间分配、备注	师生活动	教学内容
组织教学和复习(3分钟) 新课:正面斜二轴测图(60分钟)		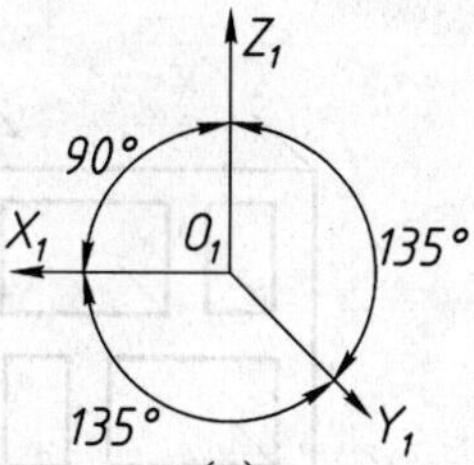 (a) 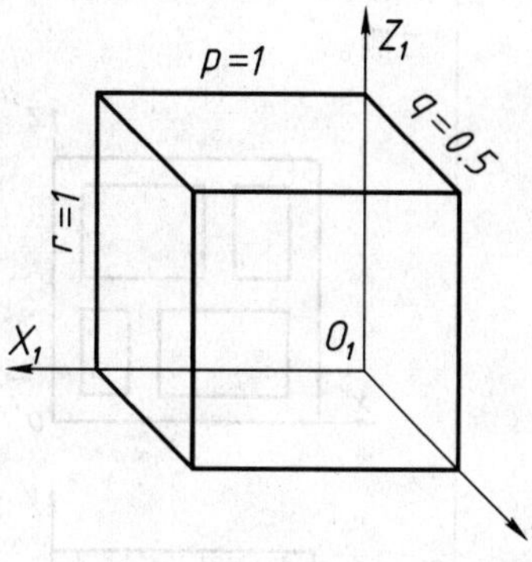 (b) 　　正面斜二轴测图,简称正面斜二测。轴测轴 OX 和 OZ 仍分别为水平方向和铅垂方向,其轴向伸缩系数为 $p=r=1$;轴测轴 OY 与水平线成45°角,其轴向伸缩系数 $q=0.5$。 　　由于正面斜二测中 XOZ 坐标面平行于轴测投影面,所以物体上平行于该坐标面的图形均反映实形。如果这个图形上的圆或圆弧较多,作图时就很方便。因此,当物体仅在某一方向上有圆或圆弧时,常采用正面斜二测来表达。 　　例1　根据台阶的正投影图,如图 a 所示,画出其正面斜二测。 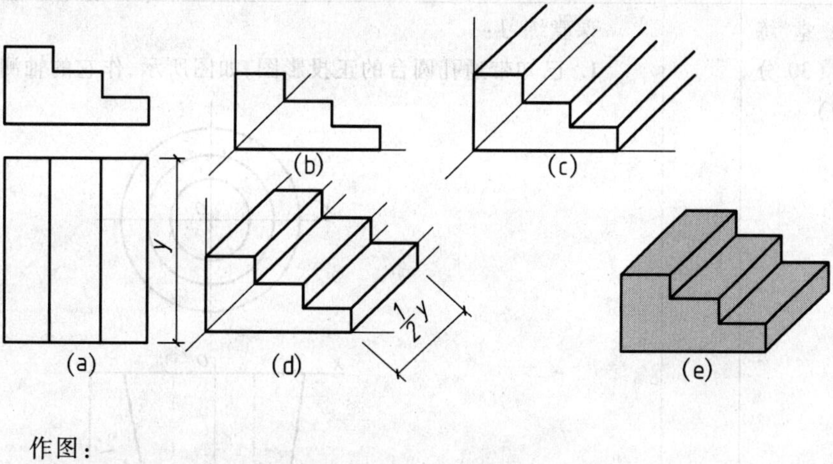 作图: 　　(1) 画轴测轴,画出正投影图中 V 面的投影,如图 b 所示。 　　(2) 过台阶立面轮廓线的各转折点作45°斜线,如图 c 所示。 　　(3) 在各条45°斜线上量取台阶长度的1/2,并连接各点,如图 d 所示。 　　(4) 擦去多余的线,加深图线即得台阶的正面斜二测,如图 e 所示。

教学环节及时间分配、备注	师生活动	教学内容
		例 2　已知钢筋混凝土花格砖的正投影图,如图 a 所示,画出其正面斜二测。 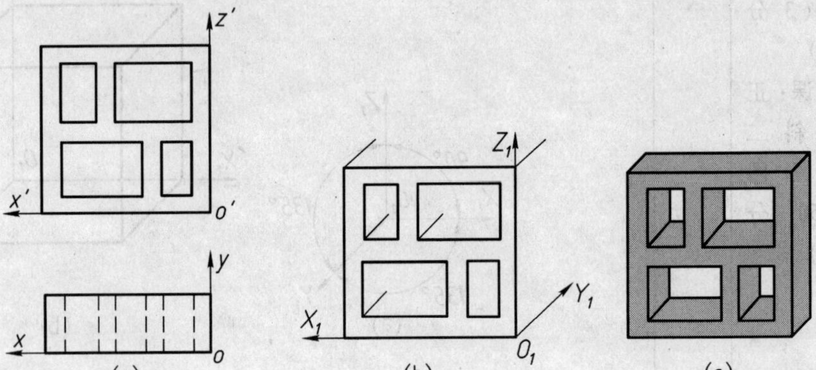 (a)　　　　　(b)　　　　　(c)
总结 (6 分钟)		总结: 1. 什么叫正面斜二测? 　　当物体上的 XOZ 坐标面平行于轴测投影面,而投射方向与轴测投影面倾斜时,所得到的轴测投影图称正面斜二测。 　　2. 正面斜二测的轴间角和轴向伸缩系数是如何定义的? 　　水平方向和铅垂方向,其轴向伸缩系数为 $p=r=1$;轴测轴 OY 与水平线成 $45°$ 角,其轴向伸缩系数 $q=0.5$。
课堂练习(30 分钟)		课堂练习: 1. 已知带通孔圆台的正投影图,如图所示,作它的轴测投影图。 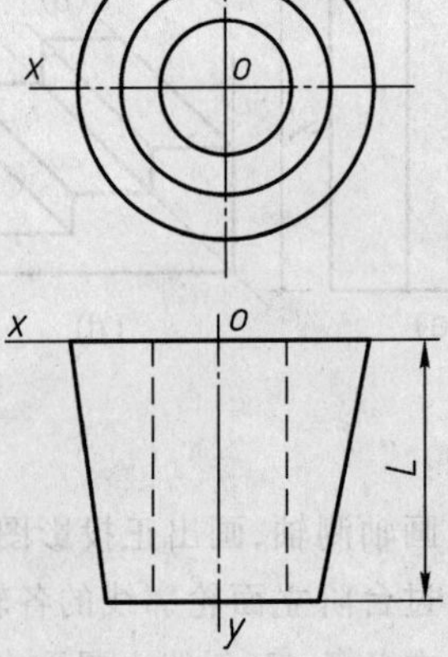

教学环节及时间分配、备注	师生活动	教学内容
		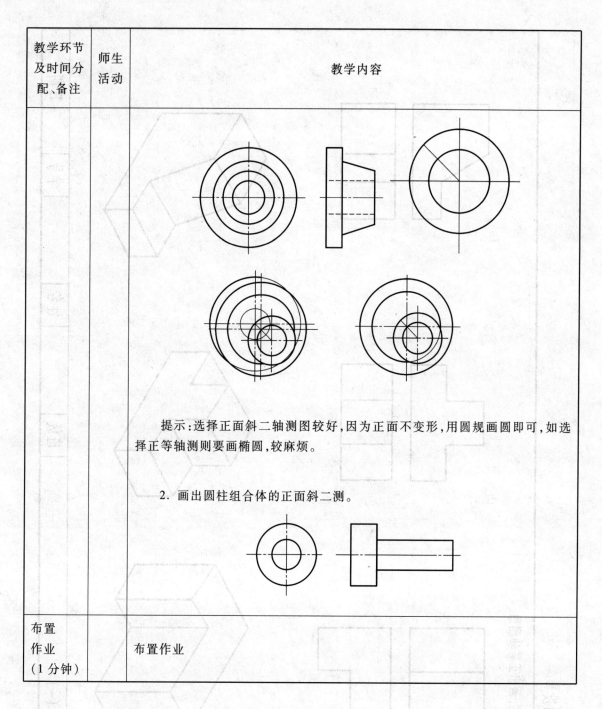 提示:选择正面斜二轴测图较好,因为正面不变形,用圆规画圆即可,如选择正等轴测则要画椭圆,较麻烦。 2. 画出圆柱组合体的正面斜二测。
布置作业 （1分钟）	布置作业	

（江苏省南京高等职业技术学校　陈炜）

五、习题集参考答案

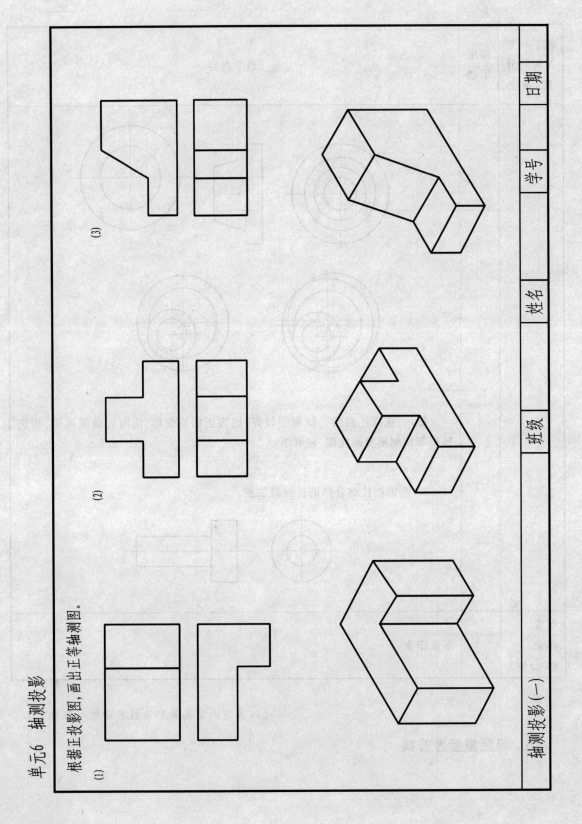

単元6　轴测投影

根据正投影图，画出正等轴测图。

(1)

(2)

(3)

轴测投影（一）

班级　　姓名　　学号　　日期

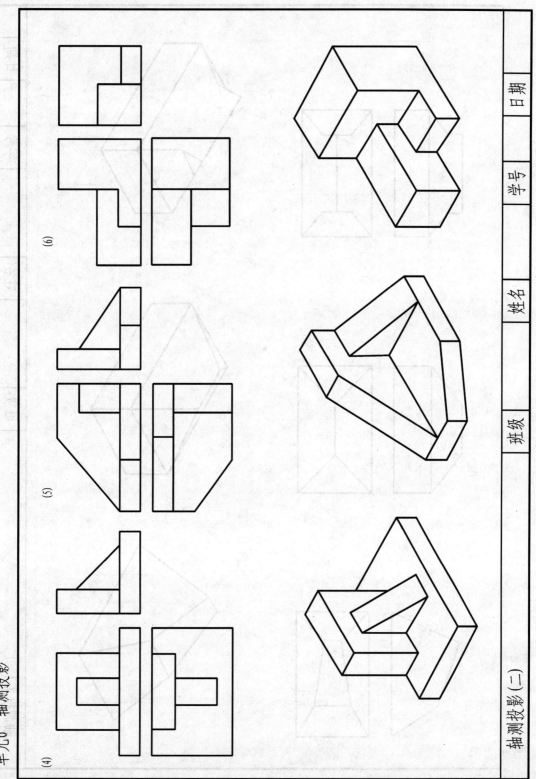

(4)　(5)　(6)

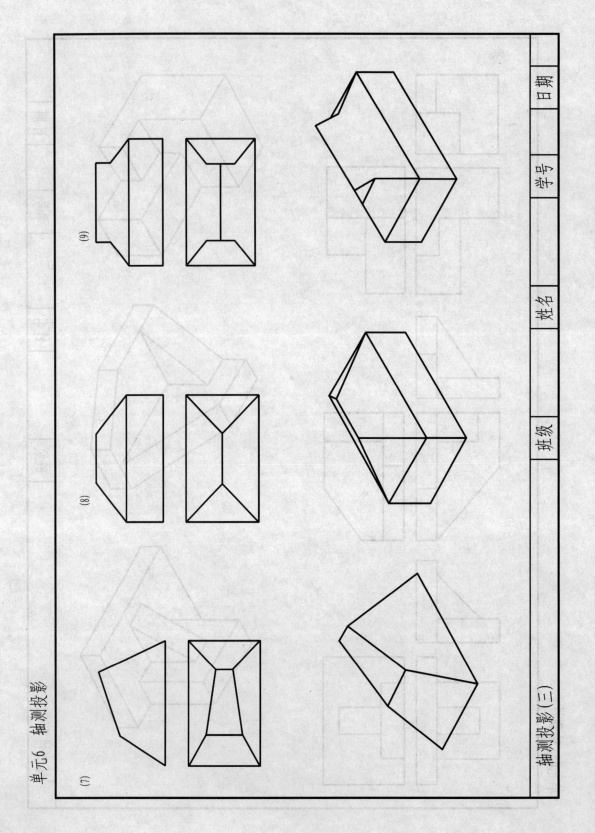

(7)

(8)

(9)

日期

学号

姓名

班级

轴测投影（三）

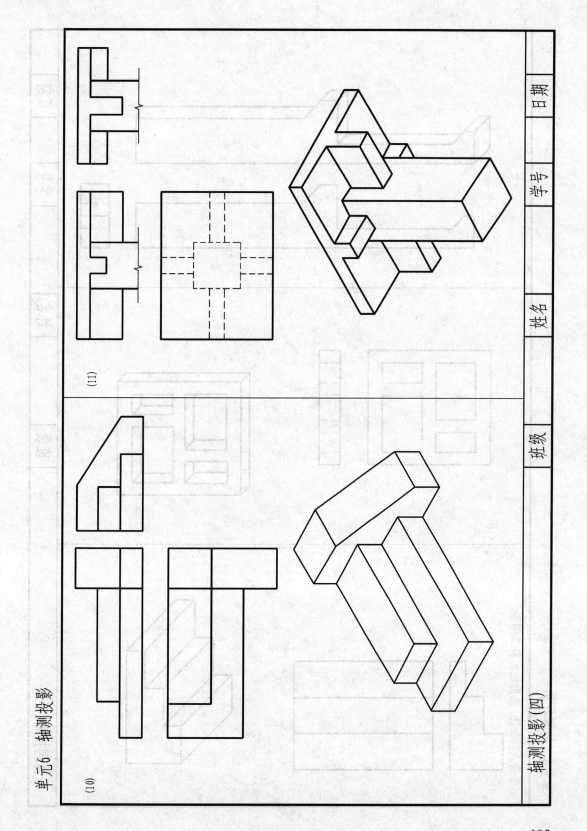

单元6　轴测投影

(10)

(11)

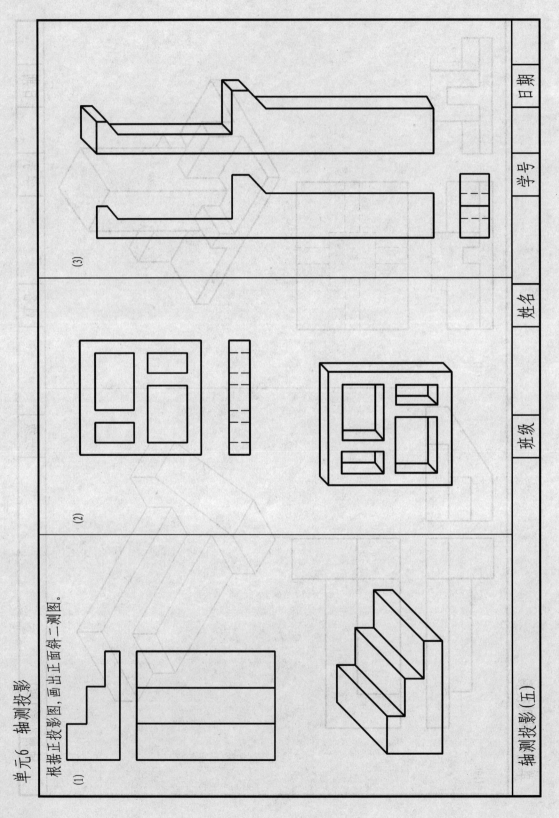

单元6 轴测投影

根据正投影图，画出正面斜二测图。

(1)

(2)

(3)

轴测投影（五）

日期	学号	姓名	班级

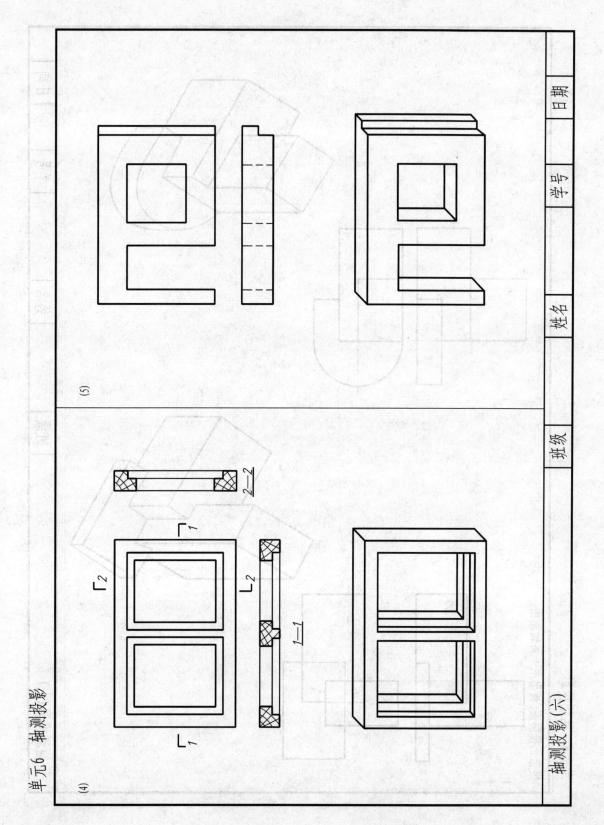

(4)

(5)

Γ₂

Γ₁ Γ₁

2—2

L₂

L₂

1—1

单元6 轴测投影

根据正投影图，画出水平斜轴测图。

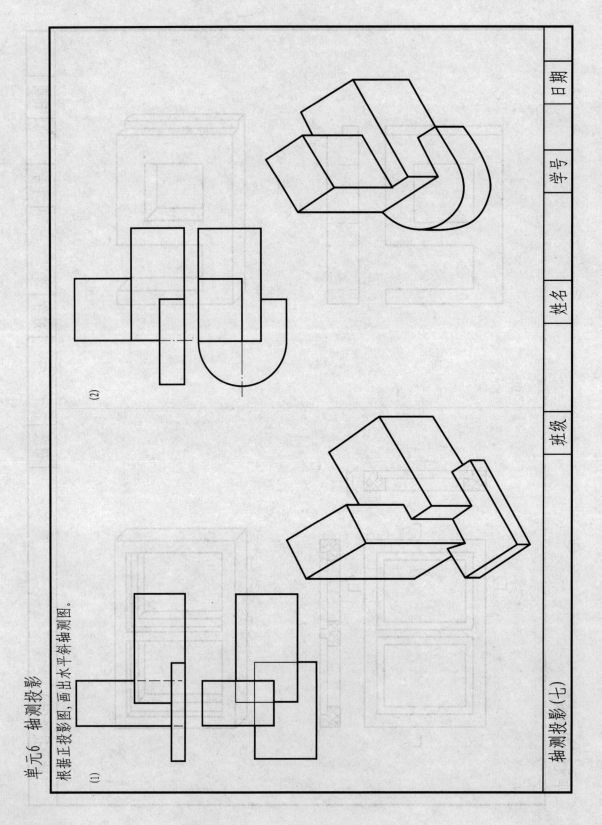

(1)

(2)

日期　学号　姓名　班级　轴测投影（七）

单元6 轴测投影

(3)

(4)

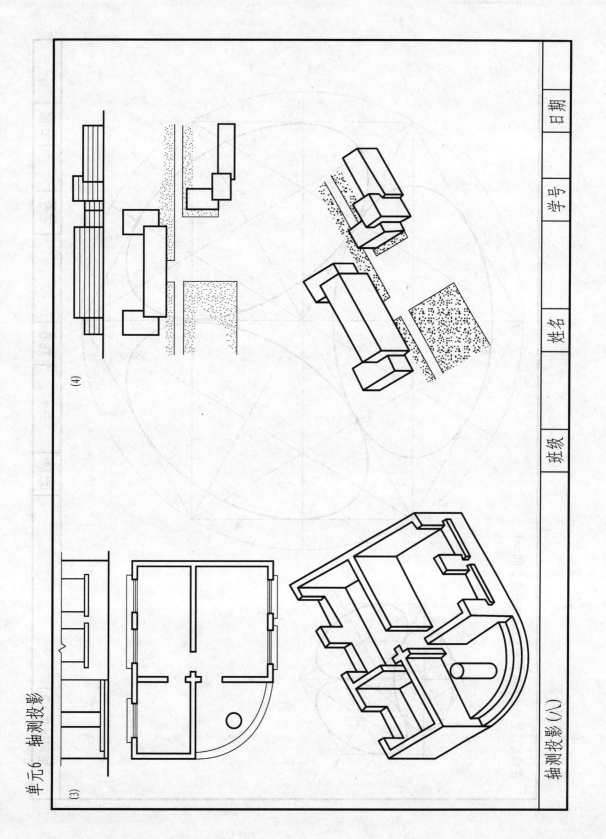

轴测投影(八)

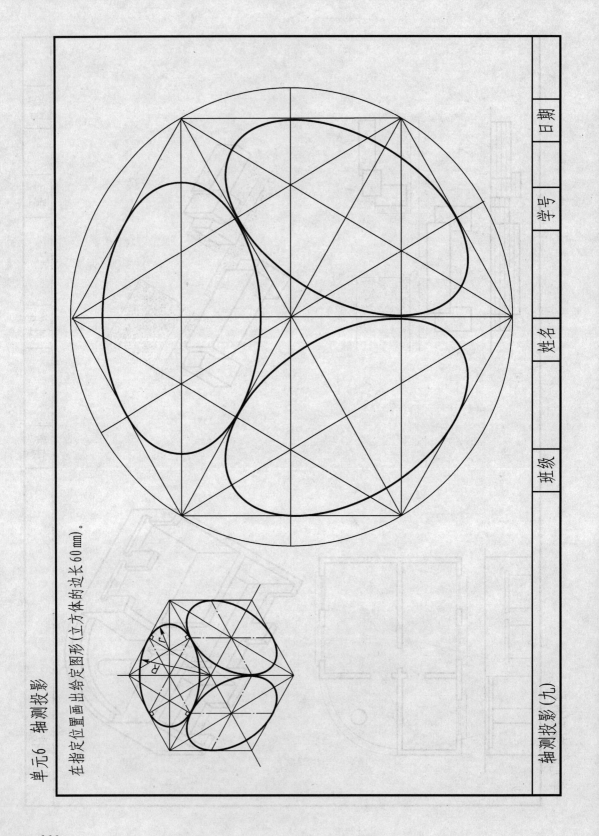

单元6 轴测投影

在指定位置画出给定图形（立方体的边长60 mm）。

班级　　姓名　　学号　　日期

轴测投影（九）

单元6 轴测投影

根据正投影图，画出正等轴测图。

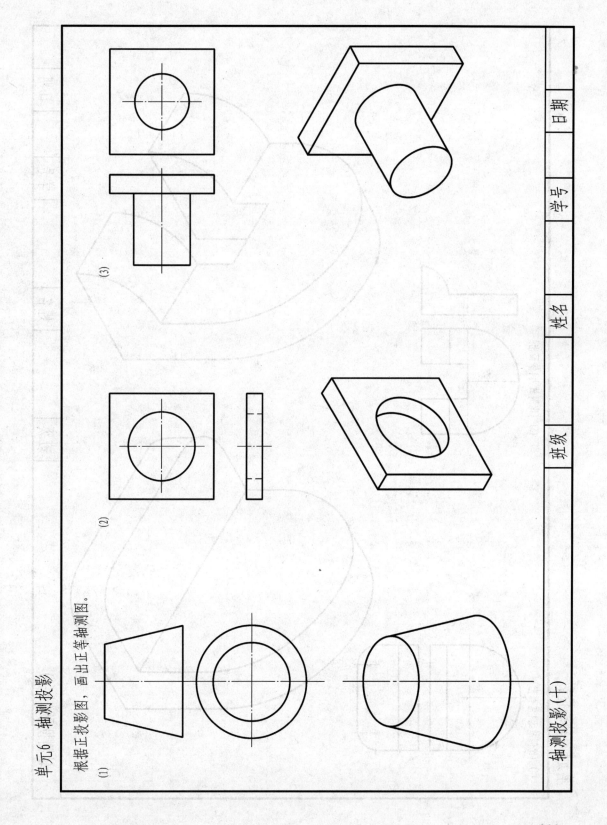

(1)

(2)

(3)

班级　　姓名　　学号　　日期

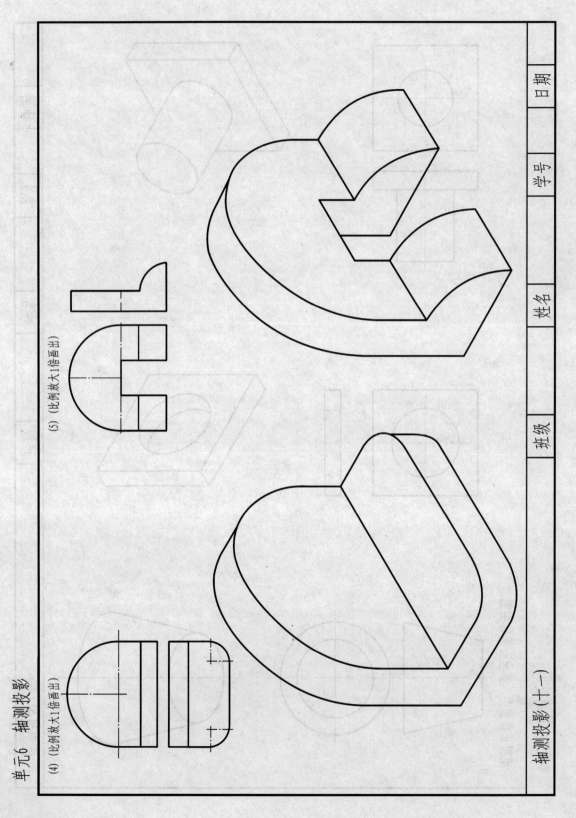

单元6 轴测投影

(4) (比例放大1倍画出)

(5) (比例放大1倍画出)

日期　学号　姓名　班级

单元6 轴测投影

根据正投影图，画出轴测图（轴测图种类自定，放大比例自定，自备图纸）。

(1) 正等测

(2) 正等测

(3) 正等测

(4) 正面斜二测

(5) 水平斜轴测

(6) 正面斜二测

(7) 水平斜轴测

(8) 水平斜轴测

综 合 练 习

一、填空题

1. 平行

2. 正轴测投影,斜轴测投影

3. 轴间角,轴向伸缩系数

4. 沿轴的

5. 120°,0.82,1

6. 1,0.5

7. 水平斜二测,水平斜等测

8. 正,水平

9. 椭圆,近似画法

10. 辅助

二、选择题

1. A   2. C   3. D   4. C   5. C

6. C   7. C   8. A   9. C   10. C

三、判断题

1. ×   2. ×   3. √   4. ×   5. √

6. ×   7. √   8. √   9. √   10. ×

单元 7

剖面图和断面图

一、大纲解析及教材编写说明

这一单元新大纲与老大纲基本一致,但在教材的编写上与传统教材不一样。教材没有沿剖面图和断面图两条主线独自展开,而是用表格的形式将剖面图和断面图的形成、画法规定、分类等放在一起。这样做的优点是能将剖面图与断面图进行比较,有什么共同之处、不同之处、有什么联系等,比较之后能有较深的印象。缺点是没有连贯性,分开讲解也没有系统性,可能会给学生听课带来障碍。教师在上课时可以根据自己的喜好、习惯去选择,这应不是太大的问题。

本单元所选择的图样,几乎全部都是建筑工程实例,这也为以后学习建筑施工图打下了很好的基础。

二、教学内容、教学要求、教学重点、教学难点、教学活动与教学时数

教学内容	知识点	教学要求			教学重点	教学难点	教学活动	教学时数
		了解	理解	掌握				
剖面图和断面图的形成		✓					1. 识读、绘制剖面图 2. 识读、绘制断面图	4
剖面图和断面图的画法规定			✓					
剖面图和断面图的分类	剖面图的分类			✓				4~6
	断面图的分类			✓				
剖面图和断面图的画法	剖面图的画法			✓	✓	✓		
	断面图的画法			✓	✓	✓		
剖面图和断面图的工程实例		✓						

三、教学建议

本单元是基础模块即画法几何部分与建筑工程图联系最为紧密的一部分。在建筑工程图中大多数图样都是剖面图和断面图,因此学好这一单元有着非常重要的意义。

在教学过程中,要通过例题、学生练习加深对剖切符号的理解和对线型的熟练掌握。对剖面图和断面图的分类要用工程实例来举例。

四、教案选编

土木工程识图教案——剖面图和断面图

一、教案背景信息

1. 授课年级:中职一年级

2. 授课专业:建筑工程施工专业

3. 学生数:45 人

4. 授课时数:2 课时

5. 教学内容:单元 7　剖面图和断面图(7.1　剖面图和断面图的形成;7.2　剖面图和断面图的画法规定)

6. 授课类型:课堂讲授和多媒体教学

7. 教学目标:

(1) 知识目标:掌握剖面图和断面图的分类及画法,能绘制剖面图和断面图。

(2) 能力目标:培养学生的空间想象能力,提高分析、解决实际问题的能力。

(3) 情感目标:激发学生的学习兴趣,提高自信心,巩固专业思想。

8. 内容分析

教学重点:剖面图和断面图的形成;
　　　　　剖面图和断面图的画法。

教学难点:正确绘制剖面图和断面图。

教学关键:正确选择剖切位置和投影方向;
　　　　　正确画投影图;
　　　　　正确进行标注。

9. 时间分配

序号	内容	说明	时间分配/分钟	深度
1	教学内容引入	多媒体展示图片	5	识记
2	剖面图和断面图的形成	动画演示	20	识别
3	剖面图和断面图的画法规定	学生动手对模型进行剖切	20	识别绘制

序号	内容	说明	时间分配/分钟	深度
4	举例	建筑模型,师生共同绘制	20	绘制
5	随堂练习	建筑形体、直观图	20	正确绘制
6	小结	课堂总结、提出预习问题	5	巩固教学

10. 教学准备:多媒体课件、模型、三角板、硬纸板(剖切平面)

11. 指导思想

"土木工程识图"是培养绘制和阅读工程图样基本能力的技术基础课,而剖面图和断面图是工程图样表达方法之一,是绘制和阅读工程图样的前提条件。本节课通过房屋的投影图和建筑平面图的形成导出课程。以不同的建筑构配件为载体,逐步导出剖面图和断面图的概念及投影做法,通过讲练结合,由浅入深,突出重点,化解难点,使学生掌握剖面图的基本图示方法,并能灵活应用到作图中去。

二、教法

教必有法,贵在得法。土木工程识图课的教学活动必须建立在学生的认知发展水平和已有的知识经验基础上来进行教学。对于中职一年级的学生来说,他们具有专业意识强、动手能力强、尝试欲望高的优点,同时又具有爱玩、好动、好奇心强、记忆力和观察力好的特点。针对学生的优点和特点,在教学中,注重学生对剖面图和断面图的感知和认识,联系实际建筑构配件采用以下教学方法:采取直观演示提高学生的学习兴趣;模型操作提高学生的空间想象力;设疑诱导提高学生观察、比较和概括的能力;讲练结合帮助学生掌握教学内容、提高分析、解决实际问题的能力。

三、学法

依据教材和学生特点,在本节课中,指导学生的学习方法有:课前预习、观察发现、动手操作、自主探究、合作交流和练习巩固。首先让学生在通过课前自主预习对教学内容有一定了解的情况下,带着自己的见解和疑问进入新的学习中,然后在教学过程中引导学生通过看一看、剖一剖、想一想、议一议、画一画等一系列学习活动去感知、认识和掌握剖面图和断面图的形成与画法规定。

四、教学程序

为了能帮助学生顺利理解和掌握教学内容,在理解教材的基础上把原教材进行灵活的处理和利用,通过动画和模型来讲解本节课的教学内容。

第一环节　设景激趣,导入新课(5分钟)

首先,展示给学生一组简单平房的直观图、正投影图和施工图,让学生利用已有的知识去观察、比较哪个图最能清楚地表达形体的内部结构,并能指导建筑工人进行施工。经过观察、比较,学生回答:"施工图。"教师提问:"为什么?"学生说:"直观图立体感强,但不反映实形;投影图虽然反映实形,但虚线太多;只有施工图既反映实形又能清楚地表达形体的内部结构。"教师肯定并引导:"对。那么,我们的设计人员又是采用什么方法设计施工图的呢?"学生说:"不知道。"这时,通过一个动画给学生讲解施工图的形成过程。在展示动画的过程中,给学生介绍:

"这就是刚才简单平房施工图中平面图的形成过程,它用的方法就是我们今天要讲的剖面图和平面图中的一种——剖面图。自然地引入本节课的教学内容——剖面图和断面图。

通过图片和动画演示,设置情境,导入新课,一方面激发了学生探究的探究欲望,另一方面使学生清楚本节课内容在本专业中的应用,从而有目的地进行学习。提高了学生的专业兴趣。

第二环节　自主探究,感悟新知(40 分钟)

1．剖面图和断面图的形成(20 分钟)

播放动画过程中,引导学生注意观察剖切平面的放置和剖切位置的选择、投影体的选择、投影方向的选择,让学生在观察中交流、讨论、归纳、总结出剖面图和断面图的概念和剖面图与断面图在形成和画法上的区别。

通过动画,一方面使学生懂得剖面图和断面图的概念及区别,另一方面提高学生观察、分析、归纳和概括问题的能力。

2．剖面图和断面图的画法规定(20 分钟)

以建筑模型为练习对象,让学生分组对形体进行剖切、投影,使每个学生都能尝试剖切过程,激发学生的好奇心和探究欲望。在剖切过程中,我引导学生把被切形体的两部分分别向两个方向进行投射,并在纸上画出对应的剖面图。在学生动手操作的过程中,教师进行巡视,对画得好的小组及时表扬,让他们感受成功的喜悦,并把他们所画的图进行展示,引导学生观察所画的图形。经过观察学生说:"它们是对称的。"教师肯定并引导:"对,这说明形体被剖切后向不同方向投射得到的投影图是不一样的,并且在图中也看不出形体的材料和剖切位置。那么,我们在投影图中怎样来表达剖切位置、投影方向和形体的材料呢?"学生说:"不知道。"教师:"在我们建筑制图中是用建筑制图标准来规定这些画法的。接下来我通过一个例题给学生讲解在建筑制图标准中是怎样来规定这些画法和标注的。"从而引出例题。

第三环节　讲练结合,突破难点(20 分钟)

例题的选择同样是以建筑构配件为载体,但不拘泥于教材,激发学生的兴趣。例题的讲解是通过分步演示的过程展现给学生的,通过分步演示让学生掌握剖切位置线和投影方向、形体的材料、投影图在建筑制图中的画法和标注规定,并让学生掌握剖面图和断面图在标注和画法上的区别和联系。为了检查学生的掌握情况以及能否应用于实际,让学生将之前剖切形体的投影图在黑板上选择剖切位置和投影方向,分别画出它的剖面图和断面图,并进行标注,体现建筑制图课的特点。接着让下面的学生对黑板上的图来进行评价。

在评价过程中,一方面提高了学生的学习兴趣和热情,建立了自信心,另一方面帮助学生掌握教学内容,从而正确地绘出剖面图和断面图,解决了教学难点。

第四环节　尝试练习,巩固新知(20 分钟)

随堂练习有利于巩固教学效果,了解学生的学习情况。本节课设计的练习是与教材配套的习题集中的练习。

第一道题是习题集 107 页的第(3)题,这道题要求画出花格窗砖的剖面图,在原题的基础上,我要求学生举一反三,如把剖面图改成断面图,把投射方向发生改变等,达到一题多练的效果。在练习过程中,向学生显示直观图,提高学生的空间想象力。

第二道题是习题集 113 页画出房屋外墙大门出入口的 2—2 剖面图。在练习中同样提供直观图。

通过练习将新知识应用于工程实践,立竿见影,实现理论与实践的结合。同时及时解决学生在绘图中出现的问题,培养学生细心认真的好习惯。

第五环节　全课小结,布置作业(5 分钟)

课堂总结是对本节课所学知识进行归纳和总结。

针对本节课的教学内容,学生要把握:

(1) 剖切位置的选择和投影方向的选择;

(2) 投影图的画法和标注规定。

通过以上教学,学生对于教学内容已基本掌握,但是还需要在练习中加以巩固。

作业:习题集 107 页(1)、(2);

　　　习题集 108 页(1)、(3);

　　　习题集 115 页 1、3。

知识拓展:

为了提高学生的探究欲望,让学生在课下阅读教材附录《私人别墅建筑施工图》,看其中哪些是用剖面图表达的,哪些是用断面图表达的,为后续建筑施工图的教学打下了基础。

开拓思维:

为了给学习下节课的教学做好铺垫,提出以下预习问题:如果形体是对称的、分层的或要表达的内容没有在一个平面上时,我们将采用什么方法来进行剖切？让学生产生继续探究、学习的愿望,整节课带着下节课的悬念结束。

五、教学反思

(1) 采用多媒体、模型和板书进行教学,有利于开拓学生思维,提高空间想象能力,培养学生的学习兴趣和实践能力。

(2) 在教学中发现学生对相同位置不同投射方向的剖面图和断面图的画法容易出现问题,这也是后续课施工图的识读的关键,因此在教学中需要反复强调,要求学生必须掌握。

(3) 要把握好学生交流讨论的时间。

(4) 探究问题要在生动、具体和生活化的情境中提出,问题的本身要具有启发性和目的性,使学生乐于探究。

(河南省建筑工程学校　闫小春)

【课时】1 课时(45 分钟)

【设计理念】

这是一堂学习新知识点与实践操作的课。教师作为课堂学习的引导者与组织者,应让学生主动地学、快乐地学。本节课以"争做设计师"为主线,按"设置情境,制造氛围"——"回顾旧知,导入新课"——"探究理论,分析案例"——"即时训练,巩固提高"——"总结归纳,拓展升华"层层展开。

【教学内容分析】

土木工程识图是中等职业学校建筑类专业的一门重要专业课。本节课主要是针对投影图的学习的一个延伸,以便更好地掌握建筑施工图纸的识图和绘制。

【教学对象分析】

本班学生人数较多,学生的基础水平一般,但是学习积极性高,动手能力强,学习目的明确,目前已经掌握正投影的基本知识,通过这节课把知识延伸到剖面图。

【教学目标】

认知目标	能力目标	情感目标
掌握剖面图的形成原理 初步掌握剖面图的绘图方法	观察能力 动手操作能力 分析与解决问题的能力	爱国主义情操 团队协作精神 热爱专业知识

【教学重点、难点】

重点、难点:剖面图的绘制方法。

【重点、难点剖析】

作为以掌握技能为主的土木工程识图课程,掌握并提高绘图效率的技巧非常重要,同时能够熟练地应用各种方法,顺利完成简单图形的绘制关系到后面几单元的学习。本课程主要是以"练"为准则,让学生在实践中把握重点,突破难点。

【教学方法与策略】

怎么学
交流、讨论与体会
思考、熟记与应用
学、做统一相结合
总结、反思与提高

⇔

怎么教
情境教学
探究教学
任务驱动
直观演示

【教学准备】

准备好各种教学模具、画图工具以及课堂练习纸。

教学环节	教学内容与过程	设计意图
环节一：设置情境，制造氛围（1分钟）	提问： （1）大家是否愿意为玉树重建献出自己的一份努力呢？ （2）我们的同学是建筑行业的新星，都有潜力成为建筑行业中的成功人士。通过这节课想考察一下在座的同学中，谁最有潜力成为一名设计师。 由话题青海玉树重建引入，向学生邀聘建筑设计师，设置职业考场氛围，引领学生走进本课堂的学习之旅。	激发学生的爱国之情，抓住学生好奇心重的特点，设置职业考场情境，激发学生的学习兴趣与热情，为之后的学习做好铺垫。
环节二：回顾旧知，导入新课（2分钟）	（1）拿出一个模型，要求学生运用以前的知识绘制图形。回忆三面正投影和轴测投影的特点。 （2）打开模型，发现绘制的图形并不能准确地说明形体的内部特征。就以前的知识是解决不了现在的问题的。 （3）为玉树建高楼大厦，就从外表来说并不能准确地说明房屋的平面布局和尺寸。施工员、消费者如何知道呢？ 生活中，想要知道一个物体的内部结构，就把它切开来，如切橙子，引出剖切法。工程中通常采用剖切的方法，用剖面图或断面图来表达。让学生来举例子。 本节课的目标是：通过本节课的学习，大家都会绘制2号教学楼的楼梯剖面图。	通过实体展示来吸引学生的注意力，使学生充满好奇心，激发学生的求知欲，导入新课。
环节三：探究理论，分析案例（15分钟）	一、剖面图的形成 穿插切橙子的例子，引导学生探究形成原理。 （1）为了清晰地表达物体的内部结构；（目的） （2）假想用剖切面将物体剖开，将处于观察者与剖切面之间的部分移去，而将其余部分向投影面投射得到剖面图；（方法） （3）剖面图中虚线变实线，一般不再画不可见虚线。（结果）	教学过程中，多让学生来讲解，教师只做引导与纠正。

教学环节	教学内容与过程	设计意图
环节三：探究理论，分析案例（15分钟）	二、剖面图的绘制 任务一　通过工程中的梁，简单地演示剖面图的绘制。总结剖面图的绘制步骤的要点口诀。 1．选位置 （1）选择剖切位置的原则（引导学生找出剖切位置的原则） ● 平行于某一投影面； ● 过形体的对称面； ● 过孔洞的轴线。 注：剖切过程不能产生新线。 （2）剖面符号的标注（提问学生这三个因素的缘由） 剖切符号：由剖切位置线、投射方向（均用粗实线绘制）和编号组成。 2．绘图线 剖面图除应画出剖切面切到部分的图形外，还应画出沿投射方向看到的部分，被剖切面切到部分的轮廓线用粗实线，剖切面没有切到但沿投射方向可以看到的部分用中实线。 3．画图例 被剖切面切到部分的轮廓线（粗实线）内应画出材料图例，当不必指出具体材料时，可用等间距的45°倾斜细实线表示。 4．标图名 剖面图的图名以剖切符号的编号来命名。 教师在黑板上演示作图步骤。全体学生回答绘图步骤。	任务一的设置主要是为了使学生能理解剖面图的绘图步骤。 凭借要点口诀，既上口又好记，帮助学生记忆绘图步骤，同时产生愉悦的情绪，并激发对学习的兴趣。
环节四：即时训练，巩固提高（25分钟）	任务二　联想生活中的花格窗，让两个学生在黑板上绘制剖面图。其他同学在白纸上作图。由两个同学说说自己绘图的步骤，全班同学来评评谁对谁错。再次由全体学生回答绘图步骤。 任务三　先前的例子很简单，也是生活中常见的物体。混凝土杯形基础是个典型的例子，可以帮助学生更好、更深刻地掌握知识点。以提问回答接龙的方式要求学生回答作图步骤，PPT演示，最后让学生齐声回答绘图步骤。	任务二要求每一个学生都掌握剖面图的绘制步骤，使知识转化为技能，使这节课的目标得以落实，重点得以巩固。 任务三是混凝土杯形基础，让学生感受到剖面图来源于生活并服务于生活。这是一个复杂的形体，培养

教学环节	教学内容与过程	设计意图
环节四：即时训练，巩固提高（25分钟）	例题演示，从简到难，不断强化作图步骤。 任务四　比一比、赛一赛 （1）找出各花格窗的剖面图并标注图名。 （2）根据要求绘制混凝土杯形基础的剖面图。 （3）根据要求绘制水池的剖面图。 学习成果展示表	学生分析与解决问题的能力，让学生体验制图知识的实际应用。 　　在练习这个环节大多采用建筑图纸，有职场考场的氛围和真实感。利用秒表记录每个学生的做题成绩，评出最高分，展示得高分的作品，选出设计师。前后呼应，完成这节课的任务："争做设计师"。同时也展示做错的题目，一起纠正，共同提高。 　　通过量化的评价表，引导学生认识到自身的不足，找到与其他学生之间的差距，形成良好的学习氛围。

学习成果展示表

评估项目	评估标准		自评分	互评分	平均分
	A	B			
图形绘制	45（每题15分）	每错一处扣5分			
时间	40（见比赛规则）	按比赛规则			
图纸干净	15	酌情扣分			
总分					

可能存在的问题：

1.

2.

3.

| 环节五：总结归纳，拓展升华（2分钟） | 小结归纳中我提问聘请的设计师：
（1）今天你最大的收获是什么？
（2）绘图四步骤你掌握了吗？
作业布置：绘制2号教学楼的楼梯间（要求大家一起来争做玉树希望小学教学楼的设计师）。 | 　　让学生在小结中明确本节课的学习内容，强化本节课的学习重点，为后续学习打下基础。 |

【教学反思】

本节课的亮点：

1. 情境设置生活化

将德育教育渗透到制图学习当中，既培养学生爱国主义情操，又促进学生人生观、价值观的形成。

2. 探索发现活动化

教学中利用工程中的梁、生活中的花格窗和建筑行业的杯形基础这些实体让学生掌握剖面图的绘图步骤,给学生较多的动手操作时间、说的机会和宽广的展示思维的舞台。

3. 绘图应用生活化

绘图案例贴近生活体验,容易激发学生学习兴趣。

(浙江省象山县职业高级中学　李卓能)

【教学设计说明】

"剖面图教学设计方案"是针对"土木工程识图"课程中剖面图的形成与画法部分。剖面图内容是"土木工程识图"课程的重点教学内容,是学习建筑工程施工图的基础,是今后工作中识读施工图、解决实际问题的基础。因学生空间想象力有限,此部分内容教学有一定难度。

【教学设计理念】教学中采用导学—探究教学模式。以教师为主导,以学生为主体,突出能力培养。

【教学设计特点】

(1)合理选择教学方法,针对学生的学习特点采用导学—探究式教学方法。以教师为主导,以学生为主体,采用问题导学、自主探究的方式,以问题和任务引导学生做中学、学中做,激发学生的学习兴趣,发挥学生学习的主动性,引导学生自主学习。

(2)注重理论与工程实际结合,利用建筑工程中一些基本形体进行学习,注重理论联系实际能力的培养,进行建筑平面图、剖面图形成的学习,突出剖面图在工程实际中的应用。

(3)精心设计学习及作业内容,使课堂教学内容前后连贯,上节课的作业画三面投影及制作模型为本节课的学习打基础,为问题导学、自主探究提供了平台,便于突破难点;本节课的学习内容及作业为建筑工程施工图的识读打下基础。

(4)注重学生使用工具书(制图标准)、分析解决问题等能力的培养。

(5)恰当运用课件、动画、展台展示作品等多媒体手段,保证教学过程的顺利实施。

(6)教学中渗透职业道德教育和职业意识培养。

【教学设计方案】

授课课题	剖面图	授课班级	建筑工程施工专业 一年级
授课时间		教学内容	剖面图的形成与画法规定
学生数	42 人	课时数	2 课时
学情分析	教学对象为建筑工程施工专业一年级学生,学生为初中毕业生,空间想象力较差,对复杂形体进行形体分析有一定难度;本课程已学习了三面投影图,学生会绘制形体的三面投影图。		
教材分析	剖面图是《土木工程识图》的重点章节,是学习建筑工程施工图识读的基础。教材中内容讲解条理,理实结合,但因学生基础差,接受慢,基本形体训练相对较少;授课时在训练中补充了双杯基础和水池剖面图绘制,加强基本形体训练。		

教学目标	认知目标	（1）掌握剖面图的画法； （2）理解建筑施工图中平面图和剖面图的形成。
	能力目标	（1）培养学生绘制、识读剖面图的能力； （2）提高学生理论联系实际的能力。
	情感目标	（1）对学生进行职业意识培养； （2）使学生养成耐心细致的工作习惯，形成严谨的工作作风。
教学重点		剖面图的画法
教学难点		想象剖切所得形体的空间形状
关键点		剖切后形体的分析
教学方法		采用导学—探究式教学模式
学法指导		（1）指导学生利用身边的材料（如纸板、泡沫板、萝卜等）制作模型，帮助进行形体分析，提高空间想象力。 （2）指导学生要重视知识的应用，提高理论联系实际的能力。 （3）指导学生使用《房屋建筑制图统一标准》等工具书。
课前准备	教师准备	教学设计方案、多媒体课件、教具（计算机、展台等多媒体设备）。
	学生准备	完成形体三面投影图绘制作业及模型制作，准备绘图工具。
教学手段		利用学生自制模型教学，利用课件、动画演示、展台展示学生成果等多媒体手段教学。
时间分配		作业讲评（10分钟）、创设问题导入（3分钟）、问题导学自主探究过程（30分钟）、学习总结（7分钟）、课堂训练（30分钟）、知识拓展（10分钟）、课堂小结（3分钟）、布置课外训练（7分钟）。
板书设计		剖面图 一、剖面图的形成 二、剖面图的画法规定 剖切符号、线型、图例、图名　　　　　投影

【教学内容及教学过程】

教学环节	教学内容	教学策略
作业讲评	上节课作业内容： 　　已知形体的两面投影,求作第三面投影,并分三个小组做出模型。(模型按要求分成两半制作。) 　　讲评： 　　(1) 讲评优点与不足。 　　(2) 强调：① 作图要符合投影规律；② 能看见的画实线,看不见的画虚线。 　　(3) 作图要认真、细致。	学生课前完成形体三面投影图绘制作业及模型制作(为新课学习提供平台,便于突破难点)。 　　(1) 教师展示作业； 　　(2) 学生互评作业； 　　(3) 教师总结讲评,强调重点。
创设问题导入	当形体内部构造比较复杂时,图中会出现许多虚线,图线重叠,很难将形体内部表达清楚,如何解决这个问题,把内部结构表达清楚呢？	教师设疑"作业中三面投影图有什么特点？"学生提出问题；教师设疑导学"如何把复杂形体的内部结构表达清楚？"；学生思考解决方案,教师利用生活实例(切水果)引导。
问题导学自主探究过程	一、剖面图的形成 　　在形体的适当位置用一假想平面将形体剖开,移去观察者与平面之间的形体部分,给余下的部分作正投影。 　　二、剖面图画法规定 　　(一) 剖切符号 　　(标在投影图上) 　　(1) 剖切位置线：不穿越图形的粗实线,长度为 6~8 mm。 　　(2) 剖视方向线：粗实线,长度为 4~6 mm。 　　(3) 编号。 　　(二) 剖切后的投影图 　　(1) 线型：被剖到部分的轮廓线——粗实线；未剖到沿投射方向能看到的轮廓线——中实线；看不到的部分——不画。 　　(2) 图例：被剖切到部分的轮廓线内应画出材料图例[房屋建筑制图统一标准(GB/T 50001—2001)]；当不必指出具体材料时,可用等距45°倾斜细实线表示。 　　(3) 图名。如"1—1 剖面图"。	学生讨论分析剖面图的形成 　　教师提出问题导学"如何绘制剖面图？" 　　学生利用自制模型自主探究学习,边做边学(剖切后作三面投影图；引导学生质疑"如何区别剖到与未剖到部分",引入线型、图例；质疑"如何与其他图区别",引入图名；质疑"如何对应作图、读图",引入剖切符号)。 　　教师做好引导,在学生遇到困难时点拨思路；利用多媒体演示辅助学习；图例部分教学生使用工具书；绘图中教育学生要认真、细致。
学习总结	剖面图作图方法	学生总结剖面图的作图方法；教师帮助学生完善知识结构,多媒体演示总结作图方法。

教学环节	教学内容	教学策略
知识应用	1. 台阶的剖面图绘制 2. 双杯基础的剖面图绘制	教师布置任务导学,学生自主探究学习,强化重点。利用模型和多媒体动画演示,帮助学生进行形体分析。
知识拓展	建筑平面图、建筑剖面图的形成	教师问题导学"实际工程中剖面图有什么作用?" 利用多媒体动画演示建筑平面图、建筑剖面图的形成过程,施工图实例展示。
课堂小结	学习重点:剖面图的作图方法 学习要求:会绘制、识读剖面图	教师总结
课后训练	1. 基础训练:作出3—3剖面图(水池) 2. 拓展训练:把教室看作一单层房屋,从教师指定位置剖开,试画出剖面图。	教师布置任务导学,学生自主探究学习。强化重点内容,为学习建筑施工图的识读打下基础。
教学评价	通过课堂辅导、课堂和课外训练成果及时反馈教学效果,进行教学评价,以便动态调整教学方法。	
教学反思	（1）教学方法选择合理,授课过程中恰当地设置了问题和任务进行导学,将学生引入自主探究的学习乐园,激发了学生的学习兴趣,发挥学生的学习主动性,使学生边做边学,在发现问题、探索问题及解决问题的过程中不断获取知识、巩固知识,高效完成了教学任务。 （2）建筑平面图、剖面图形成的学习突出了剖面图在工程实际中的应用,为建筑施工图的识读打下了基础。 （3）课件、动画、展台展示作品等多媒体手段的恰当运用保证了教学过程的顺利实施。 （4）利用模型和动画辅助进行形体分析突破难点,取得了良好效果。 （5）如何更好地引导学生、帮助学生进行形体分析值得探讨,如做一些建筑形体实物或仿真动画,效果将会更好。	

（河北省石家庄城乡建设学校　孟华）

【教学设计思想】

现代教育观念认为,学生是认知的主体,是知识意义的主动建构者;教师只对学生的意义建构起帮助和促进作用。因此,教案设计必须"以能力为本位,以学生为中心,以学习需求为基础"。

如何才能让学生成为学习的驾驭者,在设计本节课时,主要考虑以下几个方面:

1. 体现学生的主体性,让每个学生都能主动参与学习

第一,应有一个大家认同的意义建构目标。它可以调节各成员的行为,使各成员团结协作、互相学习、互相激励。第二,应做到资源共享。这里所说的资源,是对提高群体能力与个人能力有用的一切资源。第三,成员间形成敢于争论、坦率交换意见的风气。第四,教师以指导者的身份进行必要的点拨和答疑。

教学中,让学生自由组合成6个小组,提前给各组分配任务,于课前做好泡沫模型。在授课过程中,让各组积极开动脑筋,在教师的引导下,小组讨论合作得出各个知识点,并由教师归纳总结,抢答成功的小组每次加1分,课程结束后,得分最多的小组将得到奖励。

这样的教学方法与教学过程,学生协作能力提升,动脑动手,把自己融入到学习中去,变被动为主动,并通过实时的加分和现场奖励,激励学生的学习积极性,学生在课堂上得到了尊重,找到了学好本课程的自信。

2. 紧密联系生活,让学习源于生活,归于生活

课前,教师拿出两个橙子让学生答出橙子的种类,当然,因为外表都一样,而里边的内容却无人能正确分辨,由此引出学生的好奇心,也引出本节课的课题——剖面图的目的。同时,教师乘胜追击,通过建筑楼梯剖面图的形成,再次将学生拉回到现实中,去思考去琢磨,激发了学生学习的积极性,了解到剖面图的表示方法在现实生活中的应用是很广泛的,并通过今天所学的课程去解决生活中的难题,又从中悟出为人处世的道理——识人不能只看外表,做人不能只做表面。

3. 着重体现学生主动建构知识意义的过程

基于以学为中心的教学过程是完善学生认知结构的最有效途径。在设计本节课时,着重体现学生在教师创设的高效、丰富的学习环境下的主动探索、主动发现,主要考虑了这样几个环节,一是设计教学情境,激发学生学习兴趣,如楼梯剖面图的形成;二是采用积极性评价肯定学生的学习状态;三是充分发挥多媒体教学的作用,帮助学生建立剖面图的形成原理、剖面图的表示方法等;四是小组协作学习;五是强化练习设计,在每个环节结束后,都及时安排进行必要的练习等。

【教材分析】

1. 教材特点

本节课的内容是《土木工程识图》单元8剖面图与断面图的图例画法,这节课是在学生已经学过轴测图、形成一定空间观念的基础上进行教学的,对于建筑专业一年级的学生,文化基础知识相对薄弱,抽象思维较差,为此教材在编写时十分注重直观性和实用性,主要以概念的对比让学生观察、类比,从而引出剖面图与断面图的定义与区别,为了能帮助学生顺利地掌握剖面图与断面图的表示方法,找准并能绘制出它们的图例画法,在理解教材的基础上,把原教材进行灵活调整,将剖面图与断面图以对比的方式贯穿于每个环节中,着力培养学生的思考、探究与空间想象能力,为今后进一步学习其他建筑专业课程打下坚实基础。

2. 教学目标

设置教学目标,除了知识目标的设定,更要考虑其实用性及精神的陶冶,立足教学目标多元化,不仅要学生掌握知识目标,还要在学生的学习过程中发展各方面的能力目标,这些都必须在教学过程中体现出来。依据从具体到抽象的认知规律以及建筑专业学生的心理特征,设立了以下的教学目标。

知识目标:通过图片、音像的观看、实验等活动,使学生了解剖面图和断面图的形成原理,掌握剖面图和断面图的区别,并通过进一步的学习,学会它们的图例画法。

能力目标:通过本节课的学习,使学生学会正确绘制剖面图和断面图图例的方法,能在脑海里形成空间想象能力。

情感目标:通过图片展示、现场绘制、团队合作等方式,培养学生的动脑、动手以及相互间的合作能力,激发学生的学习兴趣。

3. 重点和难点

依据课程标准和本节课内容在教材中的地位和学生学习的实际情况,确定了本节课的教学重点、难点。

教学重点:剖面图和断面图的图例画法。

教学难点:剖面图和断面图的区别。

【教法和学法】

遵循"以能力为本位,以学生为中心,以学习需求为基础"的原则,根据本课程的特点和学生的思维特征,确定了本节课的教法和学法。

1. 教法

直观演示、设疑诱导、操作发现。

2. 学法

动手操作、观察发现、自主探究、合作交流。

【教案内容】

课题:剖面图与断面图的图例画法

课型:讲授新课

教学目的与要求:

1. 了解剖面图和断面图的形成原理;

2. 理解剖面图和断面图的区别;

3. 掌握剖面图和断面图的图例画法。

教学设想:

1. 教学重点:剖面图和断面图的图例;

2. 教学难点:剖面图和断面图的区别;

3. 教学方法:直观演示法、设疑诱导法、操作发现法。

4. 教学用具:橙子、泡沫模型、多媒体(或影碟机和电视机)。

5. 教学时数:1 学时。

复习(复习提问、巩固知识):(3分钟)

1. 什么是轴测投影,它与正投影的区别是什么,它有哪些特点?

2. 请同学们将老师手中的橙子以三视图的形式画出——三面都是圆。

导入新课(设置情趣、激发兴趣):(2分钟)

剖切橙子

　　老师提出问题:"有哪位同学能告诉我这两个是普通的橙子还是红红的血橙?"——外观都是一样,无法识别,只有剖开才能知道里边的构造。——引出剖视图的目的,进入今天的新课。

　　教学具体内容(自主探究、探索新知):(35分钟)

一、剖视图(5分钟)

　　目的:为了清晰地表达物体的内部结构。(动画演示——剖面的形成。)

　　形成原理:剖视图是假想用一个剖切平面将形体剖切,使物体分为两部分,并移去处于观察者与剖切面之间的部分,对剖切平面剩余部分的形体进行投影。(同样,建筑也会有一样的问题,播放楼梯剖面图的形成动画给学生看,让学生联系剖面图与建筑的关系,以提高学生对学习剖面图的重视,加深剖视图的印象。)

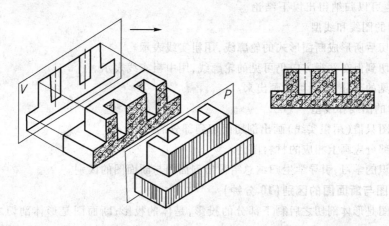

　　分类:按其表达的内容。(通过对比的方法,让学生更加了解什么是剖面图。)

　　1. 剖面图

　　引出剖面图的定义:物体在剖视投影中能见到的断面部分和其他可见部分的正投影图。

　　2. 断面图

　　引出断面图的定义:又称截面图,物体被剖切后仅画出断面的正投影图。

　　引导学生得出结论:剖面图中包含断面图。

二、剖面图与断面图的表示方法（8分钟）

1. 剖切符号的表示方法

（1）剖面剖切符号由剖切位置线、投射方向和编号组成。

1）剖面图的剖切位置线是表示剖切平面的剖切位置的，剖切位置线用两段粗实线绘制，长度为6～10 mm。

2）剖视方向线是表示剖切形体后向哪个方向作投影的，剖视方向线用两段粗实线绘制，与剖切位置线垂直，长度宜为4～6 mm，剖面剖切符号不宜与图面上图线相接触。

3）剖面的剖切符号用阿拉伯数字，按顺序由左至右、由下至上连续编排，编号应注写在剖视方向线的端部，且应将此编号标注在相应的剖面图的下方。

注意：需要转折的剖切位置线，在转折处如与其他图线发生混淆，应在转角的外侧加注与该符号相同的编号。

（2）断面剖切符号由剖切位置线和编号组成。

1）断面图的剖切位置线用两段粗实线绘制，长度为6～10mm，无投射方向。

2）断面的剖切符号用阿拉伯数字表示，阿拉伯数字的注写位置表示剖示方向；

注意：向左剖视时，断面编号应注写在剖切位置线的左侧；向下剖视时，断面编号应注写在剖切位置线的下方。

2. 剖面图与断面图的图线和线型

教师将泡沫模型剖开，截面部分用黑色涂上，其余可见部分用黑色线勾勒出，让学生直观地感知剖面图与断面图，引导学生概括出剖面图与断面图的图线和线型。并让学生尝试用正确的线型画出剖面图，有不对的地方，教师用红色粉笔进行修改。

由此，学生可以归纳得出以下结论。

1. 剖面图的图线和线型

（1）被剖切后所形成断面形式的轮廓线，用粗实线表示。

（2）未剖切到但在剖视方向仍可见的轮廓线，用中粗实线表示。

（3）不可见的部分，一般可不画出来。

2. 断面图的图线和线型

（1）断面图只需（用粗实线）画出剖切面切到部分的图形。

（2）断面部分应画上相应的材料图例。

由以上知识的学习，引导学生归纳总结得出剖面图与断面图的区别。

三、剖面图与断面图的区别（10分钟）

（1）剖面图是形体剖切之后剩下部分的投影，是体的投影；断面图是形体剖切之后断面的投影，是面的投影。

（2）剖面图用剖切位置线、投射方向和编号来表示；断面图则只画剖切位置线与编号，用编号的注写位置来代表投射方向。

（3）剖面图可用两个或两个以上的剖切平面进行剖切；断面图的剖切平面通常只能是单一的。

四、剖面图与断面图图例（12分钟）

教师将已经制作好的图例卡片让学生一一识别，并让学生记住常用图例的形式，由学生将常用图例默画出来,制作成新的卡片,加深学生印象,找到本小节内容的重点。

五、思考、讨论及作业布置(5 分钟)

1. 自我评价(总结反思、深化认识)

课堂学习反馈表

小组成员	
中心发言人	
学习目标	掌握剖面图与断面图的图例
探究的问题	剖面图就是断面图,对不对? 为什么?
	常用的断面图例有哪些?
	钢筋混凝土、砖、夯实土壤、木材的画法,你掌握了哪些?
学习提示	对比学习、相互合作、多动手、多探究
研究收获	
自我评价	分数:
	小结:
建议	

2. 小结(得分最多小组的组长上台小结)

(1)剖视图

(2)剖面图与断面图的表示方法

(3)剖面图与断面图的区别

(4)剖面图与断面图的图例画法

3. 课后作业布置(拓展延伸、发展能力)

按规范所示绘制出对应的建筑材料名称:

(1)夯实土壤;(2)毛石;(3)普通砖;(4)金属;(5)木材;

(6)自然土壤;(7)砂、灰土;(8)混凝土;(9)钢筋混凝土;(10)玻璃

复习"剖面图与断面图的图例",并预习"剖面图与断面图的绘制方法"。

能力考查:结合规范识别出各种剖面门窗的图例。

六、板书设计

剖面图与断面图的图例画法

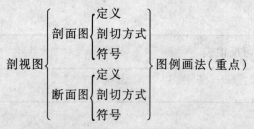

七、教学后记(教学效果分析与课堂教学反馈)

教学效果分析:因本节课采用的是分组学习、教师引导、学生归纳总结得出知识点的方式,学生在学习中占主导地位,学生学习的积极性较高,学习能力得到了明显的锻炼,课后通过填写调查表,学生反馈本节课的知识点都能掌握,这样的学习方式感觉自己被尊重,自己是主角,故学习愉快,效果好。

【教学反思】

(1)成功之处:教学中采用直观演示、设疑诱导的方法,通过图片展示、观看视频,学生了解到剖面图与断面图的表示方法在现实生活中的应用是很广泛的,使学习紧密联系生活,让学习源于生活又归于生活,并通过所学的知识去解决生活中的难题,从中悟出为人处世的道理。教学中,让学生通过小组合作,由教师提问、学生抢答,这样的教学方法和过程调节了各成员的行为,变被动为主动,学生在课堂上得到了尊重,找到了学好本门课的自信。

(2)不足之处:虽然针对中职学生的特点设计了这节课,学生学习的积极性很高,但是学生薄弱的文化基础决定了这些学生的空间想象力不足,在教学过程中,需要老师的多次引导才能完成任务。所以,在以后的教学过程中,应多去激发学生的想象力及其综合能力。

(重庆市工商学校　韩贞瑜)

五、习题集参考答案

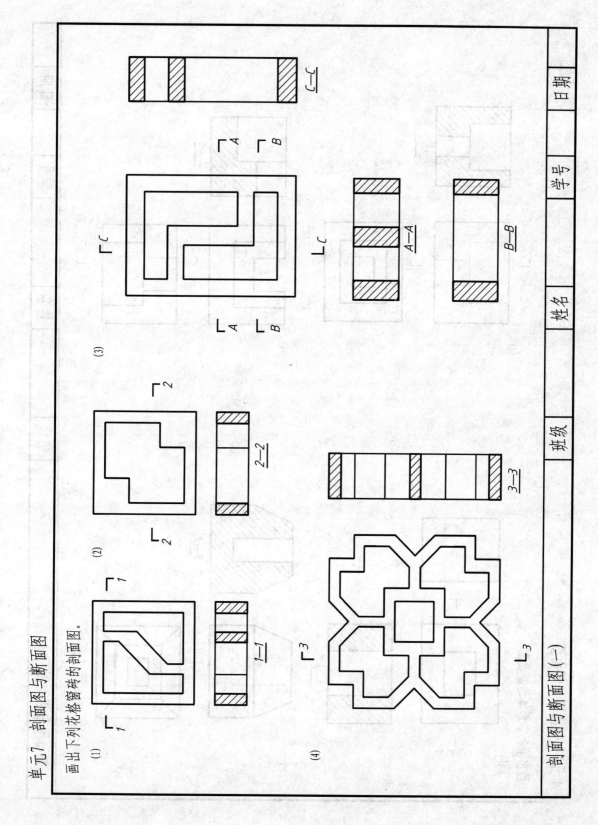

单元7 剖面图与断面图

画出下列花格窗砖的剖面图。

(1)

(2)

(3)

(4)

剖面图与断面图（一）

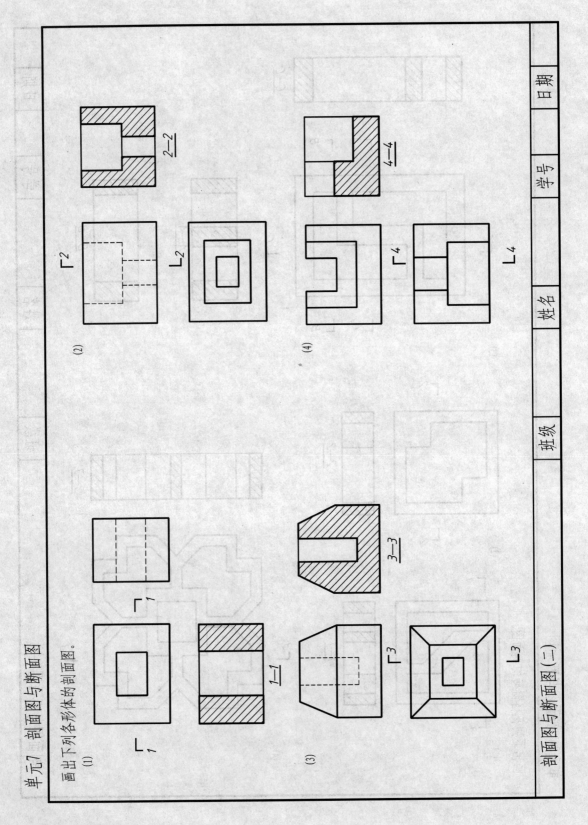

単元7 剖面図与断面図

画出下列各形体的剖面図。
(1)

単元7 剖面図与断面図

剖面図与断面図（二）

单元7 剖面图与断面图

根据砖砌地下管井的直观图，按照所给的投射方向，画出相应的剖面图。

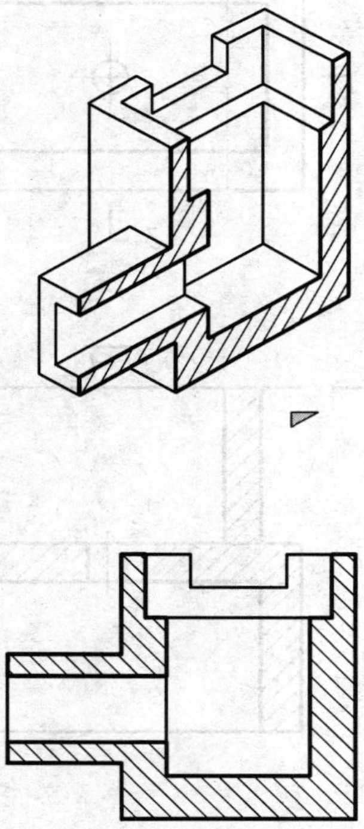

半剖面图

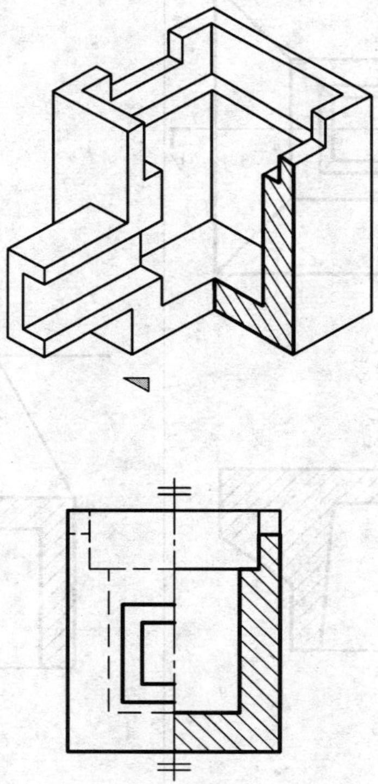

半剖面图

全剖面图

剖面图与断面图（三）

班级　　　姓名　　　学号　　　日期

单元7 剖面图与断面图

1. 画出砖砌水池的 1—1, 2—2 剖面图。

2. 在钢筋混凝土杯形基础的 V 面、W 面投影处画出合适的剖面图。

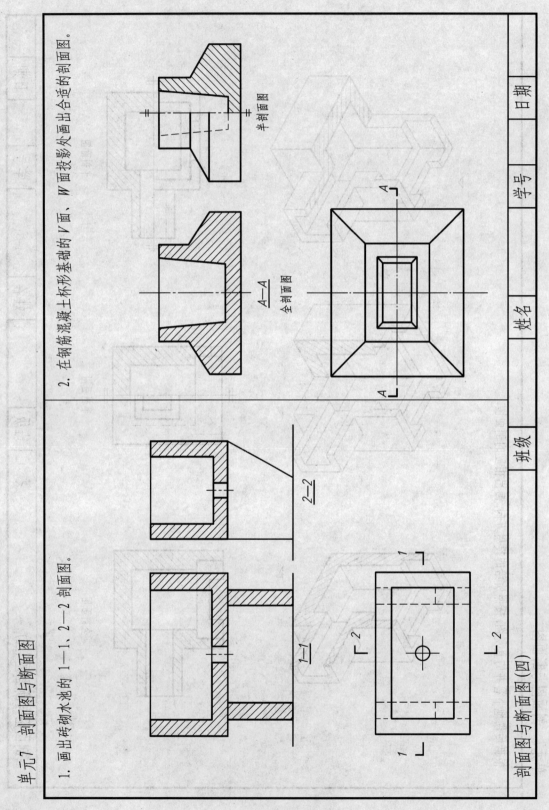

1—1

2—2

$A—A$
全剖面图

半剖面图

剖面图与断面图（四）

班级	姓名	学号	日期

单元7 剖面图与断面图

1. 画出砖砌转角台阶的 1—1 剖面图。

2. 画出形体的阶梯剖面图（先画出穿过两个孔槽的阶梯剖切符号）。

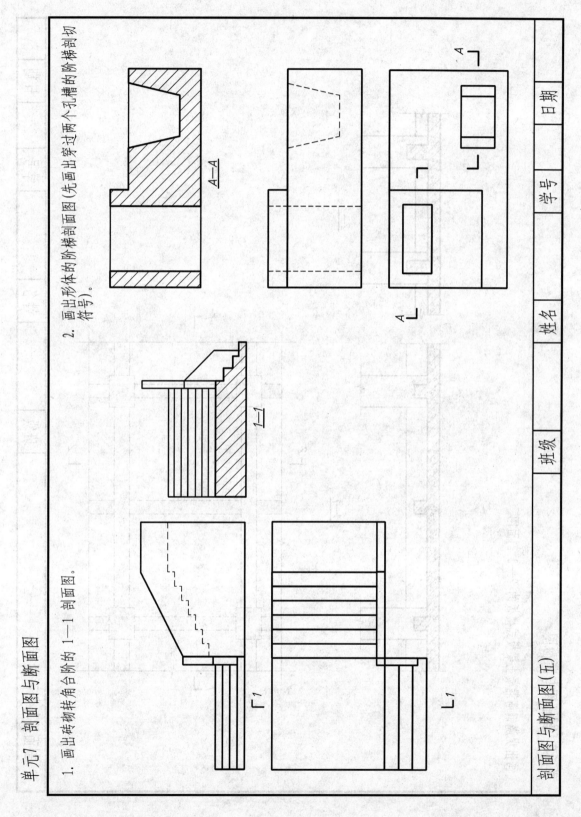

A—A

1—1

剖面图与断面图（五）

| 班级 | 姓名 | 学号 | 日期 |

単元7　剖面図与断面図

画出現浇钢筋混凝土梁板式楼板的 2—2 剖面图。

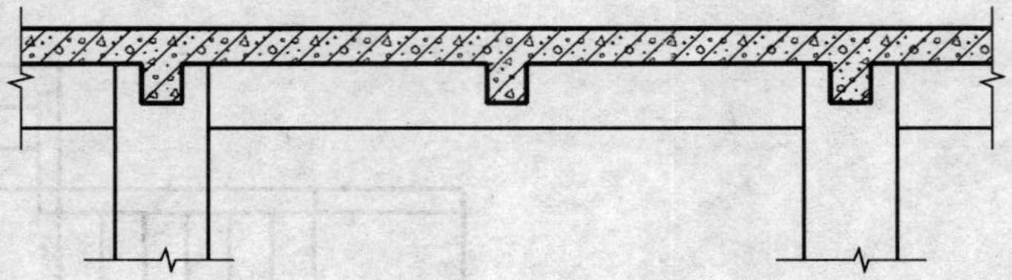

1—1

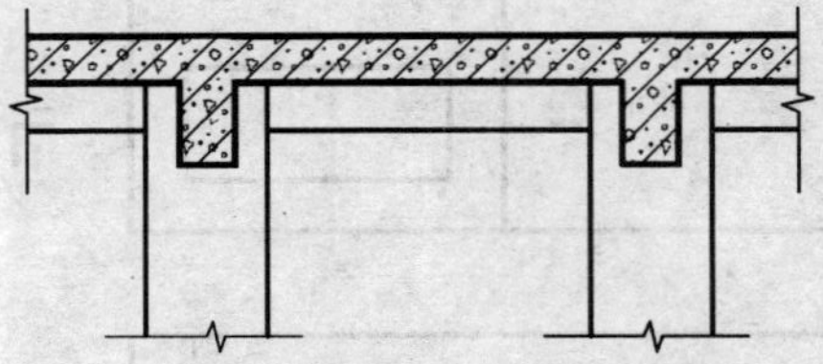

2—2

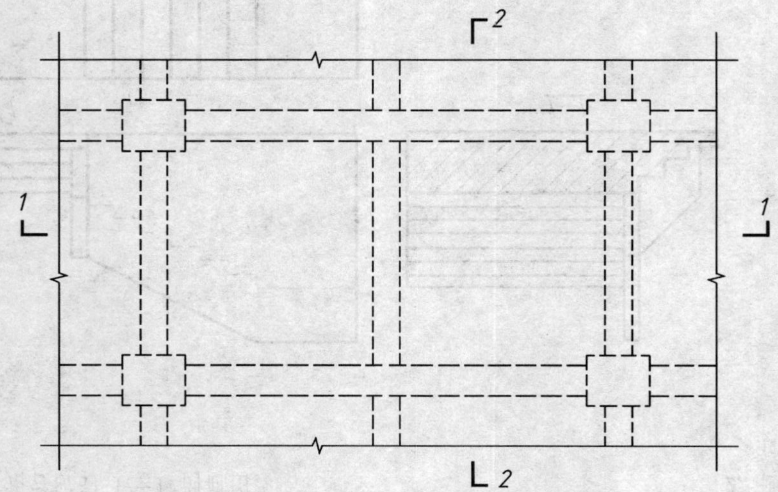

剖面図与断面図（六）

班级		姓名		学号		日期

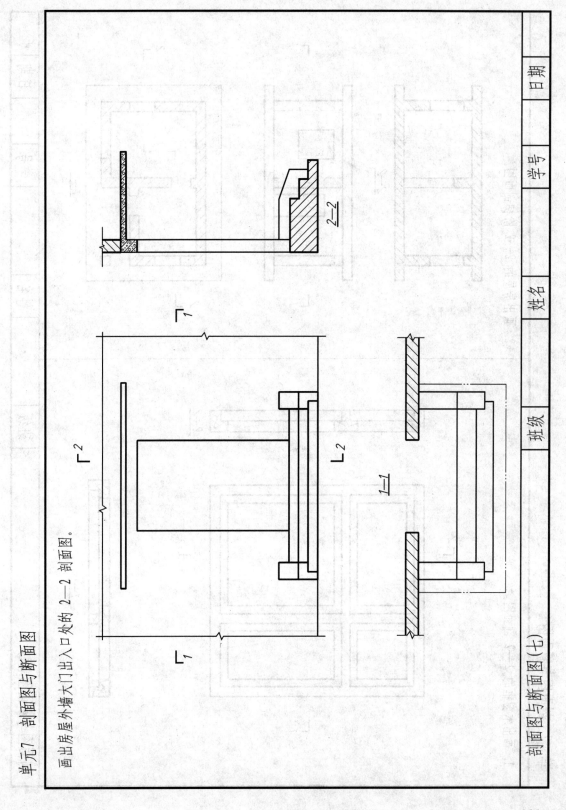

单元7　剖面图与断面图

画出房屋外墙大门出入口处的 2—2 剖面图。

2—2

1

2

2

1

1—1

剖面图与断面图（七）

班级　姓名　学号　日期

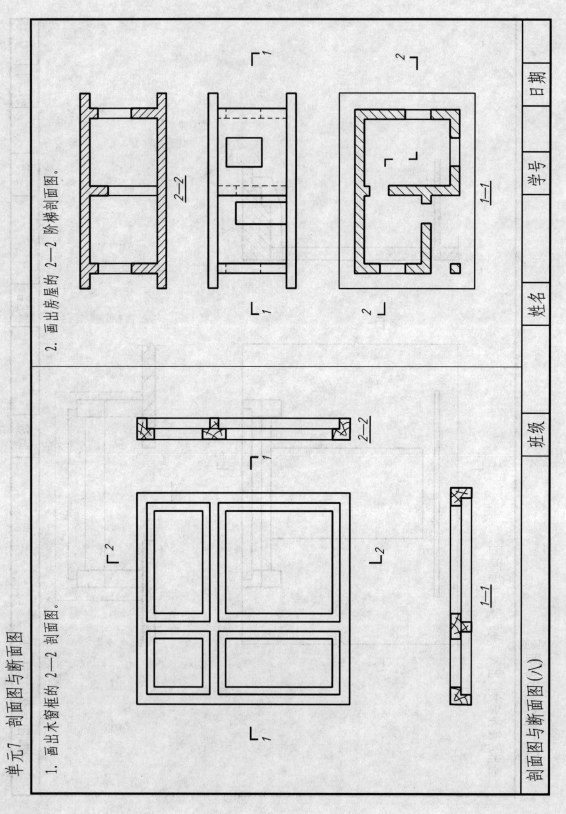

单元7 剖面图与断面图

1. 画出木窗框的 2—2 剖面图。

2. 画出房屋的 2—2 阶梯剖面图。

2—2

1—1

2—2

1—1

剖面图与断面图（八）

班级　　姓名　　学号　　日期

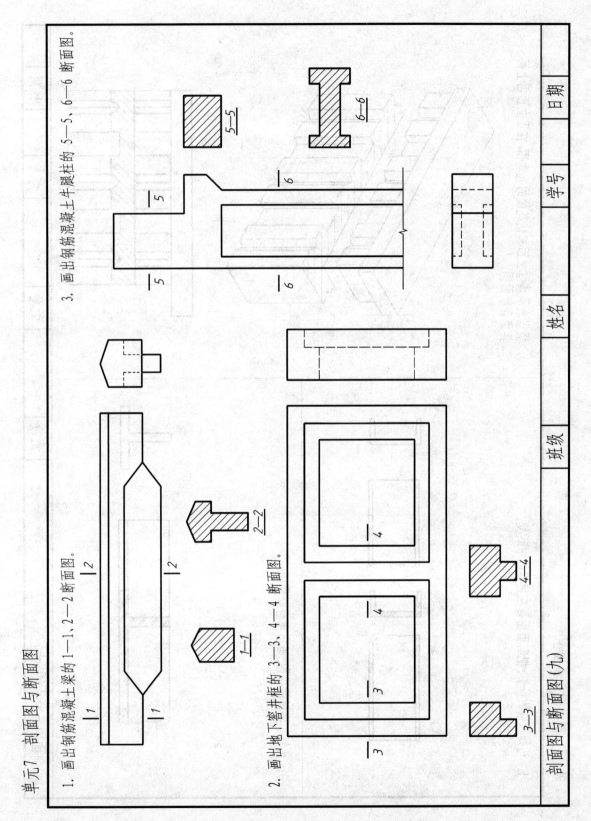

单元7 剖面图与断面图

1. 画出钢筋混凝土梁的 1—1、2—2 断面图。

2. 画出地下室井框的 3—3、4—4 断面图。

3. 画出钢筋混凝土牛腿柱的 5—5、6—6 断面图。

剖面图与断面图(九)

| 班级 | 姓名 | 学号 | 日期 |

· 233 ·

单元7 剖面图与断面图

1. 已知槽钢的投影，把断面图画在槽钢的中断处。

3. 根据表示墙壁立面起伏花纹的直观图，在正立面图上画其重合断面图。

2. 已知丁字板的投影，画出重合断面图。

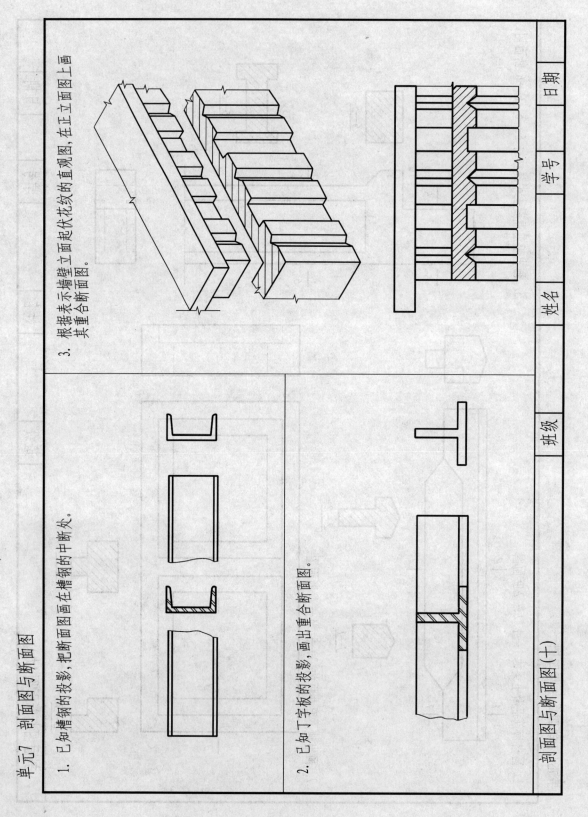

剖面图与断面图（十）

| 班级 | 姓名 | 学号 | 日期 |

· 234 ·

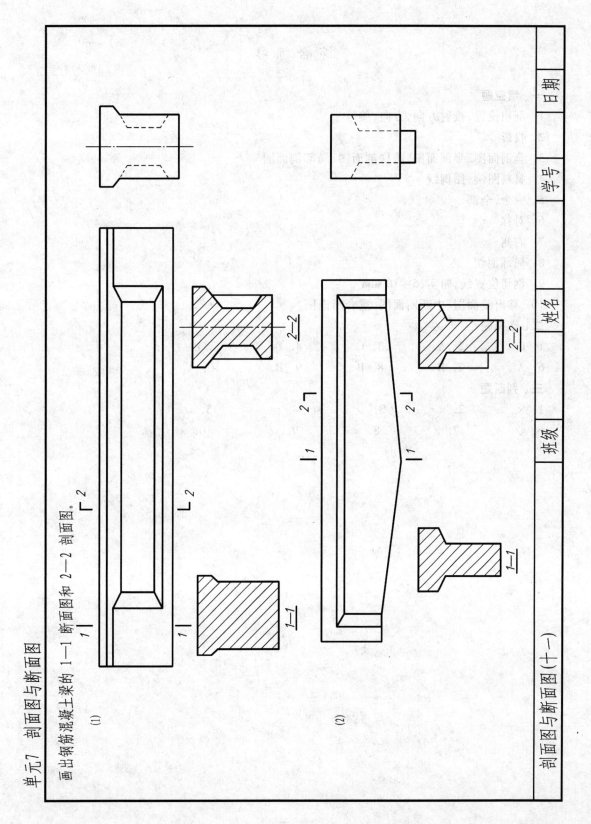

单元7 剖面图与断面图

画出钢筋混凝土梁的 1—1 断面图和 2—2 剖面图。

(1)

(2)

剖面图与断面图（十一）

综 合 练 习

一、填空题

1. 剖切位置,投射方向,方向,编号

2. 投影

3. 全剖面图、半剖面图、阶梯剖面图、局部剖面图

4. 材料图例,图例线

5. 一个,全部

6. 对称

7. 右侧

8. 局部剖切

9. 剖切位置线,粗实,6～10 mm

10. 移出断面图、中断断面图、重合断面图

二、选择题

1. C   2. A   3. C   4. D   5. B

6. A   7. B   8. B   9. B   10. A

三、判断题

1. ×   2. ×   3. √   4. √   5. √

6. √   7. ×   8. ×   9. √   10. ×

建筑工程图概述

一、大纲解析及教材编写说明

新、老大纲在专业图模块变化是最大的。新大纲为"土木工程识图教学大纲",将其定位为识读常见土木工程图样,老大纲为"土木建筑制图教学大纲",将其定位为以读图为主,读图与绘图相结合。新大纲还将专业图模块列为选学模块(选学模块还包括"道路与桥梁工程图识读"与"铁路工程图识读")。这样适应了不同专业的教学内容和要求,扩大了专业的适用面和覆盖面,基本涵盖了现行专业目录 12 个大类中以土木工程识图为公共职业平台课程的主要专业。

在教材编写中,将房屋建筑制图国家标准的主要内容,如图线、定位轴线、索引符号和详图符号、尺寸标注和标高、引出线、图例等用图表的形式呈现。在应用实例中,通过平面图和墙身详图的展示,了解国家标准在图样中的具体应用,并用引出线将要识读的具体内容用文字标注出来,使学生一看就懂。

二、教学内容、教学要求、教学重点、教学难点、教学活动与教学时数

教学内容	知识点	教学要求			教学重点	教学难点	教学活动	教学时数
		了解	理解	掌握				
建筑工程图的产生和分类	建筑工程图的产生	✓						
	建筑工程图的分类	✓						
房屋建筑制图国家标准	图线	✓						4
	比例	✓						
	定位轴线		✓		✓			
	索引符号和详图符号		✓		✓	✓		
	尺寸标注和标高		✓		✓			
	引出线	✓						
	其他符号	✓	✓					
	图例							

三、教学建议

在这一部分的教学中,教师要结合具体的建筑施工图耐心细致地逐条、逐个讲解,不能要求学生在短时间内就能记住,否则欲速则不达。在讲解的过程中,要反复强调这一部分内容的重要性,这是学好、看懂建筑施工图的前提。

四、教案选编

(略)

五、习题集参考答案

综 合 练 习

一、填空题

1. 建筑施工图、结构施工图,设备施工图

2. 细实,粗实,细实,细实,细点画

3. 10,14,8~10,24

4. 分数,非承重墙,次要的承重构件

5. 之后,第一根

6. 基本,详

7. 本张图纸上

8. 定形,定位,总体

9. 建筑物装饰面层处,梁、板底

10. 北,N

11. 建筑构配件,建筑材料,卫生设备,总平面图

12. 粗实线,点数、数字

二、选择题

1. C	2. D	3. A	4. B	5. B
6. B	7. B	8. A	9. C	10. D
11. D	12. B			

三、判断题

1. ×	2. ×	3. ×	4. ×	5. ×
6. ×	7. ✓	8. ✓	9. ✓	10. ×
11. ✓	12. ✓			

建筑施工图识读

一、大纲解析及教材编写说明

本单元是新大纲变动较大的部分。新大纲删除了结构施工图,给水、排水工程图、供暖与通风工程图和计算机绘图,将它们放入后续的专业课,如"建筑结构"、"建筑设备与识图","建筑CAD"等课程中去;新大纲还将原大纲中的用 A2、A3 图纸的铅笔图和墨线图的作业简化为抄绘小型建筑施工图的活动。新大纲的这些变动比较符合现在的中职培养目标,培养能适应经济社会发展的高素质劳动者和技能型人才,而不是设计和管理人才。这些变动也比较适合当前的学生现实状况,减少了课时数,为后续专业课程的学习与工学结合的实施留出空间。

由于时间较紧,本单元的图样没有选好,选用了房型较老、平屋顶和预制混凝土楼板的楼房,而这样的楼房在全国很多地方已经被限制甚至禁止建造。教材中识读的图样和绘制的图样不是一套,给教学带来不便,这些都有待以后修订时解决。

二、教学内容、教学要求、教学重点、教学难点、教学活动与教学时数

教学内容	知识点	教学要求			教学重点	教学难点	教学活动	教学时数
		了解	理解	掌握				
首页图和建筑总平面图	首页图	✓					识读总平面图实例	2
	建筑总平面图		✓					
建筑平面图	建筑平面图的形成与用途	✓					1. 识读建筑平面图实例 2. 抄绘小型建筑平面图	6～8
	建筑平面图的图示内容			✓	✓			
	建筑平面图的识读技能			✓	✓	✓		
	建筑平面图的绘制	✓						
建筑立面图	建筑立面图的形成与用途	✓					1. 识读房屋建筑立面图实例 2. 抄绘小型建筑立面图	6～8
	建筑立面图的图示内容			✓	✓			
	建筑立面图的识读技能			✓	✓	✓		
	建筑立面图的绘制	✓						

教学内容	知识点	教学要求			教学重点	教学难点	教学活动	教学时数
		了解	理解	掌握				
建筑剖面图	建筑剖面图的形成与用途	✓					1. 识读建筑剖面图实例 2. 抄绘小型建筑剖面图	6~8
	建筑剖面图的图示内容			✓	✓			
	建筑剖面图的识读技能			✓	✓	✓		
	建筑剖面图的绘制	✓						
建筑详图	外墙墙身构造详图		✓				1. 识读房屋建筑外墙墙身构造详图实例 2. 抄绘房屋建筑外墙墙身构造详图	2~4
	楼梯详图		✓				1. 识读楼梯平面图和剖面图详图实例 2. 抄绘楼梯平面图和剖面详图	2~4
	门窗详图	✓						

三、教学建议

中等职业教育的培养目标是培养能适应经济社会发展的高素质劳动者和技能型人才,为实现这个目标,本单元就成为"土木工程识图"这门课的关键。可以设想,一个连工程图纸都看不懂的人,怎么能成为高素质的劳动者和技能型人才。所以,教师对本单元的重要性要有足够的重视。

学生在学习这门课时还没有学习"房屋构造",对房屋的各个部分根本就没有概念,如对散水、勒脚、圈梁等,教师上课时讲解多遍也不一定能达到预想的效果,影响识图。因此,在教学中要准备与识图有关的房屋的图片,直观地展示给学生,或者直接将学生带到房屋前上课。

四、教案选编

土木工程识图教案——建筑平面图识读

一、教材的地位与作用

"建筑平面图识读"是教材单元9第二节中的内容。

教材中,对学生识图技能的培养是从理论的"房屋建筑制图国家标准"进入实践的识读建筑施工图实务模拟,通过案例分析和技能训练强化学生的识图能力,并为学习建筑CAD、建筑预算、建筑施工技术等后续专业课打好基础。

二、教学目标

1. 知识目标

(1) 了解建筑平面图的形成。

(2) 掌握建筑平面图的图示内容。

2. 技能目标

通过对平面图图示内容的掌握,能举一反三,读懂各种建筑平面图。

3. 情感目标

(1) 渗透职业道德教育,培养学生严谨的工作作风和敬业精神。

(2) 通过小组合作,培养学生的协作精神,增强其团队意识。

三、教学重点与难点

教学重点:建筑平面图图示内容的识读。

教学难点:引导学生读懂建筑平面图。

四、学情分析

学生通过单元8"建筑工程图概述"的学习,已初步掌握了房屋建筑制图国家标准中的相关规定和内容,如图线、比例、定位轴线、标高等,所以学生对建筑平面图中的一部分内容是能读懂的。

五、教学组织形式

先通过播放Flash吸引学生的注意力,然后结合多媒体演示抛出问题,用卡片法、头脑风暴法并分小组探讨答案,再逐步循循善诱地引导他们利用所学的知识解决问题,最后达到读懂平面图的目的。

六、教学课时

1课时(45分钟)

七、教学过程

(一)创设情景,激活兴趣

【情景导入】3分钟

设计意图:创设这样一个情景让学生感受到识图不仅运用在工作中,在生活中同样有用,可以给家人朋友提供帮助,激发学生的学习欲望,同时避免了为识图而讲识图的教学弊端。

用 Flash 呈现故事情节:

学生肖明在周末遇到了一件很尴尬的事。周六下午,他舅舅急匆匆地来到他家:"肖明,舅舅有事要请教你呢,我家想买套新房,你是学建筑专业的,帮我看看,参考这几套房子哪个好些?"肖明接过图纸,觉得非常尴尬,后悔自己当初为什么不跟着老师好好学识图……

(问题出现)同学们,你们能帮助肖明吗?

教师:(向学生展示图纸),大家看看这是一幅什么图啊?

学生:(看过图名后回答)三层平面图。

教师:对,看来大家对上次课所学的识读图名已经掌握很好了。如果我们要帮助肖明的话,得先学会看图,所以我们这节课的任务就是要读懂建筑平面图。希望这堂课结束时大家能够利用所学到的知识解决肖明的问题。有没有信心啊?

学生:有!

教师:(鼓励语)要想读懂平面图,先要来看看它是怎样形成的。

(二)动态展示,便于理解

【多媒体演示】2 分钟

设计意图:用多媒体动态演示建筑平面图的形成,是为了让学生有一个形象的感受过程,便于学生的理解和记忆,避免繁缛的文字让学生产生厌烦情绪,影响到学习积极性。

以一个简单的传达室为例,动态演示建筑平面图的形成过程。

假想的一个水平剖切平面,沿着房屋各层门窗洞口的位置,将房屋切开,移去剖切平面以上的部分,向下投射而得到的水平剖视图。

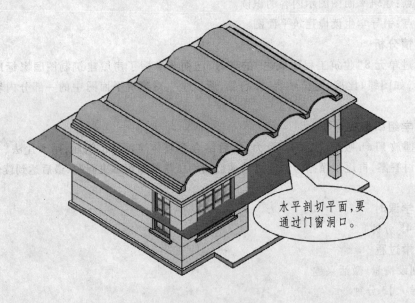

水平剖切平面,要通过门窗洞口。

形成的平面图:

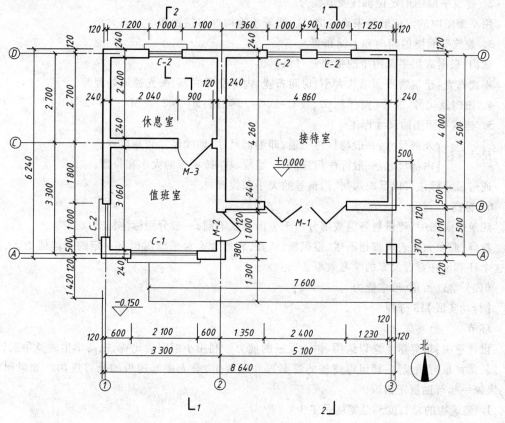

底层平面图1:100

（三）活跃气氛，激发热情

【头脑风暴】20分钟

设计意图:通过头脑风暴和小组协作,不仅调动学生的学习积极性,感受团结协作的力量,更重要的是让学生回忆和巩固以前所学的知识并将其灵活运用,最后分析归纳出新的知识点。这一过程改变了传统的教师讲学生听,而是使学生化被动为主动。

对照形成的平面图,说说你看到的内容(运用卡片法和大脑风暴法)

教师:以小组为单位将你们看到的图纸中的内容写在卡片上,然后贴到黑板上,多多益善,比比看哪个小组写得多。

学生行动……

同学们写完贴好后,师生一同分析,对写得最多的小组给予表扬。然后邀请两位同学来小黑板前拿掉内容重复的卡片,最后总结(多媒体演示)。

1. 建筑平面图的图名、比例

图名:按其所表明的层数称呼,如底层平面图、二层平面图等,对于平面布置基本相同的楼层用一个平面图表示,即标准层平面图。

比例:建筑平面图的常用比例一般是1:100、1:200。

2. 建筑平面图的定位轴线及其编号

用平面图中的定位轴线来确定墙、柱、梁等承重构件的位置和房间的大小。

3. 建筑平面图的朝向和平面布置

朝向：根据底层平面图中的指北针可以看出。

平面布置：建筑物平面形状大小、房间布置、内外交通联系、采光通风处理等。

4. 图例及代号、编号（窗：C1、C2，或 C-1、C-2 等；门：M1、M2，或 M-1、M-2 等）

5. 建筑平面图的尺寸标注

尺寸标注 $\begin{cases} \text{外部尺寸：一般均标注三道，即细部尺寸、轴线尺寸和总尺寸。} \\ \text{内部尺寸：一般标注门窗洞口、墙垛、柱、砖垛等的大小和位置。} \end{cases}$

通过尺寸标注可以反映房间、门窗等的大小和位置。

6. 标高

建筑平面图中，建筑物各组成部分由于竖向高度不同，一般分别标注标高。

教师：前面大家表现都很不错、很积极、认真，相信大家对平面图也有一定的识读能力了，接下来这个环节正好看看大家的学习效率。

（四）学以致用，形成能力

【行动实践】13 分钟

环节一　抢答题

设计意图：培养学生学以致用、举一反三的能力。利用小组间的比赛，提高学生的竞争意识。

教师宣布游戏规则：每组将完整的答案写在题板上，最先举起题板的抢答成功。如果回答错误，大家一起帮助更正错误。

1. 建筑物的总长度和总宽度是多少？

2. M-2 的宽度是多少？C-1 的宽度是多少？

3. 墙体厚度是多少？

4. 室内外高差是多少？

5. 休息室的进深和开间分别是多少？

环节二　实践活动

设计意图：前后呼应，引导学生利用所学知识解决问题。小组成员相互协作，提高学习效率，并使学生感受团队精神。

小组共同完成：帮助肖明选出房子（附带理由）。

（五）总结回顾，反思评价

【学习评价】7 分钟

设计意图：对本节课进行小结与评价，针对学生在课堂上取得的成功，给予赞赏与肯定；对存在的不足进行鼓励。

1. 教师引导学生回忆今天所学的内容

（1）建筑平面图的形成；

（2）建筑平面图的图示内容。

2. 邀请学生进行小结与评价，谈一谈自己的收获或表现（各小组派出一个代表发言）。

3. 教师针对课堂上学生的表现进行及时评价，主要对学生的成功表示赞赏与肯定，使学生的自信心得到进一步提高;对有些表现不积极的学生,给予热情的鼓励。

4. 布置作业

任务一:阅读下图,填写任务交底书。

设计意图:通过下达交底任务书,把枯燥的理论变为实实在在的任务活动,学生在"完成工作,实现项目目标"的驱动下,激发学生学习理论知识的积极性与主动性,由传统的"要我学"变为"我要学"。

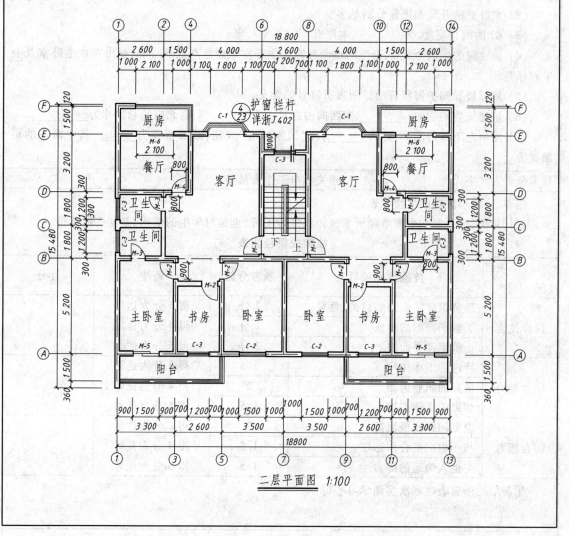

二层平面图 1:100

建筑平面图识读实训任务交底书

图名		填表人	
		日期	

识读内容:

【建筑平面图】(1) 该平面图对称吗?

(2) 主卧室的开间和进深分别是多少?

(3) C3 的洞口宽度_____,本层有_____扇。

(4) 该建筑的层高为 3 m,卫生间地面标高比主卧室地面标高低 60 mm,标出左边主卧室及卫生间标高。

(5) 解释楼梯间护窗栏杆的详图索引符号的含义。

(6) 该建筑物的朝向_____,东西向的总尺寸为_____,南北向的总尺寸为_____。

(7) 图中左下角的图例,称为_____,按"国家标准"规定,圆圈直径为_____,其中箭头的尾部宽为_____。

技术负责人签字		相关参与工作人员签字	

任务二:填写技能成果检测表。

设计意图:既是对学生本节课所掌握知识进行了解,也是对学生的情感、态度进行评价。

技能成果检测表

技能\项目	技能达标项目	参考分值	备注	计分
操作技能	理解识读平面图的目的、意义	2分	得 3 分为达标	
	了解平面图的形成	1分	得 4 分为良好	
	正确识读平面图	2分	得 5 分为优秀	
职业能力	严谨的工作作风	1.5	得 3 分为达标	
	良好的职业道德	2	得 4 分为良好	
	细致的工作态度	1.5	得 5 分为优秀	
综合能力	遇到问题积极面对	2	得 3 分为达标	
	与小组成员合作态度	1.5	得 4 分为良好	
	与他人沟通的能力	1.5	得 5 分为优秀	

用简洁的语言表述本次实训学习心得:

自我评价_____

小组其他成员评价投票:达标_____票

良好_____票

优秀_____票

自评人签名:_____

负责人签名:_____

（浙江省宁波市行知中等职业学校　叶丽）

· 246 ·

【教学设计理念】

1. 构建以学生为主体的生动课堂

传统的课堂教学过分地强调教材中的理论基础知识,注重对理论知识点的输入式教学,整个课堂毫无生气可言。要改变这种局面,只有通过教学思维的转变才能实现,借助丰富的教学手段,将教学重点从理论知识向实践练习转移,构建以学生为主体的生动课堂成为了必然。

2. 创设以任务驱动的工作情境

土木工程识图作为建筑专业的基础课程,教学往往进入一个误区,认为基础课程与工作情境很难联系起来。为了让建筑专业的学生从高一就体会到以后可能出现的工作情境,本章节的教学以"任务驱动"教学为载体,鼓励学生积极参与活动探索,并且创设了工作情境,使学生更早地接触工作环境,有利于知识点的学习及掌握。

3. 搭建以合作探究为主的学习平台

小组讨论、合作探究等教学方法是学生思维激荡、主体地位呈现的一个绝佳平台。本章节的教学从始至终都以小组合作的形式开展,各个任务的完成,都需要小组成员之间的配合、讨论来完成。

【授课年级专业】高一年级建筑专业,共 56 人

【课时】1 课时(45 分钟)

【教材分析】

本节为教材单元 9 中第二节内容。本单元建筑施工图识读是根据实际图样的顺序进行排列学习的,建筑平面图承接上一节建筑总平面图的内容,很多知识点都存在相关性。本节内容由三部分组成,我们选取了第二部分内容,即建筑平面图的图示内容作为本节重点,而建筑平面图的形成与用途在前一节内容中已经学习,本节内容是建筑施工图识读的一个开端。从生活角度来讲,学好本章节内容可为今后的学习工作带来很大的方便。

【学情分析】

本课程的教学对象是中职建筑专业高一学生,这个年龄段的学生大多思维活跃,对新鲜事物存在较强的好奇心,敢于尝试,尤其当课本上的知识与实际生活相联系时,他们会产生浓厚的学习兴趣,但作为一年级的新生,由于初次接触此类专业课程,还存在专业知识缺乏、学习兴趣淡薄、学习方法不当等问题。况且中职学生理论基础较差,思维能力较薄弱,理解能力不强,尤其缺乏扎实的空间想象能力,这成为他们学习土木工程识图这门课的一道坎,也给任课老师的教学提出了更高的要求。最重要的是,学生对传统的灌输式教学已经产生了抗体,他们感到枯燥乏味,甚至会产生学而无用的逆反心理,影响教学效果。

学习基础:学生已在单元 8 学习了制图标准,并且对这些图示内容的有关知识点掌握得较好。

【教学目标】

1. 知识目标

(1)掌握建筑平面图的形成;

(2)掌握建筑平面图的图示内容。

2．能力目标

初步培养学生的识图能力,锻炼学生的表达能力。

3．情感目标

（1）通过组建学习小组的形式,增强学生之间的互相协作精神。

（2）通过多样的教学手段,激发学生的学习兴趣。

（3）通过设置的工作情境,增强学生的创业意识。

【重点、难点确定的依据与突破】

本节课的重点是建筑平面图图示内容的识读,难点是正确标注建筑平面图的图示内容。为突出重点,突破难点,使学生既掌握平面图的识读,又能提高自身的创新能力和思维能力,较好地实现课前预设的教学目标,本节课主要以模拟工作情境的方式,通过学生讨论、合作来完成各个教学环节。

【教法探索与学习指导】

本节课采用行动导向教学模式,这是一种以学生为中心的教学组织形式,让学生以团队的形式进行学习,引导学生自主学习和探索;强调在团队学习中发挥每个学生的主体作用。本节课以小组教学为主,由小组长统筹安排,通过小组讨论的形式展开教学。每个教学环节都有特定的情境设置,体现小组合作的重要性,由最初的房产公司的售楼人员到设计团队。通过教学手段的多样性,激发学生的积极性,活跃课堂气氛,在快乐中完成本章节各知识点的落实。

此外,本节课的学习还运用了问题引导、情境教学、任务驱动、体验活动等教学手段。在教学过程中采用多种教学手段,给学生以指导,突出学生的主体地位,使知识在合作中生成,在活动中升华。本节课的教学方法遵循以教师为主导、学生为主体、训练为主线的原则,结合创设情境、观察分析、实践操作、讨论设计、评价总结等活动,充分调动学生学习的主动性和积极性,让学生自主地学、主动地学。

在多种教学方法的指引下,配合学生的学习指导,将教学过程中的难点一一突破。达尔文说:"最有价值的知识是关于方法的知识。"中职学生的学习问题主要是方法问题,因此在教学过程中力求突出方法的渗透,采用包括直观分析、小组讨论、角色模拟、学练相结合等方法。学生通过直观分析复习旧识,通过小组讨论确定方案,通过角色模拟体验情境,通过学练结合完成任务。

【教学内容】

建筑平面图的图示内容。

【教学资源利用】

建筑图样、建筑图片、建筑物的墙体作为上课的教具,有利于提高学生的理解能力。以上教具也能增加学生的兴趣,从而引导他们更好地掌握知识点。

【教学准备】

（1）班级分组,每组选派售楼人员和记录员,准备楼盘平面图,各个小组填写图示内容所需的小卡片、笔。

（2）准备快速接龙的题目(以小纸条的形式)以及快速接龙的答题图纸和正确答案、评价表。

（3）准备各个小组要设计的图纸。

【教学过程】

教学环节	教师活动	学生活动	设计意图
一、引入教学内容（3分钟）	【提问1】大家平常见到的建筑物是什么外形的？ 【教师】那么将这些形体组合起来就成了多彩的建筑外形，下面欣赏一段建筑视频。 【欣赏】数张世博会具有代表性的场馆图片做成的影片。 【提问2】大家见过这些建筑物吗？ 【提问3】那么作为建筑班的学生，大家想不想以后也通过自己的努力设计一套建筑物？ 【教师】非常好，但是我们设计建筑物的前提是必须要先学好识图，只有会看图，才能更好地设计图纸。今天我们就来学习建筑平面图的图示内容。 【提问4】首先我们来回忆建筑平面图的形成。（一边配以长方体模型，一边利用PPT结合讲解。）	学生：长方体、正方体、曲面体。 学生举手回答，这些是世博会的场馆图片。 学生：想。 【思考】通过前面学过的知识点，了解到建筑平面图可以反映建筑物的平面布局。 学生回答建筑平面图的形成。	2010年最热门的话题就是世博会，对于建筑专业来说，最受关注的就是世博会中各场馆的建筑外形。通过多张图片的视觉冲击丰富课堂内容，活跃课堂氛围，吸引学生的注意力，激发学生的学习兴趣，提高对知识的掌握能力。
二、创设情境，讲解新课（20分钟）	【情境】将教室模拟成一个售楼中心，而每个小组是一个售楼团队，本次的任务是通过各个小组的讲解，确定本楼盘销售的售楼团队。 根据大家的回答内容进行补充，讲解。 强调教学重点：建筑平面图的图示内容。 （1）图名、比例和图例； （2）定位轴线及编号； （3）朝向和平面布置； （4）尺寸标注； （5）标高； （6）门窗的位置和编号。	（1）分组进行讨论。将班级成员分成4大组，每组为12人，选派一名为组长。各组将讨论意见汇总，交于组长，由组长决定谁来充当售楼人员。 （2）每组售楼人员通过介绍展示，向大家讲解本平面图的图示内容。 （3）每个组都设置一张小卡片，将售楼人员介绍的图示内容简要地记录在卡片上。 【过程】各个小组选派的售楼人员在讲台上进行讲解，记录人员进行记录。	通过创设角色情境，营造进一步探索的课堂学习氛围。通过情境的设置，使学生的认知、观念与情感充分统一。学生对角色的好奇，能激发他们对课堂知识的兴趣及积极性，潜移默化中掌握本节课的教学内容。

教学环节	教师活动	学生活动	设计意图
三、知识巩固，快速接龙（10分钟）	【竞赛要求】 （1）将班级成员分成4大组，每组12人，每两人为一桌。 （2）每张答题卡上有6道题目，每一桌必须要用最快的速度完成一道题，以此类推。 （3）答题卡批改由组长完成，1组与2组交叉批改，3组与4组交叉批改。 （4）竞赛结果以每组学生的速度和正确率来评选出第一名。	各小组开始进行竞赛。前一桌在答题过程中，后一桌同学在温习知识点，以便于更快更好地完成比赛。为本组争取时间和正确率。	由于传统的教学模式往往将知识点与课本例题相结合，而如今学生的自学能力较差，单一的练习方式已经使他们产生了厌烦心理。抓住学生的好奇心理，适当地通过竞赛的方式来调动学生的整体积极性。在竞赛中通过前、后桌的快速接龙来完成整组的比赛，能避免以往课堂上经常出现的学生学习能力有差异的问题。
四、知识拓展，我的创意我做主（9分钟）	【我来当个小小设计师】 设计要求： （1）重新分组，每四人为一个设计团队，要求每个人都参与到设计中。 （2）根据给定的建筑物外墙，设计一张二层民用住宅平面图。二层的层高为3.6m。 （3）补全不完整的定位轴线编号。 （4）根据建筑平面图的图示内容，在适当位置正确反映前面提到的6项内容。 （5）快速完成，时间设定为5min，时间到，立刻上交。 （6）将12张设计图张贴出来，全班投票产生最佳设计。 最佳设计评选原则：能正确反映建筑平面图图示内容的，且符合居住要求的设计。	【学生准备工具】 尺子、铅笔、橡皮。 【设计过程】 小组四位组员分工，有些组员进行建筑物布局的划分，有些组员进行图示内容的把关，课堂气氛活跃。	这是知识拓展的过程，将课堂知识延伸到我们的设计院中，教师引导学生自主设计建筑物，并进行分组讨论，鼓励学生交流，既有助于培养学生思维创新能力，又培养学生互助合作能力。

教学环节	教师活动	学生活动	设计意图
五、知识盘点（3分钟）	根据教材图9-4平面图进行提问： （采用齐答或者是单独回答方式） 1. 本张图纸的图名、比例分别是什么？ 2. 男厕所的开间、进深分别为多少？ 3. 本建筑物的朝向。 4. 本建筑物的总长、总宽分别为多少？ 5. 盥洗间的标高比室内地坪标高低多少？ 6. 窗SC283与2号轴线的距离为多少？ 【总结】教师引导：今天主要学习了什么？	建筑平面图的图示内容： （1）图名、比例和图例； （2）定位轴线及编号； （3）朝向和平面布置； （4）尺寸标注； （5）标高； （6）门窗的位置和编号。	知识的自我结构化整理，培养学生的概括能力和语言表达能力。
六、作业布置	为自己的家绘制一张建筑平面图。	通过观察，绘制完成。	将理论的课堂知识应用于实际生活中。

【教学反思】

本节课是一节理论课，为了避免理论课的枯燥，在这节课上主要做了三种转换，一是各环节角色的转换，二是各环节活动形式的转换，三是学习方式由个人向小组转换。通过这三种转换，各知识点的环环相扣，使本节课的教学目标得以落实。本节课的不足之处是，对各个环节的时间控制考虑不够全面，在以后的教学中，必须扬长避短，坚持自己的教学理念，继续努力。

（浙江省象山县职业高级中学　郑科薇）

附：教学课件

（点击图片播放视频）

建筑平面图的识读

—— 建筑平面图的图示内容

象山县职业高级中学　郑科薇

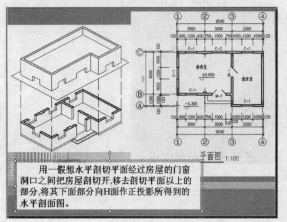

用一假想水平剖切平面经过房屋的门窗洞口之间把房屋剖切开，移去剖切平面以上的部分，将其下面部分向H面作正投影所得到的水平剖面图。

情境一

教室——售楼中心

各小组——本公司的售楼团队

教师——本公司的总经理

目的：想为本公司新开盘的楼房挑选一支优秀的售楼团队。

要求：1.各组选派一名售楼人员，一名记录员；
2.售楼人员介绍本楼房，记录员将介绍的内容记录在卡片上；
3.通过记录的内容确定本次的最佳售楼团队。

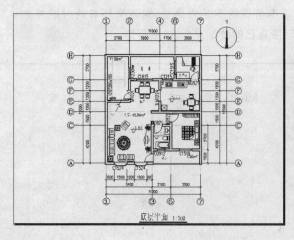

本次课展示的内容

1、图名、比例和图例

底层平面图、二层平面图、顶层平面图等

常用比例：1：100、1：200

底层平面图 1：100

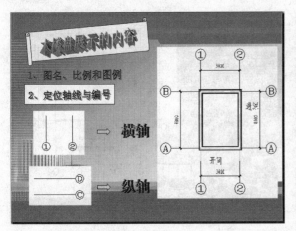

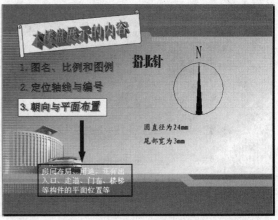

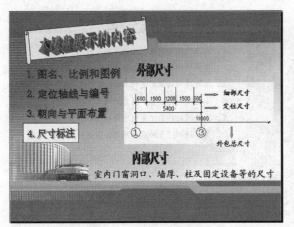

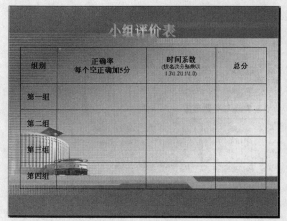

小组评价表

组别	正确率 每个空正确加5分	时间系数 (按名次分别乘以 1.3、1.2、1.1、1.0)	总分
第一组			
第二组			
第三组			
第四组			

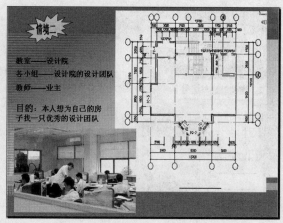

情境二

教室——设计院

各小组——设计院的设计团队

教师——业主

目的：本人想为自己的房子找一只优秀的设计团队

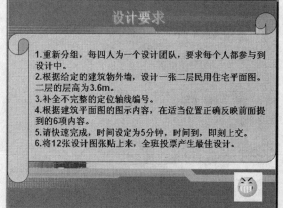

设计要求

1.重新分组，每四人为一个设计团队，要求每个人都参与到设计中。
2.根据给定的建筑物外墙，设计一张二层民用住宅平面图。二层的层高为3.6m。
3.补全不完整的定位轴线编号。
4.根据建筑平面图的图示内容，在适当位置正确反映前面提到的6项内容。
5.请快速完成，时间设定为5分钟，时间到，即刻上交。
6.将12张设计图张贴上来，全班投票产生最佳设计。

**想
一
想**

一、本张图纸的图名、比例分别是什么？

二、男厕所的开间、进深分别为多少？

三、本建筑物的朝向是什么方向？

四、本建筑物的总长、总宽分别为多少？

五、盥洗间的标高比室内地坪标高低多少？

六、窗SC283与2号轴线的距离为多少？

建筑平面图的图示内容

1. 图名、比例和图例

2. 定位轴线与编号

3. 朝向与平面布置

4. 尺寸标注

5. 标高

6. 门窗的位置及编号

作业布置：为自己的家绘制一张建筑平面图。

一、问题的提出

建筑平面图是建筑施工图中重要的内容之一,是比较抽象并且难以理解的。然而建筑平面图在建筑装饰设计中又是传递信息与交流设计构思、设计方案的一种常用的工程技术语言。学生不但要学会识读建筑平面图,而且还要学会绘制建筑平面图,同时培养空间想象能力和良好的甄别信息的逻辑思维能力。

建筑装饰专业所培养的学生主要从事计算机绘图员、设计师助理、装饰施工员、资料员、材料员等工作。平、立、剖面是设计师的"视觉语言",它不仅真实地记载了设计者的创作历程,更是设计师表达和交流设计构思、解决技术问题的重要桥梁。要求掌握一定的专业基础理论知识,具有较强实践技能和良好职业道德,适应建筑装饰岗位的高素质技能型人才。

希望通过这次实训,学生能够正确绘制建筑平面图的同时,其认真细致的职业习惯和踏实的职业作风也能得到锻炼和提高。因此,该教学内容面临的最主要的问题是:以什么样的教学策略和教学组织形式,在学生知识和技能学习的过程中,实现认真细致的职业行为习惯和踏实的职业作风的有效培养。

二、基本情况分析

1. 教学内容分析

"建筑平面图的绘制"是《土木工程识图》单元 9 的内容,主要由理论知识部分、实操技能、绘图标准、职业素养等多种不同类型的内容构成。项目所涉及的理论知识部分包括三个部分:建筑平面图的形成与用途,建筑平面图的图示内容,建筑平面图的绘制方法和步骤,其中第一部分和第二部分已经在前面的课堂上学习过了,这节课主要讲第三部分的内容,主要以讲练结合,让学生在实践训练中掌握建筑平面图的绘制方法和步骤。实操技能部分难度不是很高,是让学生学会自行测量、整理所测量的数据,并准确绘制建筑平面图,但在规范性、准确性、标准性上要求较高,这也是本项目的教学重点和难点。关键点是如何把培养学生职业素养的要求"由虚变实",贯穿在学生的学习和训练过程中。因此,根据认知规律,在内容整合和安排上,采用理论知识先行、其他内容按训练过程互为融合、渗透的思路。

2. 教学对象分析

(1) 本次教学对象为 10 级建筑装饰(1)班,该班总人数 40 人。作为中职一年级的学生,学习意志力较薄弱,欠缺学习信心和耐心,学习注意力不集中。

(2) 经过前面一些专业基础课的学习,对图形有了初步的认识和了解,逐步学会了观察、表达事物的方法和技巧。

(3) 学生对理论性知识的兴趣较差,而对图形语言较敏感,也易于理解、接受。

不足之处:

(1) 缺乏对制图概念和相关规范的认识。

(2) 空间思维(二维与三维)转换能力较差。

(3) 缺少相应的专业练习,制图的严谨性不足。

(4) 在制图过程中容易出现急于求成、粗心大意等不良的行为习惯。

三、教学目标

1. 知识目标

掌握建筑平面图绘制的方法和步骤。

2. 技能目标

能准确绘制建筑平面图。

3. 能力目标

培养学生自主探究的学习能力、认真细致的职业习惯、严谨踏实的职业工作作风以及团队合作的职业精神。

四、教学重点与难点

1. 教学重点

（1）掌握建筑平面图的绘图方法和步骤。

（2）绘制建筑平面图的准确性和规范性。

2. 教学难点

对测量的数据进行整理，并准确地标注。

3. 关键点

如何把学生职业素养的培养内容"由虚变实"，贯穿在学生的学习和训练过程中。

五、教学设计思想

（1）通过知识的掌握及应用，提高学生的专业能力。

（2）通过与职业岗位密切联系的职业素养的形成培养提高学生的关键能力（即方法能力和社会能力）。

六、教学准备

计算机、投影仪、多媒体课件、模型、小刀、印框绘图纸、绘图板、铅笔、三角尺、圆规、丁字尺等。

七、教学策略及媒体运用

在本节课的教学中，主要通过课堂教学，让学生掌握知识；通过实训，让学生应用知识；以教学过程为载体，让学生形成能力。具体方法是教师引导，让学生带着问题进行学习思考，并让学生自己决策采取适合的方法完成工作任务，老师在关键节点强化指导，体现学生主体地位和老师的指导作用，提高教学效率。

八、教学组织过程

（一）教学环节设计

教学流程	教学环节	教学形式	教学方法	时间安排
1	相关专业基础知识的学习	集中讲授	多媒体教学	20分钟
2	明确任务，提出目标和要求，包括职业素养要求	集中讲授	图物对照	20分钟
3	分组讨论，提出完成任务的思路	分组讨论	自主探究	20分钟
4	总结归纳学生提出的工作思路，形成本任务的最终操作方案。	学生发言	师生互动	20分钟

教学流程			教学环节	教学形式	教学方法	时间安排
5	任务实施	操作流程	参观校内实训场地样板房,绘制草图	实操	教师指导、学生讨论	20分钟
			测量样板房		教师指导、学生讨论	30分钟
			整理数据,并标注尺寸		教师指导、学生讨论	30分钟
			绘制样板房平面图		技术要点指导	90分钟
6	评价,包括对人的学习过程评价和对物的结果评价			分组、集中	自评、互评	20分钟

（二）教学实施过程

教学环节一:专业基础知识的学习

主要学习内容:本节课专业基础知识的教学内容是建筑平面图的绘制方法和步骤。通过对建筑平面图的绘制,使学生掌握建筑平面图的绘制方法和步骤,同时巩固和提高建筑平面图的识读能力。在整个教学过程中,紧扣课题展开课程,先提出问题,再作启发引导,并利用多媒体课件进行演示,让学生感性理解建筑平面图的绘制方法和步骤。

重点与难点:建筑平面图的绘制方法和步骤。

教学方法手段:多媒体直观教学。

指导策略:问题引导,师生互动,多媒体演示,重点解答。

过程预测与调控:在专业基础知识的学习过程中,讲授的理论知识部分并不多,通过多媒体演示,同学们不会觉得这部分理论难学,老师在讲平面图绘制的同时,强调和复习施工图画法的有关标准,为后续工作打下基础。

主要解决问题:掌握完成工作任务所需的相关知识,通过讲授建筑平面图的绘制方法和步骤,使学生具备完成后续工作任务的知识基础,在实操过程中碰到问题时,能运用所学知识进行初步分析和思考。

教学环节二:任务布置

主要任务内容:测量一套样板房的尺寸,并按照该尺寸将房屋的平面图绘制出来。

重点与难点:讲解工作任务要求。

主要教学形式:集中讲授。

教学方法手段:图物对照。

指导策略:图与模型结合讲解,师生互动,重点解答。

过程预测与调控:在引入工作过程中,学生一开始会觉得比较难,可能会产生抵触心理。老师通过图样结合对应的模型耐心、深入浅出地讲解,消除学生的畏难情绪,引导培养学生的职业素养,让他们认识到绘制平面图是建筑装饰专业必备的技能之一。

主要解决问题:让学生明确本次实训任务的内容,认识平面图的重要性,带着问题进入下一环节的学习内容。

教学环节三:分组讨论,提出完成任务的思路

主要任务内容:分组讨论,提出完成任务的思路。

样板房平面图绘制工作计划表

组员:　　　　　　　　　　　　　　　　　　　　　　　　　　　　　　　　第　　　组

序号	工作流程	具体内容	起止时间	执行人
1				
2				
3				
4				
5				
6				

重点与难点:分析需要测量的内容、测量的方法,如何处理测量的数据。

主要教学形式:分组讨论。

教学方法手段:自主探究。

指导策略:问题引导,自主探究。

过程预测与调控:通过讨论,使原本"填鸭式"的教学过程成为一种动态的、闪烁着学生智慧之光的过程,实现教学目的。在分组讨论过程中,学生不清楚具体要做些什么以及具体怎么做,老师以提问的形式引导学生思考。① 具体要测量哪些东西?(可根据刚刚讲的图和模型结合起来总结。)② 是不是测量出的数据就可以直接用来画图?比方说,定位轴线间的距离可以直接量出来吗?怎样才能得出样板房的总长?学生自己总结哪些测量出来的数据是需要整理后才能用的,使得在课堂讨论中学生实现"问题—思考—行动—问题解决"的良性循环,培养学生发现、分析和解决问题的能力,锻炼学生的团队协作能力。

主要解决问题:提出完成任务的思路,制定样板房平面图绘制的工作计划表。

教学环节四:总结归纳学生提出的工作思路,形成本任务的最终操作方案。

主要任务内容:选出两个组的同学上台讲解工作思路,老师总结、归纳学生提出的工作思路,形成本任务的最终操作方案。

样板房平面图绘制工作计划表

组员:　　　　　　　　　　　　　　　　　　　　　　　　　　　　　　　　第　　　组

序号	工作流程	具体内容	时间安排	执行人
1	样板房参观、绘制草图	弄清整栋样板房的平面布置情况:各房间的分隔、房间的平面形状;柱、墙及门窗的位置,并绘出平面图的草图。	20分钟	

序号	工作流程	具体内容	时间安排	执行人
2	测量样板房相关尺寸	测量每个房间的净长、净宽、净高,柱断面尺寸及墙厚(柱尺寸可在底层测量,构造尺寸相同可只测量一处)。 测量阳台净宽、栏板宽、栏板高及栏板细部尺寸。 每个房间窗的类型、窗的开启形式及方向、窗洞口尺寸(同一类型、同一尺寸的窗采用同一"C"代号)、窗的平面定位尺寸及窗台离楼面的高度。 每个房间门的类型,门洞口尺寸(同一类型、同一尺寸的门采用同一"M"代号),门的平面定位尺寸及门的开启方向。 平面图中卫生间的卫生器具用图例表示。	30分钟	
3	数据汇总及整理	整理数据,在草图上标注外部尺寸和内部尺寸。外部尺寸包括细部尺寸(门窗洞口及中间墙的尺寸,标注此尺寸时,应与轴线联系起来)、轴线尺寸(房屋的开间和进深尺寸)、外包总尺寸(样板房的总长和总宽尺寸)。内部尺寸标注室内门窗洞口、墙厚、柱、砖跺和固定设备(大便器、盥洗池、吊柜等大小、位置)以及墙、柱与轴线间的尺寸等。	30分钟	
4	绘制正图	严格按照房屋建筑制图国家标准绘制(参考教材P134~P148)。	90分钟	

重点与难点:填写样板房平面图工作计划表。

主要教学形式:学生发言。

教学方法手段:学生分组派代表发言,老师点评。

指导策略:师生互动,集中点评。

过程预测与调控:学生发言过程中,学生成为教学过程的主体,成为课堂的直接参与者,也是直接受益者,积极有效地调动了学生参与课堂教学的积极性,老师在学生发言过程中,适当地提出问题,学生积极思考解决问题。最后老师根据总结归纳学生提出的工作思路,形成本任务的最终操作方案。

主要解决问题:提出完成任务的思路,制定样板房平面图绘制的工作计划表。

教学环节五:任务实施

主要任务内容:

(1)对校内实训场地的样板房进行测量;

(2)绘制样板房的平面图草图;

(3)在草图上整理数据,并标注尺寸;

（4）绘制样板房平面图。

重点与难点：

（1）重点：绘制建筑平面图的规范性、准确性。

（2）难点：绘制平面图，提高熟练性。

主要教学形式：实操训练

教学方法手段：学生分组实训，教师指导

指导策略：问题引导，自主探究、个别指导、集中点评、及时反馈，指导学生对学习过程及结果进行反思。

过程预测与调控：

（1）学习过程中，学生先参观和分析样板房，绘制出平面图草图，老师分组检查各组平面图草图，并作指导。

（2）各小组在测量时，会遇到一些问题，或者测量方法不正确，老师针对不同情况进行指导。

（3）在各组整理数据时，老师检查各组对数据处理的正确性和规范性，并引导各组学生进行交流，互相检查，希望学生能先发现问题，并改正问题。

（4）绘制样板房平面图过程中，个别同学可能没有严格遵守制图国家标准，老师指出错误，要求修改或者重画。

主要解决的问题：

（1）正确的测量方法和整理数据的方法。

（2）绘制平面图的熟练性、规范性和准确性。

（3）在学会专业知识的同时，学生应学会对工作应有的严谨、细心的态度，认识工作态度对绘图的重要性，并提高合作协作、专业交流等职业行为习惯和职业素养水平。

教学环节六：考核评价

1. 评价内容：

（1）对学习本节课的学习过程（包括学习态度、工作行动能力、职业行为习惯等）进行评价；

（2）对学习者的学习成果进行评价；

教师评价表

学习内容：　　　　　　　　班级：　　　　　　　学生姓名：

一级指标	二级指标	评分	一级指标	二级指标	评分
学习态度（20）	出勤情况（8）		学习能力（15）	知识技能的掌握（8）	
	绘图情况（5）			学习方法（7）	
	学习投入度（7）			绘图熟练度（8）	
发展潜力（25）	职业素养水平（10）		学习任务实施能力（40）	绘图规范度（8）	
	自主学习能力（5）			工作习惯（6）	
	方法运用能力（5）			主动思考（6）	
	迁移创新能力（5）			学习成果（12）	

学习内容：	班别：	姓名：

自评问题	自我评价
（1）能否理解、掌握本节课的相关知识、技能,掌握程度如何？还有哪些要重点加强学习？	
（2）通过本节课的学习,是否对涉及本节课的职业工作有一个比较整体的认识？不太清楚的有哪些？	
（3）在学习过程中,主要存在哪些学习方面的问题？是知识、技能还是职业工作方面？是学习基础还是学习方法的问题？	
（4）通过本节课的学习,你是否对本行业的职业规范、职业意识和职业行为要求有了新的认识,还有哪些需要加强的方面？	
（5）如果在今后的职业工作中遇到与本节课相似的工作任务,你有信心完成吗？	

2. 评价方式

（1）组内进行学习过程和学习成果的自评和互评。

（2）组间进行学习结果的互评。

（3）在此基础上,老师对各组、各学生的学习过程与学习结果进行终结性评价。

九、教学总结

通过本节课的教学,学生基本上掌握了建筑平面图的绘图方法和步骤,能准确、规范地绘制样板房平面图,而且在学习过程中,培养了学生自主、勇于探究的学习精神,认真细致的职业习惯,严谨踏实的职业工作作风以及团队合作的职业精神。

本节课教学还存在一些问题:首先是内容的补充和整合还有待完善;其次,个别同学积极性不高,不能按质按量完成学习任务。因此,老师应该关注这些同学,给予鼓励和指导。

（广东省广州市土地房产管理职业学校　卢崇望）

学科名称	土木工程识图	授课班级	
授课专业	建筑工程	授课日期	
授课时数	2 课时	学生人数	
课题	9.2.4 建筑平面图的绘制		
授课类型	复习、实训		
教学目的与要求	1. 掌握建筑平面图的画法 2. 掌握建筑平面图的尺寸标注		
教学重点与难点	重点:(1) 建筑平面图的画法; 　　　(2) 建筑平面图的尺寸标注。 难点:建筑平面图的尺寸标注		
教学方法	讲授法、电化教学法、分组实习法等		
主要教具实训准备	多媒体课件、钢尺或卷尺、绘图工具和用品		
课外作业	根据实训测绘的图样和测量数据,要求: 每名学生都要上交一张平面图,根据自己的能力选作: 1) 任意一个房间的建筑平面图,A4 图纸,比例 1∶50; 2) 把多个房间组合起来的建筑平面图,A4 图纸,比例 1∶100; 3) 把所有的房间及台阶、散水、走廊等组合起来的完整的一张宿舍楼底层平面图,A3 图纸,比例 1∶100。		
教学反思	(1) 学生对尺寸标注比较陌生而且不够重视,在前面讲述尺寸标注的知识点时,应该让学生多动手练习,并且强调尺寸标注的重要性,培养学生重视尺寸标注的意识。 (2) 测量前,应先强调尺寸标注中尺寸起止位置等比较容易出错的地方。		
教学过程及 时间分配	主要教学内容		教学方法
组织教学	上课起立,师生互相问好。		以提问的方式复习上节课的重点内容,然后用多媒体课件演示问题的答案,这样使学生很直观地掌握知识,并且由这几个问题引出本节课的实训内容。
复习提问 (10 分钟)	一、复习刚刚学过的建筑平面图的尺寸标注及画法 提问:1. 怎样绘制建筑平面图? 　　　2. 画一个普通房间平面图所需要的尺寸有哪些? 　　　3. 画一个完整平面图所需要的尺寸有哪些? 　　　4. 尺寸标注由哪几部分组成? (用多媒体课件分别演示这几个问题。)		

教学过程及 时间分配	主要教学内容	教学方法
明确实训任务 （7分钟）	二、导入本节课的实训内容 1. 明确实训任务 分组测绘每个房间的建筑平面图。 　　要求：测量和绘图都必须认真，符合规范；图纸A4，比例1∶50，线型、字体和尺寸标注要按照国家标准的要求。	画图应按国家标准要求，养成认真负责的态度和习惯，为以后形成良好的职业道德奠定基础。 　　电化教学法采用多媒体课件演示，分组任务一目了然。
分组 （5分钟）	2.分组 　　把全班分成11个组，并包含一个后备测量组，第一、二、四、五、六、十一组，每组5人，其余各组每组4人，即2人测量，1人读数记录，1人或2人绘图，选定组长，组长分配任务。	自由结组，充分体现课堂的民主作风和以学生为主体的特点。
抽签 （3分钟）	3. 抽签决定组别	抽签体现公平性。
分组实训 （40分钟）	4. 分组实训 　　几组完成测量后，后备组再接着测量散水、室外台阶、走廊以及宿舍楼的总尺寸等。	分组实习法培养了学生动手操作技能，调动了学生学习的积极性，也提高了学生的学习兴趣；一份付出一分收获，让学生充分体会到在做中学的快乐和成功后的喜悦，同时在分工协作中，还培养了学生团队协作精神，为以后的顶岗实习奠定了基础。
上交实训成果 （10分钟）	三、上交实训成果 （1）各组测量的尺寸； （2）各组画好的图样； （3）后备组测量的散水、室外台阶、走廊以及宿舍楼的总尺寸等尺寸。	
总结 （7分钟）	四、总结 （1）通过尺寸测量，更进一步熟悉和掌握了尺寸标注。 （2）测量工作是工程中的一部分，必须认真和细心，否则就可能会给工程带来不必要的经济损失。 （3）通过画图，掌握建筑平面图的画法。 （4）学生所绘制的图样和测量的尺寸将在教室里展览。	

教学过程及 时间分配	主要教学内容	教学方法
布置作业 （5分钟）	五、布置作业 根据实训测绘的图样和测量数据,要求: （1）每个同学都要上交一张平面图,根据自己的能力选作: 　1）任意一个房间的建筑平面图,A4图纸,比例1∶50。 　2）把多个房间组合起来的建筑平面图,A4图纸,比例1∶100。 　3）把所有的房间及台阶、散水、走廊等组合起来的完整的一张宿舍楼底层平面图,A3图纸,比例1∶100。 （2）作业上交:一周的时间,下周六上交。	布置作业时,针对学生素质的差异进行分层练习,既使学生掌握基础知识,又使学有余力的学生有所提高。

（河北省邯郸建筑工程中专学校　李艳）

一、基本说明

【教学课题】建筑立面图的识读

【年级或模块】建筑工程施工专业一年级

【教学时间】90 分钟

二、教学设计

【教学目标】

知识目标:了解建筑立面图的形成,掌握建筑立面图的识读方法。

能力目标:会识读建筑立面图,为指导施工做准备,培养学生分析问题和解决问题的能力。

情感目标:激发学生的学习兴趣,提高学生的学习积极性和主动性。

【教学重点】识读建筑立面图的标高和立面装修构造做法。

【教学难点】结合建筑立面图与建筑平面图,综合理解建筑立面图。

【教学方法】任务驱动、案例教学、角色扮演、讲授、分组练习、提问、演示。

【教学资源】教材、某小高层住宅施工图样、施工现场照片、Flash 动画、多媒体课件、网络资源。

【教具准备】多媒体课件

【内容分析】

建筑施工图分为建筑平面图、建筑立面图、建筑剖面图和建筑详图。教材是在介绍了建筑平面图的基础上进一步介绍建筑立面图,立面图主要反映房屋各部位的高度、外貌和装修要求,是建筑外装修的主要依据。它是本单元的重点知识。

对于本节课内容,教材从学生以后的岗位职责出发提出问题,经过探究活动得出结论,并应用探究所得解决实际问题,教材更为关注的是学生的思维能力和实践能力。本节课教学内容主要是建筑立面图的识读,应把探究识读建筑立面图的标高和立面装修构造做法作为教学的重点。结合建筑立面图与建筑平面图,综合理解建筑立面图以及应用图样来指导以后施工,解决实际施工问题,是学生学习的难点。

【学情分析】

学生通过前期的学习,已基本掌握了识读图样的顺序和方法,但是对建筑立面图比较陌生,大部分学生空间想象力不强,对学习有畏难情绪。本节课的学习采用的是一种任务驱动和案例教学的方式,充分运用现场图片及施工动画等多媒体手段,发挥学生的主动性和创造性,让学生在真实的工程图样上学习建筑立面图的识读,以加深学生对建筑立面图的理解。

【设计思路】

主要采用任务驱动、案例分析的方法及丰富的信息化手段来开展本节课的教学。学习活动中,充分发挥学生的主动性和创造性,引导学生独立识读建筑立面图,鼓励学生将建筑立面图的内容大胆地联系到施工中,以培养创新精神和实践能力,帮助学生理解建筑立面图的图示内容,使本节课的教学活动源于工程,服务于工程施工,贴近工程施工,帮助学生"零距离上岗",顺利突破教学难点。

三、教学过程描述			
教学环节及时间	教师活动	学生活动	对学生学习过程的观察和思考及设计意图
组织教学 （1分钟）	整顿课堂秩序，课堂问候语	课堂问候语	
导入新课 （7分钟）	（1）多媒体演示世界著名建筑的图片。 （2）提问：建筑物美好的形状需要哪种图样才能表达出来呢？ （3）引出建筑立面图的概念。一套完整的工程图必不可少的就是建筑立面图，建筑立面图可以表达建筑物的外貌形状以及装修特点，对建筑工程是至关重要的。建筑立面图与建筑平面图结合起来，可以把平面图中定好位置的各个构件的高度确定下来，以指导以后的施工。 （4）多媒体演示建筑立面图的形成过程。	观看图片 回答问题 观看动画	用世界著名建筑的图片引起学生的兴趣，帮助学生接受建筑立面图的概念。 仅看图样学生不好理解，也联系不上实际，Flash动画一方面迅速吸引学生的注意力，刺激学生的学习欲望，另一方面非常形象、生动、直观，运用 Flash 动画的放映，做到把抽象的图样与实物连接，拉近课堂与工程实际的距离，帮助学生掌握识读方法，迅速看懂图样，理解设计意图。
任务呈现 （7分钟）	（1）设置情境，呈现任务。假设班级现在就是一个住宅楼的项目部，学生都是项目部里的施工技术人员，面临会审建筑立面图的工作任务。图样会审就是要求施工人员在收到设计院施工图设计文件后，对图样进行全面细致的审查，找出施工图中存在的问题及不合理情况以及需要解决的技术难题并拟定解决方案，从而将因设计缺陷而存在的问题消灭在施工之前。 （2）多媒体展示某小高层住宅楼施工图 CAD 文件。	角色扮演 识读图样	用一个任务设置，在自然导入新课的同时，拉近了课堂和施工现场的距离，明确学习目标，激发学生的求知欲望。 此处用一个真实的工程案例：施工图 CAD 文件，使学生对建筑立面图有一个初步印象。

教学环节 及时间	教师活动	学生活动	对学生学习过程的 观察和思考及设计意图
任 务 分 解 (30 分钟)	任务一　多媒体展示施工图 CAD 文件,引导识读:图名与比例(板书)。 　可与建筑平面图对照,以明确立面图表达的是房屋哪个方向的立面。要学生识读多个立面图,得出结论:立面图比例多为 1∶100,与建筑平面图、基础平面图的比例相同;图名可用朝向表示(如南立面图、东立面图等),也可以用外貌特征表示(如正立面、北立面等),也可以用首尾轴线表示(如①~⑳立面图)。	识读图样回答问题	通过 CAD 软件多次重复展示同一张图样,从最简单的图名和比例入手,由易到难,使学生对建筑立面图由陌生到认识,逐渐从心理上消除了学生的陌生感和畏难情绪,学生在不知不觉中熟悉并习惯了今后日常工作中每天都要识读的建筑立面图。
	任务二　多媒体展示施工图 CAD 文件,引导识读:建筑物的外貌形状(板书)。 　引导学生结合建筑平面图,深入了解屋面、阳台、雨篷、台阶等的细部构造及位置。 　提问:粗线表示主要轮廓线,那么除了两端的轮廓线以外,立面图中间出现的粗线表示什么?提醒学生表示墙体的转折。 　以①~⑳立面图为例,提问 1、2 名学生,多媒体课件演示实物照片,显示答案,表示电梯间南侧⑥⑦⑰⑱轴线处墙体转折形成通槽。	识读图样小范围讨论回答问题	
	任务三　多媒体展示施工图 CAD 文件,引导识读:建筑物各部位的标高(板书)。 　提问:九层屋顶女儿墙标高及高度是多少?楼梯间屋顶女儿墙标高及高度是多少?构架标高是多少?六层 C4 窗户的窗台标高和窗顶标高是多少?	识读图样回答问题	进入本节课的重点内容,引导学生看一张真实的工程图 CAD 文件,教师半控制性地讲练结合,强化建筑立面图的识读,加深学生的印象。

教学环节 及时间	教师活动	学生活动	对学生学习过程的 观察和思考及设计意图
	任务四　多媒体展示施工图 CAD 文件,引导识读:建筑立面图上的文字说明和符号(板书)。 　　了解外装修材料和做法,了解索引符号的标注及其部位,以便配合相应的详图识读。 　　从图中可知,建筑外装修以外墙漆为主,楼梯间电梯间外墙以及屋顶标高 27.200 花架用蓝色外墙漆,标高 28.200 处构架用浅白灰色外墙漆,其余外墙标高 2.700 以下贴仿麻石瓷砖,标高 2.700 ~ 标高 21.600 用浅乳黄色外墙漆,标高 21.600 ~ 标高 24.700 用浅灰白色外墙漆。	识读图样 回答问题	进入本节课的重点内容,引导学生看一张真实的工程图 CAD 文件,教师半控制性地讲练结合,强化建筑立面图的识读,加深学生的印象。
图样会审 立面图 (35 分钟)	设置情景,开始图样会审①~㉓建筑立面图,教师是设计院设计人员,学生都是项目部里的施工技术人员。安排学生分组讨论,审查施工图中存在的问题及不合理情况,找出需要解决的技术难题并拟定解决方案。请 2、3 组学生分别推选出一名代表,阐述自己组讨论出来的结果,并试着提出解决方案,然后请另外的小组给予评价和补充。 　　最后教师总结图样中的问题: 　　(1) 图样中有一处 C2a 应改成 MC1(阳台处,与平面图对应,可发现); 　　(2) 立面上的装修做法与装修做法一览表中的不一致; 　　(3) 电梯间南侧立面图上少绘制了一根梁。 　　提醒学生注意,在图样会审中发现此类问题,施工方提出可以建议修改意见,但应提交设计院进行处理,不可自行决定处理。	角色扮演 分组讨论 识读图样 推选代表 阐述本组 观点	运用任务驱动、角色扮演,让学生开放性地练习,检测学生掌握本节课学习内容的情况,并再次加深学习效果,在练习中要求各小组抢答,并给予学生分数评价,培养学生的求知欲望和成就感,刺激学生的学习积极性。

教学环节 及时间	教师活动	学生活动	对学生学习过程的 观察和思考及设计意图
课堂小结 (5分钟)	小结: (1)掌握建筑物立面图的识读方法。其中,立面图上各部位标高的识读和立面装修构造做法以及和平面图的结合是重点,希望同学们一定掌握。 (2)能通过识读建筑立面图发现其中可能存在的问题,并解决问题。	回顾、思考	总结着重指出本节课学习的是看图的方法,而不是单纯地讲解某一张图样;着重培养学生识图的能力,而不是要学生机械地记住某一张图样。
课后拓展 (5分钟)	要求学生到教师的博客中去下载图样,识读图样并查找建筑立面图中的问题,分小组把图样中的问题和解决建议制作成PPT课件。	记录、思考	利用学生对网络的兴趣,引导学生利用网络资源,刺激学生的学习主动性,并培养学生的创新能力和实践能力。

四、教学反思

(1)本节课的教学设计让学生体会到建筑立面图识读与以后工作的密切联系。在设计此课时,让学生联系他们极为熟悉的建筑平面图,引出建筑立面图的概念;紧接着从工程上必不可少的图样会审入手,引入新课;然后运用多种多媒体技术,帮助学生逐步理解建筑立面图的图示内容,从而达到掌握建筑立面图的识读方法的目的;又利用一个图样会审的环节,检测学生本节课的学习效果,鼓励学生主动学习的积极性;最后在本节课讲解的基础上,给学生几个新图样,让学生把本次课学习的内容向更为复杂的工程构造处延伸,培养学生的实践能力与创新能力。

(2)纵观本节课的设计不难发现,每个环节都是由实际工程入手开展教学的,以工作任务为中心整合理论与实践,实现"教、学、做"合一,培养学生在建筑识图方面应具有的职业能力,使学生树立牢固的专业思想,对培养良好学习方法以及提高学生的应用能力、协作能力和创新能力都有重要的作用。

(3)本节课的教学过程围绕新课程标准,并有一定的创新,如任务驱动教学、施工情境的创建、课题导入方式等。这些改革有利于培养学生的兴趣,提高学生分析问题和解决问题的能力。

(4)重视教学反馈,制作课后反馈表,每次课后要求学生填写,让学生对本节课教学内容的理解情况进行自我打分。根据学生反馈情况及时了解学生的学习效果,以调整教学进度和教学方法,提高教学效果。

(湖南省长沙建筑工程学校　李宁宁)

【授课对象】工民建专业、工程造价专业一年级学生

【授课时数】2课时

【教学目标】

知识与能力目标：了解建筑立面图的形成，掌握建筑立面图的识读方法。

过程与方法目标：会识读建筑立面图，培养学生分析问题和解决问题的能力。

情感态度与价值目标：激发学生的学习兴趣，提高学生学习的积极性和主动性。

【教学内容】

（1）建筑立面图的形成；

（2）建筑立面图的表达内容和用途。

【教学重点与难点】

建筑立面图的形成和图示内容。

【教学方法和手段】

探究教学、任务驱动等。

【教学准备】

课前分组、施工图、练习纸的准备，课件制作。

【教学过程】

一、创设情境，导入新课

在商品房售楼部，如果你已经看中了某一套型的房子，你一定会想知道这幢房屋的外形美不美，外墙装饰用的是什么材料，是什么颜色，这时你会站在建筑立面图或沙盘模型前仔细观看，以作出最后的决定。

引出新课主题：建筑立面图是怎样形成的？

二、自主探究、协作学习

先介绍建筑立面图的形成和命名方式：将建筑物外立面向与其平行的投影面进行投射所得到的投影图。

然后要求学生以小组为单位把分发的建筑立面图中看到的内容写在小卡片上，一张卡片写一个内容，回答最全、最快、最好的小组可以获得积分奖励，计入平时成绩。

这一过程的教学意图：希望学生通过自主探究、小组合作的方式，了解建筑立面图包含的图示内容。

三、学以致用、形成能力

分发课前准备的图样（建筑立面图），先要求学生练习识读，完成练习纸的填写，填写正确的可以获得2分的积分奖励，计入平时成绩，然后校对并公布答案。

建筑立面图识读实训任务交底书

图名		填表人	
		日期	

(1) 该图样包括_____张立面图。命名方式为_____。

(2) 室内外高差是多少?_____

(3) 一层门的洞口高度为_____,一层有_____扇门。

(4) 二层窗的洞口高度为_____,窗台高_____,二层有_____扇窗。

(5) 该建筑的层高为_____ m,一共有_____层。

(6) 该建筑物外墙装饰做法为_____。

(7) 该建筑物有无落水管、雨篷、台阶等构造?_____。

技术负责人签字		相关参与工作人员签字	

经过第二阶段,学生对建筑立面图有了的初步认识,第三阶段的教学意图是让学生学以致用,自主地去学习识读,从而加深印象,培养读图能力。

四、总结回顾、交流评价

(1) 邀请学生进行学习评价;

(2) 教师总结;

(3) 布置作业:要求学生课后搜集建筑立面图,自己练习识读。

这一过程的教学意图:课堂总结巩固所学知识点,课后作业延伸知识点,使学生较好地掌握识读建筑立面图的方法。

(浙江省绍兴市中等专业学校 祁黎)

【授课对象】工民建专业、工程造价专业一年级学生

【授课时数】2 课时

【教学目标】

知识与能力目标:通过举一反三,读懂各种建筑立面图,提高学生的读图技能。

过程与方法目标:通过学生"自主、合作、探究"的学习方式识读立面图。

情感态度与价值目标:

(1)渗透职业道德教育,培养学生严谨的工作作风和敬业精神。

(2)培养学生自主探究、合作交流的能力。

【教学内容】

学会识读建筑立面图的方法,强化学生识读技能。

【教学重点与难点】

熟练识读建筑立面图。

【教学方法和手段】

情境导学、任务驱动等。

【课前准备】

课前分组、建筑立面图的准备,课件制作。

【教学过程】

一、创设情境,角色扮演

任务延续:某建筑公司要装修一幢住宅楼的外墙面,要求建筑工人持证上岗,工人们在进入工地前要进行基本的专业技术培训,其中一项是要读懂建筑图样。外墙装修主要要读懂建筑立面图,现在公司把培训任务交给了你,那么你对工人们提出的问题会如何讲解呢?

采用任务驱动法和角色扮演,让学生充当案例中的角色,搜集问题——学生准备,针对图样列出问题作为解决任务。

引出课堂主题:强化识读建筑立面图的技能。

二、布置任务,小组讨论

分组讨论,假如你是公司的培训人员,对工人们提出的问题该如何进行解答呢?

1. 建筑物共有几层?

2. 建筑物中门窗洞口的高度是多少? 是怎样看出来的?

3. 建筑物中的标高注明的是哪些内容?

4. 外墙面装修用了什么材料? 外墙面高度是多少?

5. 从一张建筑立面图上一般可以看到建筑物的哪些内容?

6. 建筑立面图为什么有四张图?

每个小组结合图样对任务问题做出解答;教师对学生的解答进行纠正。通过学生自己作答,学习建筑立面图的识读内容:图名、比例和图例、定位轴线、外墙上的构造、外墙面装修、标高等。

这一过程的教学意图:希望通过布置任务,让学生自主地去学习识读建筑立面图,从而强化学生读图技能。

三、总结评价,给予鼓励

任务完成,你对大家的疑问给出了完整的解答,培训的工人们都纷纷点头称赞你。

对建筑立面图的识读步骤进行归纳总结:

(1)识读立面图的名称和比例,可与平面图对照,以明确立面图表达的是哪个方向的立面;

(2)分析立面图图形轮廓,了解建筑物的立面形状;

(3)读标高,了解建筑物的总高、室内地坪、门窗洞口等的标高;

(4)参照门窗表、平面图等,综合分析外墙上门窗的种类、数量等;

(5)了解立面上的细部构造,如台阶、雨篷等;

(6)识读立面图上的文字说明和符号等。

这一过程的教学意图:对学生完成任务的情况给予肯定,总结知识点,使学生熟练地掌握识读建筑立面图的方法。

四、识读练习,加深印象

补充建筑立面图的内容,并校对答案,回答正确的可获得积分奖励,并计入平时成绩。

五、布置作业,拓展延伸

布置课后作业,识读教材书后附图——私人别墅建筑立面图。

私人别墅建筑立面图包括南立面图、北立面图、东立面图、西立面图等。试根据所学识读方法和步骤,练习识读,并用文字的形式说明图示内容。

这一过程的教学意图:希望学生通过练习强化识读建筑立面图的技能。

(浙江省绍兴市中等专业学校 祁黎)

【教学设计思路】

根据中职"以能力为本位,以学生为中心,动中学,学中做"的教学理念,基于"学生是学习的主人,教师是学习的组织者、引导者与合作者",在教学设计中更加注重学生的自主性和学习兴趣的培养。让学生自己探索发现知识点内容,既激发了学生的学习兴趣,又加深巩固了知识点的掌握,在教学中能够起到较好的效果。

一、教材简析

本节课内容为《土木工程识图》单元 9 中 9.4 建筑剖面图。工程识图是学生必须具备的核心能力,并且是许多专业课程学习的基础,所以该课程安排在一年级学习。建筑剖面图是建立在已学习了建筑平面图和立面图的基础之上,它既是前面所讲的知识的一个延伸,又为以后其他专业课的学习做好铺垫。

二、常规教学法的困惑

根据中职学生学习基础偏差,没有太多的学习兴趣;对课本产生厌倦,不喜欢看书;学习兴趣不高,不爱开动大脑;常以自我为中心,集体意识淡薄;观察力不强,但动手能力较为突出的特点,如果采用传统教学模式会让学生觉得枯燥、乏味,不容易听懂,即使听懂了也不易消化,很容易忘记。因此,本课程的教学不但要使学生掌握相应知识,并巩固扎实,同时在教学过程中时刻激发出学生的学习兴趣,不断探索新的知识点。

三、教学引入思路

在教学过程中激发学生的学习兴趣、巩固新的知识点,为后面的学习打下良好基础。本节课一开始就以创设情境的方式引入教学,从而提高学生的学习兴趣,让学生带着问题去学习、去思考,使掌握的知识更容易保存和迁移到陌生的情境中。

四、教学方法

在教学过程中,为了让学生了解建筑剖面图的形成原理,掌握图示内容、识图步骤,提高识图能力,具体运用了以下几种教法:

(1)把学生分为五个小组,以小组为单位参与主导教学活动。

(2)采用"任务驱动教学"形式把知识连接起来,以教师布置探究性教学任务、由学生完成的教学思路来进行。

(3)在一些容易产生分歧的地方,教师从听觉上给学生作出引导。采用逐步降低难度、由易到难、循序渐进的方式,展开以学生为主体、教师为导向的教学双边活动。

(4)学生自主探索、小组讨论、合作交流、相互比较,从真正意义上提高学生动手动脑能力,掌握知识与技能,通过优化教学程序来优化学法指导的目的性和实际性。

五、引入教学中效用实例

基于让学生从"学会"到"会学"、"会做"的教学思想,着重体现学生在学习过程中的认真比较、主动探索、主动发现的学习环境,在教学过程中先激发学生的学习兴趣;再播放剖切动画,提出问题,带动学生思考;然后发给学生有个别性差异的图样,让学生对内容进行分析比较,得出图样的表示内容、不同之处,再以问题引导让学生在分析问题、解决问题的过程中潜移默化地被带到正确识图步骤上来,由此突破教学重点、难点。

【教案】

授课班级的年级、专业:建筑专业一年级 13 建筑 1 班

一、课题:建筑剖面图的识读

二、授课类型:讲授新课

三、教法、学法分析

教学方法:直观演示、讲授、任务驱动教学。

学习方法:自主探索、动手实践、合作交流、比较。

四、教学资源

20 张课桌、30 张凳子、白纸若干;

彩色、白色粉笔若干;五种不同颜色的纸各 4 张;

在同一平面图上的不同位置分切出的 5 套图纸(不同);

绘制好打印出来的标准平面加剖面图 5 套(相同);

投影仪 1 台、教师计算机一台(安装有办公软件和视频播放器)。

五、授课时间:2 课时

六、授课人

七、教学设想

(一)教学目标

知识目标:学习建筑剖面图的表示方法;掌握建筑剖面图的识读方法和步骤。

能力目标:培养学生空间思维和形象思维的能力,能够正确地识读建筑剖面图。

德育目标:养成耐心细致的工作作风和严谨务实、严肃认真的工作态度;让学生体验团队协作的力量,从而能培养学生团队合作的意识。

(二)教学重点

了解建筑剖面图的内容和表示方法、识读方法。

(三)教学难点

建筑剖面图的识读方法步骤。

八、教学过程

第一节课

1. 新课引入(5 分钟)

在平面图样中可以看到房屋的构造设置,立面中可以了解到房屋的立面造型和形状,要怎样才能知道房屋的内部结构呢?那就只有用剖面图来表达。

2. 剖面图

(1)剖面图的形成和用途(7 分钟)

(放剖切动画。)

课堂活动一 通过播放剖切动画,让学生以小组为单位总结剖面图的形成原理和用途,再由教师总结,总结结果最接近的小组加一分。

形成:假想用一个垂直剖切面将房屋剖开,移去靠近观察者的部分,对余下部分房屋作出正投影图,简称剖面图。

用途:建筑剖面图主要表示房屋的内部结构、分层情况、各层高度、楼面和地面的构造以及各配件在垂直方向上的相互关系等内容。在施工中,可作为分层、砌筑内墙、铺设楼板、屋面板和内装修等工作的依据,是与平、立面图相互配合的不可缺少的重要图样之一。

(2)剖面图的内容和表示方法(30分钟)

课堂活动二 分给每小组学生一套图样。同一张平面图,在不同的位置剖切,得到不一样的剖面图,让学生进行观察,每小组通过观察得出剖面图上所表示的内容(根据每组归纳的结果加3~5分,附加1~5分)。(10分钟)

剖面图根据剖切的位置不同在剖面图中所反映的建筑物内部情况也有明显区别,通过从地面到屋顶剖开来体现房屋的结构形式和构造内容,在剖面图上可以看到房屋的结构、构件的准确位置、相互关系、详细做法等。

通过每组同学对图样的认识,可以总结出图样上表示的内容越少的剖面图,能起到的作用就越小,有些小组拿到的剖面图连门窗都没有剖到,对识图者来说就没有任何作用。

老师对剖面图表示的内容进行总结:(20分钟)

1)定位轴线。

在每一张图中一般都以剖面图两端的轴线为定位轴线,以便于平面对照。

2)图名、比例。

图名一般与剖切符号的编号名称相同,如1—1剖面图、A—A剖面图等,表示剖面图的剖切位置和投射方向的剖切符号和编号在底层平面图上。而比例一般都在图名的右下角,一般表示为1:100、1:200等数字。

3)图例。剖面图中用图例来表示不同的断面材料,通过断面材料可以知道该建筑物的结构。

4)尺寸标注。剖面图中必须标注垂直尺寸和标高。

外墙的高度尺寸一般标注三道;最外侧一道为室外地面以上的总尺寸;中间一道为层高尺寸;里面一道为门、窗洞及窗间墙的高度尺寸。此外,还应标注某些局部尺寸,如室内门窗洞、窗台的高度及有些不另画详图的构配件尺寸等。

标高:室内外地面、各层楼面、楼梯平台面、檐口或女儿墙顶面、高出屋面的水箱顶面、烟囱顶面、楼梯间顶面等处的标高。

5)楼、地面各层构造做法。用引线指向所说明的部位,并按其构造层次的顺序逐层加以文字说明,以表示各层的构造做法。

6)图线。通过图线比较,为学生分析粗、中、细各种线型所表示的事物的区别。

加粗实线:室外地坪。

粗实线:剖切到的墙身、楼板、屋面板、楼梯段、楼梯平台。

中实线:未剖切到的可见轮廓线,如门窗洞、楼梯段、楼梯扶手和内外墙轮廓线。

细实线:门窗扇及其分格线、水平及雨水管;尺寸线、尺寸界线、引出线索引、符号、标高符号。

7)详图索引符号。剖面图上有时须表示画详图之处的索引符号。

通过对剖面图的分析,可以让学生知道:剖面图必须要剖到合适的位置,才能更好地表示房屋的结构和构造。

8)剖切位置与数量的选择。应选择在房屋内部构造比较复杂、有代表性的部位,如门窗洞口和楼梯间等位置。

（第二节课）

（3）建筑剖面图的识读

课堂活动三　发给每组一套简单小学教室的平面和剖面图样、一张考卷,让学生回答以下问题,并进行评比,答对一题加一分。(10分钟)

问题1　剖面图的剖切位置在哪儿,编号是多少?

问题2　通过剖面图例分析房屋属于哪种结构?

问题3　房屋的层高和总高分别是多少?

问题4　屋面、楼面、地面的构造层次及做法是怎样的?

问题5　说出索引详图所在的位置及编号。

问题6　你是按照什么步骤来识图的?

教师总结分析。(18分钟)

课堂活动四　学生在了解了正确的识图步骤后,再用正确的识读方法识读一套简单宿舍楼图样,并回答以下问题。(7分钟)

问题1　剖面图的剖切位置在哪儿,编号是多少?

问题2　通过剖面图例分析房屋属于哪种结构?

问题3　房屋的层高和总高分别是多少?

问题4　屋面、楼面、地面的构造层次及做法是怎样的?

问题5　说出索引详图所在的位置及编号。

九、小结(5分钟)

通过小组活动,根据每组学生的表现和得分排出名次,派发小礼品并加相应的平时学分,以示鼓励。

➢ 评"优秀小组"一名;

➢ 评"团结小组"一名;

➢ 评"积极小组"一名;

➢ 评"先进个人"一名。

对本节课的内容作出总结并布置课后作业。本节课主要介绍了剖面图剖切位置的选择和剖面图的表示方法、识图方法和步骤,而识图步骤是学生一定要掌握的内容,只有掌握了正确的识图步骤才能为下节课剖面图绘制的学习做好铺垫。

课后作业:发给学生所在教学楼的施工图,让学生课后根据所拿到的平、立、剖面图,观察教学楼的构造,做到图上每条线都有据可依,有章可循,彻底熟识剖面图。当然,光会看肯定是不够的,同学们还要学会画,所以大家下去要多加练习,多看图,为下节课要讲的剖面图绘图做准备,做好预习。

十、教学反馈(以学生作答开放式问题的形式进行反馈)(5分钟)

1. 本节课你学到了什么?有什么样的收获?

2. 你觉得本节课掌握了哪些知识点?还欠缺的是哪几部分?

3. 学习后你在哪几方面的能力得到了提高?

4. 本节课中你觉得哪种教学方法最好?

A. 直观演示法;B. 讲授法;C. 任务驱动教学法

5. 在以后的教学过程你觉得需要改进的是什么?

十一、教学反思

成功之处：

1）以小组为单位把课堂内容串联在一起；在课堂教学过程中，充分展示了学生是学习的主体这一观点，把学生分为5个小组进行教学实践活动，以多个教学实践活动把整个课堂所学的内容串联在一起。

2）让每个同学都参与到学习思考中，每组同学在共同完成题目的过程中，相互帮助，团队合作，共同努力，这样既提高了学生学习的积极性也提高了整堂课的教学质量，更加体现了"以能力为本位，以学生为中心，做中学，学中做"的教学要求。

不足之处：

1）因为中职学生基础较差，学习积极性不高，解题能力弱，知识的综合运用能力欠缺，在教学过程中必须更加注重学生的学习积极性。

2）在以后的教学过程中要注意调动学生的学习兴趣，关注基础较差的同学，注重他们的听课效果，注重较好同学的能力培养，让学生能互相帮助、团结合作、共同进步。

【板书设计】

建筑剖面图

一、剖面图的形成和用途

二、剖面图的内容和表示方法
1. 定位轴线
2. 图名、比例
3. 图例
4. 尺寸标注
5. 图线
6. 剖切位置与数量的选择
7. 楼、地面各层构造做法
8. 详图索引符号

三、建筑剖面图的识读

剖切位置和编号——→房屋结构——→主标高和尺寸——→构造层次及做法——→屋面排水——→索引详图所在的位置及编号。

（重庆市工商学校　刘庆）

278

土木工程识图教案—外墙墙身构造详图

<table>
<tr><td>课题</td><td colspan="2">9.5 外墙墙身构造详图</td><td>教学形式</td><td>讲练结合</td><td>授课类型</td><td>新授课</td></tr>
<tr><td>教学准备</td><td colspan="6">教具:建筑施工图两套　　其他:多媒体课件</td></tr>
<tr><td></td><td>班级</td><td>10 级建筑工程施工专业五班</td><td>学生数</td><td colspan="3">45 人</td></tr>
<tr><td>教学目标</td><td colspan="6">知识目标:Ⅰ级:掌握外墙墙身构造详图的图示内容。
Ⅱ级:熟练识读建筑施工图外墙墙身构造详图。
能力目标:培养学生识读建筑施工图外墙墙身构造详图的能力。
德育目标:培养学生理论联系实际和严格执行制图标准的意识。</td></tr>
<tr><td>教学方法</td><td colspan="6">教法:讲授、实践、对比、多媒体演示
学法:观察、关键词记忆、对比记忆</td></tr>
<tr><td>重点、难点</td><td colspan="2">重点:外墙墙身构造详图的图示内容
难点:识读建筑施工图外墙墙身构造详图</td><td>关键</td><td colspan="3">外墙墙身构造详图部位、尺寸、材料、做法的识读</td></tr>
<tr><td>预测</td><td colspan="6">通过讲解,学生能较好地识读本节例图,但识读实际工程图样时学生有可能不能熟练应用本节所学知识。</td></tr>
</table>

【教学过程】

教学步骤	教学内容	学生活动	设计意图	时间分配
【组织教学】	组织学生上课	起立,师生互礼,班长报告出勤	培养学生文明礼仪与团队意识	1 分钟
【师生互动】	“射人先射马,擒贼先擒王”	学生众声应和	调动学习情绪,提醒学生学习要抓重点、抓关键	1 分钟

教学步骤	教学内容	学生活动	设计意图	时间分配
【兴趣导课】	拿出三张建筑施工图样,回顾之前学过的平面图、立面图、剖面图的图样识读方法。设问:根据平、立、剖面图样,能否进行外墙墙身施工?	回顾平面图、立面图、剖面图的识读内容	引出本节课的学习任务:"外墙墙身构造详图"的读图内容及要领	5分钟
【讲授新课】	〔看〕 初读教材180页外墙墙身构造详图图例。	学生带着问题直观了解学习对象	使学生思考图例内涵,形成"疑惑",为听课做准备	2分钟
	〔讲〕 展示外墙墙身构造详图全图,讲解七点图示内容和读图要领: 1. 外墙在建筑物中的位置及墙厚与轴线的关系 位置在轴线上南外墙的墙身详图,墙厚为240 mm,定位轴线从墙身中间通过。 2. 屋面、楼面、地面层次和做法图中用3个多层构造引线分别表示屋面、楼面和地面的构造做法 3. 底层节点 例如,勒脚、散水和防潮层材料做法及构造做法。	听讲,理解,采用关键词和对比记忆法记忆	多媒体课件配合播放图片,直观易懂	10分钟
	4. 中间层节点 例如,窗台、楼板、圈梁、过梁的位置,内外窗台尺寸、材料做法。 5. 顶层节点 例如,檐口构造采用女儿墙。 6. 内外墙面的装修做法 例如,外墙面采用浅绿色水刷石。 7. 墙身高度、细部尺寸和各部位标高 例如,一层地面标高为 ±0.000,二层窗台标高为3.250。	听讲,理解,采用关键词和对比记忆法记忆	多媒体课件配合播放图片,直观易懂	

教学步骤	教学内容	学生活动	设计意图	时间分配
	注：读图时注意部位、尺寸、材料、做法。			
	〖再看〗 学生带着理性细读教材 180 页例图。	进一步熟悉读图内容和要领，巩固新知	较初读有层次上的提高	2 分钟
	〖再讲〗 再次对学生产生的问题进行讲授。	学生通过对问题的再次学习，掌握本节课的教学内容	强调识读图关键，学生加强对教学内容的理解、掌握和记忆	2 分钟
	〖辨〗 回顾教学内容： 七点外墙墙身构造详图读图内容和要领	学生回顾教学内容，互相质疑，争辩不清楚和已明白的知识点	进一步理解和掌握本节课的教学内容，达成能力目标，体现教学"以学生为主体"	4 分钟
【课堂练习】	一、城建教学综合楼建筑施工图外墙墙身构造详图识读 1. 散水构造做法、宽度、坡度 2. 勒脚高度、材料做法 3. 防潮层位置、材料做法 4. 外窗台挑出墙面尺寸、材料做法 5. 过梁尺寸、材料做法 6. 内墙面装修做法 二、鸿源集团综合楼建筑施工图外墙墙身构造详图识读 1. 内窗台挑出墙面尺寸、材料做法 2. 外墙面装修做法 3. 屋面排水方式	小组竞赛必答、抢答 分组讨论	强化合作、竞争意识，强化学生记忆，进一步达成知识和能力目标。 结合实践，突破难点，锻炼技能，培养学生团结协作的精神	15 分钟

教学步骤	教学内容	学生活动	设计意图	时间分配
	4. 三层窗台结构标高 5. 二层地面标高 6. 女儿墙细部尺寸、墙身高度尺寸			
【课堂小结】	"气死"的谐音"七四"总结学习要点,即七点、四看,外墙墙身构造详图识读内容七点,四看为看部位、看尺寸、看材料、看做法。	学习归纳总结的方法,思考学到了什么,学得怎么样	教学生归纳总结的方法,激发学生对本节课的浓厚兴趣,再次强化重点	2分钟
【课外作业】	回到家里或宿舍,想象和识读外墙墙身构造详图。	根据所学知识主动实践、观察,进一步加强识图、读图能力	培养学生理论联系实际的意识和参与社会实践的能力	1分钟
【板书设计】	9.5 外墙墙身构造详图 一、概念 外墙详图:建筑剖面图中的外墙墙身局部放大图。 二、图示内容 部位　1. 外墙在建筑物中的位置、墙厚与轴线关系 尺寸　2. 屋面、楼面、地面层次和做法 材料　3. 底层节点 做法　4. 中间层节点 　　　5. 顶层节点 　　　6. 内外墙面的装修做法 　　　7. 墙身高度、细部尺寸和各部位标高			
【教学反思】	1. 本节课的教学设计秉承陶行知的"教、学、做统一"的思想,充分利用学生的好奇心和求知欲,学中做,做中学。 2. 课堂上积极构建"看—讲—再看—再讲—辨—练"的模式,符合学生的认知规律,培养了识图、读图能力,虽然能初步			

教学步骤	教学内容	学生活动	设计意图	时间分配
	识读外墙墙身构造详图,但已算可喜的进步。 3．教学有法,教无定法,只有最大限度地发挥学生的潜能,才能教有所获,学有所成。			

（吉林省城市建设学校　　刘艳）

【课时】1 课时(45 分钟)

【授课班级】中职工民建专业一年级学生,36 人

【学情分析】

在上本节课之前,学生已经学会识读建筑平面图、建筑立面图和建筑剖面图,具备了一定的识图基础,但是学生还没有学习楼梯的构造组成和尺度要求,因此在识读楼梯详图之前,带领学生走向楼梯,开展现场教学,认识楼梯段、平台和栏杆扶手,并通过观测楼梯让学生了解楼梯的尺度要求。在教学过程中引导学生按"总体了解,顺序识图,前后对照,重点细读"识读楼梯详图。

【教学目标】

1. 知识目标

认识楼梯详图的组成;

能识读楼梯平面图;

能识读楼梯剖面图;

能识读踏步、栏杆、扶手等节点详图。

2. 能力目标

通过识读楼梯详图,培养学生识读建筑施工图的能力;

通过审图答辩,培养学生图纸会审的职业能力;

通过小组合作、学习,培养学生的合作精神和沟通能力。

3. 情感、态度、价值观目标

培养学生严谨、务实、细致的工作态度;

引导学生树立建筑质量和安全意识;

使学生在识图实践中掌握技能、培养职业道德。

【重点和难点】

重点:识读楼梯平面图;

　　　识读楼梯剖面图。

难点:楼梯上行和下行方向的表示;

　　　理解一层楼梯平台下的空间处理;

楼梯段水平投影长度和竖向高度的表示方法。

【教学理念】

以就业为导向,以能力为本位,以教师为主导,以学生为主体,开展和谐联动、开放包容、自主高效的建筑识图教学。在教学过程中,教师关注学生的学习兴趣,从感性到理性、由浅入深、循序渐进地进行引导,充分调动学生的主观能动性;教师积极营造共同探索和研究问题的环境氛围,建立对话式、交互式的教学模式,倡导学生主动参与、乐于探究、勤于动手;教师创设合作式学习的情境,为学生养成合作意识与发展协作能力搭建舞台。在识图过程中,采取图纸答辩的方式进行即时评价,并根据教学反馈因材施教;结合《工程建设强制性条文》进行图纸审查,引导学生树立建筑质量安全意识,并培养学生审图的职业能力。

【教学方法】现场、任务驱动、问题引导、启发式

【学法指导】自主学习、探究学习、合作学习

【课前准备】

教学资料:教学楼楼梯详图2套、住宅楼楼梯详图1套、教学课件。

学生分组:首先是按"兼容差别,优化组合"的原则建立结构合理的学习小组;然后是选拔和培养认真负责、空间思维能力强的同学担任组长,目的是使他们在教学过程中能起到"以点带面"的作用;能协助老师落实小组学习任务,调动组员的学习积极性,领导和协调组员活动。

【教学过程及时间分配】

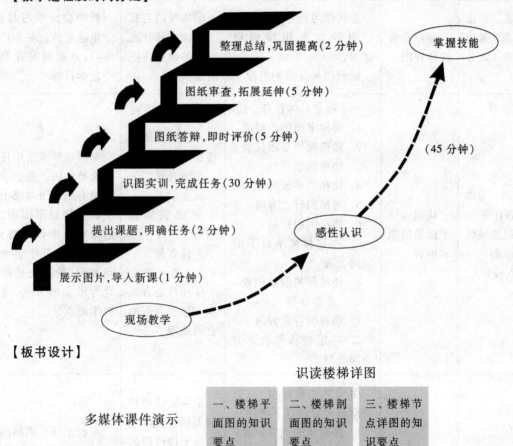

整理总结,巩固提高(2 分钟)

图纸审查,拓展延伸(5 分钟)

图纸答辩,即时评价(5 分钟)

识图实训,完成任务(30 分钟)

提出课题,明确任务(2 分钟)

展示图片,导入新课(1 分钟)

掌握技能

（45 分钟）

感性认识

现场教学

【板书设计】

识读楼梯详图

多媒体课件演示

| 一、楼梯平面图的知识要点 | 二、楼梯剖面图的知识要点 | 三、楼梯节点详图的知识要点 |

【教学过程】

教学环节	教学内容	师生双边活动		教学设计意图
		教师	学生	
一、课前准备,身临其境,现场教学	观测教学楼楼梯	现场引导学生按从整体到局部的顺序:观察楼梯的组成;认识楼梯的构造;测量楼梯的尺寸	带着问题:分组合作认真思考仔细观测	带领学生走出教室,开展现场教学,帮助学生对楼梯建立感性认识

教学环节	教学内容	师生双边活动		教学设计意图
		教师	学生	
二、展示图片，导入新课（1分钟）	认识楼梯的构造组成	现场教学情境回放；展示教学楼楼梯图片；引导学生认识楼梯的组成。	观察图片思考回答	通过现场教学的精彩瞬间回放，提高学生的兴趣，并引导学生对教学楼楼梯在感性认识的基础上建立理性认识
三、提出课题，明确任务（2分钟）	展示2套楼梯详图	交代学习任务：引导学生识读楼梯详图；提问楼梯详图的组成	明确学习目标阅读楼梯详图回答楼梯详图的组成	教师提出学习目标，学生能有的放矢地进行学习，并顺利完成第一个教学目标
四、识图实训任务一：识读楼梯平面图（15分钟）	认识楼梯平面图的图示内容	一、布置具体任务 1. 楼梯平面图的组成 2. 楼梯间的平面位置 3. 楼梯的形式 4. 楼梯的平面尺寸 5. 楼梯的行走方向 6. 楼梯间的标高 7. 一层楼梯平台下的空间处理 8. 楼梯间的剖切位置 二、重点分析 1. 楼梯的行走方向 2. 一层楼梯平台下的空间处理	一、学生阅读楼梯平面图 小组合作 自主学习 完成识读任务书 掌握要领 二、重点细读楼梯行走方向和一层平台下的空间处理	本教学环节采取任务驱动教学法。先让学生在原有的识图基础上自主识读楼梯平面图，然后针对两个教学难点、重点分析，引导学生重点细读，通过把抽象转化为形象的方法，突破教学难点
五、识图实训任务二：识读楼梯剖面图（10分钟）	认识楼梯剖面图的图示内容	引导学生前后对应，循序渐进地分析以下问题： 1. 楼梯间的剖切位置 2. 楼梯的剖切方法 3. 楼梯的梯段数 4. 每个梯段的踏步数 5. 楼梯的竖向尺寸 6. 楼梯间的标高 7. 楼梯段的水平投影长度和竖向高度的表示方法 8. 踏步、栏杆等详图索引符号	学生阅读楼梯剖面图：重点细读每个楼梯段的水平投影长度；重点细读每个楼梯段的竖向高度；掌握楼梯段水平投影长度和竖向高度的表示方法	本教学环节采用问题引导教学法，按提问回答点评的方式进行，引导学生挖究学习。分析规律，掌握尺寸标注方法，进而主动完成知识的建构，获得成功的喜悦

教学环节	教学内容	师生双边活动		教学设计意图
		教师	学生	
六、识图实训任务三：识读楼梯节点详图（5分钟）	认识楼梯节点详图的图示内容	引导学生识读： 1. 楼梯的起步节点详图 2. 楼梯踏步及面层详图 3. 楼梯栏杆、扶手详图	顺序识读： 详图的比例 断面形式 细部尺寸 建筑材料 构件连接	本教学环节采用启发式的方法分析：起步节点中栏杆、踏步和扶手材料、尺寸、与踏步的连接方式，再让学生自主分析转弯节点详图，让学生触类旁通
七、图纸答辩即时评价（5分钟）	考查学生识读楼梯详图的能力	根据第二套楼梯详图提问： 楼梯平面图的知识要点； 楼梯剖面图的知识要点	图纸答辩： 分组讨论 积极回答	图纸答辩可以营造对话式的教学情境，既让学生灵活地学以致用，教师还可以及时了解教学反馈，因材施教
八、图纸会审，拓展延伸（5分钟）	根据《工程建设标准强制性条文》审查楼梯详图	图纸审查： 1. 筑龙建筑论坛链接引导学生认识《工程建设标准强制性条文》，并进一步审查教学楼梯。 2. 浙江电视台新闻链接 楼梯平台没有设置防护栏杆的安全隐患	认识《工程建设标准强制性条文》，关注建筑质量和安全，审查顶层平台、水平栏杆是否设置挡板，审查楼梯平台是否设置防护栏杆	图纸审查既可以引导学生树立质量和安全意识，又可以培养学生的审图能力
九、整理总结，巩固提高（2分钟）	总结和作业布置	1. 以提问方式引导学生整理本节课的知识点，强调重点和注意点。 2. 作业：识读一套住宅的楼梯详图	归纳总结 完成作业	教师带领学生对所学知识进行整理，形成体系，并通过作业巩固提高

【教学反思】

本节课的成功之处有：

（1）开展现场教学，带领学生走出教材，走出教室，走向楼梯，认识楼梯的组成，认识楼梯的构造，通过观测楼梯，掌握楼梯的尺度要求。学生非常向往现场教学，这不但充分调动了学生的学习积极性，而且为学生认识楼梯详图建立了感性认识基础。

（2）在识图实训环节，采用任务驱动、问题引导和启发式教学等多种教学方法相结合，引导学生按"总体了解，顺序识读，前后对照，重点细读"的方式识读楼梯详图，建立了对话式、交互式的教学情境，充分发挥了学生学习的主观能动性。

（3）突破了教学重点和难点，达到了教学目标。针对"楼梯行走方向的表示方法、一层楼梯平台下的空间处理和楼梯段尺寸的表示方法"这三个难点，采取将抽象转为形象、化大为小等方法让重点和难点迎刃而解。

（4）在图纸答辩环节，引导学生小组合作，采用即时评价，不但能让学生积极主动地发展语言能力，而且可以及时掌握学生的学习动态，灵活调整教学过程，实现因材施教。

（5）图纸审查深受学生的欢迎，不但让学生认识《工程建设标准强制性条文》，学会关注建筑质量和安全，而且进一步提高了学生识读楼梯详图的能力。

本节课的不足之处是：

在教学中，基础薄弱的学生缺少施展才华、增强自信的机会。课程的价值在于促进学生知识、能力、态度及情感的和谐发展，学生的发展是课程的出发点和归宿。成功的教学应该是使性格各异的学生争奇斗艳、各领风骚。"学情决定教法"。在今后的教学实践中，本人要尊重学生的差异，让不同基础的学生都能得到发展和提高，都能感受到学习成功的快乐。

（浙江省宁波第二高级技工学校　曹霞）

授课者:×××

授教学科:建筑

授教课题:土木工程识图——楼梯详图的识读

授教班级:××××

授教时间:××××

授教地点:××××

【指导思想】

本节课采用项目教学法,以实训任务驱动,以实际工程图样为载体,利用多媒体这一电教手段,与现场密切联系,使教学设计直观、生动、科学、严谨,体现"学、做合一"的特点,保证学生在做中学,学中做;以学生为主体,激发学生积极性;注重提高学生自主学习的兴趣和能力。教师在教给学生知识、技能的同时,也渗透了德育教育,鼓励了学生的创新意识。

【教学目标】

1.能力目标

1)能全面细致地熟悉图纸,领会设计意图,掌握工程特点及难点;

2)会填写图纸会审记录,熟悉图纸会审程序;

3)能审查出施工图中存在的问题及不合理情况,并拟定解决方案。

2.知识目标

1)了解楼梯的类型、组成;

2)掌握楼梯详图的组成、表示方法;

3)掌握图纸会审的内容和程序。

3.情感目标

1)信息获取能力——利用书籍或网络获得相关信息;

2)团结协作精神——互相帮助、共同学习、共同达成目标;

3)语言表达能力——准确表述、回答问题。

【教学重点】楼梯详图的识读。

【教学难点】正确识读楼梯详图及图纸会审。

【教学关键】理论联系实际,由学生自己在学习中发现问题,解决问题。

【教学模式与方法】项目教学法,通过模拟工程的实际情况来引导学生完成整个项目任务。

【课型与课时】新授课,3课时。

【课前师生准备】

教师:多媒体教室、图纸。

学生:分组。

【教学程序】

教学组织	教师活动	教学方法	教学手段	学生活动	设计意图
引言	识读施工图的能力是一名施工技术员的基本技能,是提高工程质量最基本的保证。识读图样能力的高低是学生学习水平的一个标志。用多媒体展示技术员的岗位能力。	讲述	多媒体展示	倾听思考	使学生了解技术员的岗位能力
复习提问	本专业涉及的施工图有哪些?举例说明识图的目的,接着引出本节课的教学内容和目的(用多媒体展示)。	提问	多媒体展示	思考回答	使学生了解本节课的教学目的
由问题一引入	问题一:楼梯详图的组成?通过所发施工图及现场图片观察楼梯。提出问题,通过讨论得出结论:楼梯的组成、类型、传力路线、节点构造等,将知识系统化。	案例教学启发讲解	多媒体展示	分组讨论代表发言	熟悉楼梯详图的组成
由问题二引入	问题二:如何看懂楼梯详图呢?讲授楼梯详图的读图方法。	讲授	课件	倾听思考个别发言	熟悉看图的方法
由任务引入进行训练	任务一:楼梯详图的识读。教师提出问题: (一)楼梯平面图 1.组成 2.楼梯在建筑中的位置 3.楼梯间的尺寸和楼梯形式 4.梯段宽和梯井宽 5.平台宽和梯段长度、楼梯间各楼层平面、楼梯平台面标高 6.楼梯间墙、柱、门窗的平面位置及尺寸 7.底层平面图上楼梯剖面的剖切符号 (二)楼梯剖面图 1.楼梯间墙身的定位轴线及编号、轴线间的尺寸 2.楼梯的类型及结构形式 3.楼梯的梯段数及踏步数	问题教学讲练结合讨论个别辅导	课件板书	根据实训任务单的内容,分组讨论,查阅图集,代表发言,记录答案	熟悉楼梯详图的内容;正确使用图集的能力;培养小组团结协作的能力

教学组织	教师活动	教学方法	教学手段	学生活动	设计意图
	4. 踏步的宽度和高度及栏杆（板）的高度 　5. 楼梯的竖向尺寸、进深方向的尺寸和有关标高 　6. 踏步、栏杆（板）扶手的细部详图索引符号 　（三）楼梯节点详图 　踏步尺寸、扶手高度。 　学生分组讨论，教师在下面巡视，30 min 后组织学生讨论，派代表发言，指出图中存在的问题，教师点评。				
由任务引入	任务二：如何进行图纸会审？如何填写图纸会审记录？ 　多媒体展示什么是图纸会审？如何组织？如何填写？	讲授 案例教学 示例教学	课件	认真听讲 分组讨论 代表填写	熟悉图纸会审程序
训练	训练：填写图纸会审记录。	个别辅导 全班辅导	施工图 课件	小组讨论 代表发言	会填写图纸会审记录
总结	能力要求	讲授	课件展示		强调重点
布置作业	识读施工图，正确填写施工图会审记录。	讲授	课件展示		加深施工图识读方法，进一步巩固重点

【教学评价】

　教学评价主要是对学生学习过程中的学习状态、活动参与度、任务完成、问题解决和反思评判等情况进行评价，按照观察与评价、反思与探究、修正与完善等方面进行设计。

　评价方式：小组讨论、代表发言，专人记录，根据发言的正确性、实训项目评价表的正确性给定小组成绩。

　附：实训项目评价表

实训项目评价表

班级		姓名		学号	
同组学生名单(学号)					
序号	问题	答案		自评分	教师评分
根据图纸回答问题(30分)					
1	楼梯在建筑中的位置				
2	楼梯形式				
3	楼梯间的开间、进深				
4	楼梯段和楼梯井宽度				
5	平台宽和梯段长度				
6	楼地面、平台的标高				
7	楼梯底层、标准层、顶层平面图的区别				
8	如何表示楼梯段的剖切处				
9	建筑层数、楼梯段数				
10	踏步尺寸、扶手高度				
11	平面图、剖面图与详图的比例				
12	其他				
答疑的问题记录(20分)					
13					
14					
15					
图纸会审记录(50分)					
总评分					

自我总结：

图纸会审记录

图纸会审记录		编　号	
工程名称		日　期	
地　　点		专业名称	
序号	图号	图纸问题	图纸问题交底
签字栏	建设单位	监理单位	设计单位	施工单位

【教学反思】

针对中职学生不爱学习、对文字缺乏兴趣、学习习惯较差的特点,采用项目教学法,理论联系实际,大大提高了学生的学习兴趣,真正实现了学生在"学中做、做中学"的目的,体现了理实一体化的教学模式,教学效果明显提高。

1. 反思与探究

从实施过程和评价结果两方面,对为什么不熟练,还有哪些不懂或不会的地方进行反思,分析存在的问题,寻求解决的办法。

遇到的问题	解决的办法

2. 修正与完善(课后完成)

根据反思与探究的结果,对任务中不够满意、不懂或不会的内容进行补习。

(江苏省宜兴中等专业学校　王素艳)

【授课对象】工民建专业、工程造价专业一年级学生

【授课时间】2011 年 1 月

【授课时数】2 课时

【教学目标】

知识与能力目标：

1. 认识门窗详图的组成；

2. 能识读门窗立面图、节点详图。

过程与方法目标：

1. 通过识读门窗详图，培养学生识读建筑施工图的能力；

2. 通过审图答辩培养，学生图纸会审的职业能力；

3. 指导学生在识图实践中掌握技能，培养职业能力。

情感态度与价值目标：

1. 培养学生严谨、务实、细致的工作态度；

2. 引导学生树立建筑质量和安全意识；

3. 通过小组合作学习，培养学生的合作精神和沟通能力。

【教学内容】

门窗详图的组成、图示内容及识读。

【教学重点和难点】

识读门窗详图。

【教学方法和手段】

现场教学、任务驱动、问题引导等。

【教学准备】

带领学生走出教室，观察不同形式的门窗，帮助学生建立感性认识。

【教学过程】

一、展示图片、导入新课

由门窗的实物图片，分析门窗的类型，向学生提问：怎样才能清楚地在图纸上表达门窗。

二、提出课题、明确任务

请学生总体阅读门窗详图，自主分析门窗详图的组成：立面图、节点详图、五金配件、文字说明等。

三、识图实训、完成任务

任务一：识读门窗立面图

具体任务：

1. 门窗的立面形状、骨架形式和材料；

2. 门窗的主要尺寸；

3. 门窗的开启形式；

4. 门窗节点详图的剖切位置和索引符号。

任务二:识读门窗节点详图

具体任务:

1. 节点详图在立面图中的位置;

2. 门窗框等的形状等;

3. 门窗框与墙体的连接方式等。

四、图纸答辩、即时评价

教师根据第二套图纸提问:门窗详图的要点。要求学生分组讨论积极回答。

营造对话式的教学情境,活跃课堂气氛,给学生展示自我的平台,培养学生的观察能力和分析能力,教师可以根据教学反馈,灵活调整教学过程,及时查漏补缺,因材施教。

五、整理总结、巩固提高

带领学生对所学知识点进行整理总结,突出重点,强调注意点。

布置课后任务:识读一套住宅楼的门窗详图。

(浙江省绍兴市中等专业学校　单唯一)

五、习题集参考答案

建筑施工图(+)

2. 识读建筑施工图并填空。

(1) ××街道办公楼,23.64,6,3 900,6.84,6 000,6 600;14.70,3.3;南

(2) 砖混;防潮层以下砖墙采用 MU10 机制砖,M5 水泥砂浆砌筑,其他均采用 MU7.5 机制砖,M5 混合砂浆砌筑

(3) 在标高−0.05 m 处做 20 mm 厚 1∶2 水泥砂浆防潮层(内加 3%~5% 的防水剂)

(4) 贴面砖墙面;12 mm 厚 1∶3 水泥砂浆打底,7 mm 1∶1 水泥砂浆(掺 4%107 胶)贴面砖

(5) 涂料顶棚;刮素水泥浆一道,17 mm 厚 1∶1∶6 水泥石灰砂浆加麻刀打底,3 mm 厚细纸筋灰粉面,刷丙烯酸内墙涂料二度(乳白色)

(6) 涂料;17 mm 厚 1∶1∶6 水泥石灰砂浆打底,3 mm 厚细纸筋灰粉面,刷丙烯酸内墙涂料二度(乳白色)

(7) 3,23,木,4,39,铝合金

(8) ±0.000,9.9,−0.030,9.850,−0.050,9.870

(9) ⑤~⑥、Ⓐ~Ⓒ轴线之间,双跑,板式

(10) 一层平面布置是三间办公室,在四层平面是一个三开间的大会议室

(11) 咖啡色,白色,深蓝色

(12) 240,中间

(13) 面层为 12 mm 厚 1∶2 水泥白石子磨光打蜡,15 mm 厚 1∶3 水泥砂浆找平,70 mm 厚 C10 细石混凝土,100 mm 厚碎石夯实,素土夯实

面层为 12 mm 厚 1：2 水泥白石子磨光打蜡,15 mm 厚 1：3 水泥砂浆找平,30 mm 厚 C20 细石混凝土,预制钢筋混凝土楼板,板底粉刷

40 mm 厚 C20 细石混凝土内配φ4@200 双向钢筋,40 mm 厚(最薄处)膨胀珍珠岩 2% 找坡,C20 细石混凝土灌缝,预制钢筋混凝土屋面板,板底粉刷。膨胀珍珠岩,材料,2%,C20 细石混凝土内配φ4@200 双向钢筋,刚

(14) 60,60

(15) 1 730,200,1 680,11,150,300;1.62,4.92,8.22

(16) 风向频率玫瑰图,当地风向频率(或者当地常年主导风向);测量坐标;新建建筑物,新建房屋底层室内地面标高±0.000,相当于绝对标高的 6.90 m,新建房屋的北墙距原有围墙1.5 m,东墙距原有围墙 2 m,南;测量坐标定位;室外地坪标高;室外道路中心线标高;实体性质;绿篱;准备扩建的;拆除的;原有;6

(17) 横,7;雨水管,2;散水,800;剖切,从右往左;附加轴线,A 轴线之后附加的第一根轴线;索引,1 号详图在建施 9 上,;指北针,细,24;立式小便器;M3,内,1 500 mm×2 400 mm,距④轴线370 mm;爬人孔;污水池;蹲式大便器

(18) 南,正;M2,900 mm×2 400 mm,距⑦轴线 370 mm;外走廊;C3,1 500 mm×1 800 mm,距①轴线 530 mm;东,右侧;雨水管;外走廊;C4,1 200 mm×1 800 mm,距Ⓐ轴线 600 mm

(19) C2;三楼楼面;三楼窗户上窗台(窗顶);房屋最高处,室外地坪

(20) 外墙,1：20;散水,面层 20 mm 厚 1：3 水泥砂浆,60 mm 厚 C10 细石混凝土,素土夯实,800,5%;防潮层,±0.000 以下 50 mm,20 mm 厚 1：3 水泥砂浆,内加 3% ~5% 防水剂;C2;圈、过梁,钢筋混凝土;预制钢筋混凝土楼板,平行;多孔,膨胀珍珠岩;女儿墙,钢筋混凝土;室外地坪;悬挑梁

综合练习

一、填空题

1. 1：500、1：1000、1：2000 等,1：100、1：200 等,1：20、1：10、1：5 等

2. m,绝对,二。mm,相对,三

3. 风玫瑰图,指北针

4. 新建建筑物,原有建筑物,中粗虚线

5. 一层,标准层,顶层,屋顶

6. 细部尺寸,定位尺寸即轴线尺寸,外包总尺寸,总长,总宽

7. 层数,朝向,轴线的,用剖切符号的

8. 被剖切到的墙、柱断面轮廓;建筑物的外轮廓;被剖到的墙身、楼板、屋面板、楼梯段、楼梯平台等轮廓线

9. 建筑剖面图,1：20。折断线,材料图例

10. 楼梯平面图,楼梯剖面图,节点详图

11. 顶层,尽端(水平、安全)

12. 建筑平、立、剖面图

1. A 2. B 3. C 4. C 5. B 6. A 7. B 8. B 9. D 10. D 11. A 12. A

1. × 2. √ 3. × 4. √ 5. × 6. × 7. × 8. √ 9. √ 10. × 11. √ 12. ×

郑重声明

高等教育出版社依法对本书享有专有出版权。任何未经许可的复制、销售行为均违反《中华人民共和国著作权法》，其行为人将承担相应的民事责任和行政责任；构成犯罪的，将被依法追究刑事责任。为了维护市场秩序，保护读者的合法权益，避免读者误用盗版书造成不良后果，我社将配合行政执法部门和司法机关对违法犯罪的单位和个人进行严厉打击。社会各界人士如发现上述侵权行为，希望及时举报，本社将奖励举报有功人员。

反盗版举报电话：(010)58581897/58582371/58581879

反盗版举报传真：(010)82086060

反盗版举报邮箱：dd@hep.com.cn

通信地址：北京市西城区德外大街4号
　　　　　高等教育出版社法务部

邮　　编：100120

短信防伪说明：

本图书采用出版物短信防伪系统，用户购书后刮开封底防伪密码涂层，将16位防伪密码发送短信至106695881280，免费查询所购图书真伪，同时您将有机会参加鼓励使用正版图书的抽奖活动，赢取各类奖项，详情请查询中国扫黄打非网(http://www.shdf.gov.cn)。

反盗版短信举报：

编辑短信"JB，图书名称，出版社，购买地点"发送至10669588128

短信防伪客服电话：(010)58582300

学习卡账号使用说明：

本书所附防伪标兼有学习卡功能：登录"**http://sve.hep.com.cn**"或"**http://sv.hep.com.cn**"进入高等教育出版社中职网站，可了解中职教学动态、教材信息等；按如下方法注册后，可进行网上学习及教学资源下载：

(1) 在中职网站首页选择相关专业课程教学资源网，点击后进入。

(2) 在专业课程教学资源网页面上"我的学习中心"中，使用个人邮箱注册账号，并完成注册验证。

(3) 注册成功后，邮箱地址即为登录账号。

学生：登录后点击"学生充值"，用本书封底上的防伪明码和密码进行充值，可在一定时间内获得相应课程学习权限与积分。学生可上网学习、下载资源和提问等。

中职教师：通过收集5个防伪明码和密码，登录后点击"申请教师"→"升级成为中职课程教师"，填写相关信息，升级成为教师会员，可在一定时间内获得授课教案、教学演示文稿、教学素材等相关教学资源。

使用本学习卡账号如有任何问题，请发邮件至："4a_admin_zz@pub.hep.cn"。